HEYNE
BÜCHER

Das Buch

Es ist das Jahr 1471. Die blutigen Rosenkriege, die zwischen den Häusern York und Lancaster um die Krone von England tobten, gehen mit dem entscheidenden Sieg der Yorkisten unter Führung König Edwards zu Ende. Der Vater von König Edward hatte einst seinem Gefolgsmann, dem Grafen von Warwick, ein Amulett mit einem Saphir als Treuepfand geschenkt – »das Auge Gottes« genannt – das in seinem Innern ein hochbrisantes Geheimnis birgt. Doch Warwick hatte die Seiten gewechselt und war in der Entscheidungsschlacht gefallen. Das Amulett findet man jedoch nicht bei ihm. Daß König Edward das kostbare Juwel wiederhaben möchte, versteht sich von selbst.
Kathryn, die sich als Heilerin von Canterbury mit ihrem klaren Blick, ihrer herben Schönheit und ihrem umfassenden Wissen bereits einen Namen als »Detektivin« gemacht hat, erhält vom König höchstpersönlich den Auftrag, zusammen mit dessen irischem Sonderbeauftragten Colum »das Auge Gottes« ausfindig zu machen. Eine äußerst gefährliche Aufgabe, wie sich bald herausstellt, denn in Canterbury findet das ungewöhnliche Paar einige Tote, und die Situation wird für beide immer gefährlicher. Alle Zeichen deuten auf eine Intrige der Feinde König Edwards hin, und Kathryn muß all ihren Witz und Verstand aufwenden, und schließlich sogar auf die berühmten Verse von Chaucers *Canterbury Tales* zurückgreifen, um der Lage Herr zu werden.

Die Autorin

Die englische Historikerin Celia L. Grace beschäftigte sich schon in ihrer Dissertation mit dem Thema »Frauen und medizinische Berufe im Mittelalter«. Ebenso wie in ihrem ersten Roman, *Die Heilerin von Canterbury* (01/9738), hat sie auch in diesem historische Fakten mit einer hochspannenden Kriminalgeschichte kombiniert. Sie lebt mit ihrer Familie in Devonshire.

CELIA L. GRACE

DIE HEILERIN VON CANTERBURY SUCHT DAS AUGE GOTTES

Roman

Aus dem Englischen
von Marion Balkenhol

WILHELM HEYNE VERLAG
MÜNCHEN

HEYNE ALLGEMEINE REIHE
Nr. 01/10078

Titel der Originalausgabe
THE EYE OF GOD

Umwelthinweis:
Dieses Buch wurde auf
chlor- und säurefreiem Papier gedruckt.

Wilhelm Heyne Verlag GmbH & Co. KG, München
Printed in Germany 1997
Umschlagillustration: Archiv für Kunst und Geschichte
Umschlaggestaltung: Atelier Ingrid Schütz, München
Satz: Buch-Werkstatt GmbH, Bad Aibling
Druck und Bindung: Elsnerdruck, Berlin

ISBN 3-453-11676-3

Mein besonderer Dank und meine Anerkennung gelten
George Witte, Chefredakteur bei St. Martin's Press,
der mich all die Jahre tatkräftig unterstützt hat.

Ein Blick in die Geschichte

Der blutige Bürgerkrieg, der zwischen den Häusern York und Lancaster um die Krone von England tobte, fand im Jahre 1471 durch die Siege der Yorkisten bei Barnet im April und bei Tewkesbury im Mai ein brutales Ende. Der Krieg war ausgebrochen, als mit Heinrich VI. ein Mann aus dem Hause Lancaster an die Macht gelangte, der als Herrscher denkbar ungeeignet war. Der fromme, gutmütige Mann hätte nur zu gern zugunsten seiner Vettern aus dem Hause York auf die Krone verzichtet, wäre da nicht seine mächtige, ehrgeizige Gemahlin, Margarete von Anjou, gewesen, die seine Interessen wahrte. Der Kampf wogte eine Zeitlang heftig hin und her, mit Verlusten auf beiden Seiten. Die Anführer der Yorkisten – Richard, Herzog von York und Vizekönig von Irland, sowie sein ältester Sohn Edmund – gerieten bei Wakefield in einen Hinterhalt. Sie wurden auf grausame Weise umgebracht. Daraufhin nahmen die drei jüngeren Söhne Richards sich der Sache des Hauses York an – Richard, Herzog von Gloucester, George, Herzog von Clarence, und Edward. Sie wurden von Richard Neville, dem Grafen von Warwick, vortrefflich unterstützt. Edward erwies sich als fähiger General, doch als er die schöne Witwe Elizabeth Woodville heiratete, machte er sich Warwick und seinen Bruder George zu Feinden. Warwick und Clarence liefen gemeinsam zu den Lancastertreuen über, wenngleich Clarence sich später wieder seiner Familie verpflichtete. Die Siege der Yorkisten im Jahre 1471 wurden mit dem Tode Warwicks, der Einkerkerung Margarete von Anjous und der Ermordung Heinrichs VI. im Tower zu London besiegelt. Es war eine Zeit, die nicht treffender charakterisiert werden kann als durch einen Vers aus Chaucers »Erzählung des Ablaßpredigers«:

»Ein Dieb voll Hinterlist bracht' diesem Land Verderben; es war der Tod, und alle Menschen ließ er sterben.«

Prolog

Ostersonntag, vierzehnter April Anno Domini 1471

Richard Neville, Graf von Warwick, trat vor sein Zelt und starrte in die nebelverhangene Finsternis. Das Lager hallte wider von den Geräuschen seiner Männer, die sich auf den Kampf vorbereiteten. Warwick sah, daß aus den Niederungen bei Wrotham Wood dichter Nebel stieg und das Feld von Barnet einhüllte. Damit waren die kleinen Musketen, die er mitgebracht hatte, nutzlos geworden. Feuchtigkeit legte sich auf seine Rüstung, und die zerfetzten Banner über seinem Zelt hingen schlaff an ihren Masten. Ein Vorzeichen? Warwick berührte das mit Juwelen besetzte Amulett, das er an einer Kette um den Hals trug, und legte die Hand auf den funkelnden Saphir. Er sah auf ihn hinab und murmelte ein Gebet. Man nannte den Edelstein das *Auge Gottes;* doch ließ Gott sein Auge am heutigen Tage auf ihm ruhen? In der Ferne rückten Edward von York und seine blutrünstigen Brüder Richard und George von Barnet heran, um sich mit ihm zu schlagen und ihn völlig zu vernichten.

Warwick unterdrückte einen Seufzer und versuchte, sich gegen die aufkeimende Furcht zu wappnen. Wenn er siegte, wäre der Weg nach London frei. Er würde den frommen Heinrich VI. wieder einsetzen; oder brächte er, falls die Yorkisten ihn bereits getötet hätten, möglicherweise einen anderen auf den Thron? Trompetenschall ertönte. Warwick nahm seinen Helm mit dem großen schwarzgelben Federbusch und ging mit ausholenden Schritten in die Dunkelheit. Ritter und Knappen seines Hofstaats scharten sich um ihn. Ein Page führte sein Pferd herbei, während Boten seiner Rittmeister auf Befehle warteten. Warwick zog die Panzerhandschuhe an und gab ein Zeichen. Das bewaffnete Gefolge rückte weiter in die neblige Finsternis vor. In einiger Entfernung vom Lager stieg er auf sein Pferd und inspizierte seine Truppen, die sich bereits in Schlachtordnung aufgestellt hatten: Die langen Reihen bewaffneter Männer verloren sich im Nebel. Warwicks Armee war in drei große, geschlossene Schlachtreihen aufgeteilt: sein jüngerer Bruder John Neville, Marquis von Montagu in der Mitte, der Herzog von Exeter auf der linken, der Graf von Oxford auf der rechten Flanke.

Eine Trompete erklang, und schon wurden Rufe und Gespött laut, als eine Gruppe Berittener aus dem Dunkel auftauchte und auf sie zu galoppierte. Schemenhaft nur erkannte Warwick das Holzkreuz, das die Reiter vor sich her trugen, und das weiße Tuch, das daran baumelte. Er blickte zu seinen Männern hinüber, die eifrig damit beschäftigt waren, ihre Bögen zu spannen.

»Haltet ein!« brüllte er. »Es sind Unterhändler, und sie sind nicht bewaffnet!«

Er ritt mit Montagu und Exeter auf die Reitergruppe aus dem Lager der Yorkisten zu, die sich um das Friedenszeichen scharte. Warwick ließ sein Pferd gemächlich voranschreiten. Wie viele sind es? fragte er sich. Vier, fünf? Oder war es ein Hinterhalt? Standen hinter ihnen vielleicht schon geschickte Schützen mit gespannten Bögen? Warwick zügelte sein großes Streitroß und stellte sich aufrecht in die Steigbügel.

»Seid Ihr Gesandte?« rief er.

»Wir kommen in friedlicher Absicht«, rief der Anführer der kleinen Gruppe zurück. »Wir tragen keine Waffen bei uns, sondern bringen eine Botschaft von Seiner Gnaden, dem König.«

»Ich wußte nicht, daß König Heinrich bei Euch ist!« spottete Warwick und versuchte, in der Dunkelheit hinter der Reitergruppe etwas zu erkennen.

»Wir kommen im Auftrag des Herrschers von Gottes Gnaden, des Königs von England, Irland, Schottland und Frankreich!«

Warwick bemerkte den leichten irischen Akzent des Sprechers und schmunzelte. Er kannte diesen Mann: Es war Colum Murtagh; der Vater Edwards von York hatte ihn einst vor dem Galgen gerettet. Jetzt war er Marschall des Hauses York und Erster Kundschafter und Bote Edwards. Murtagh war kein Mörder. Warwick gab seinem Pferd die Sporen. Es ritt im Paßgang vorwärts, gefolgt von den Generälen des Hauses Lancaster. Er näherte sich Murtagh bis auf Armeslänge und studierte aufmerksam das dunkle Gesicht des Iren, dessen rabenschwarze Haare feuchtglänzend unter der Helmkappe und der schützenden braunen Kapuze hervorlugten.

»Alles in Ordnung, Ire?«

»Ja, Herr.«

»Und wie lautet Eure Botschaft?«

»Edelmütige Bedingungen von seiten Seiner Gnaden, die Euch, ehrenwerter Graf, nicht zum Schaden gereichen sollen, wenn Ihr sie annehmt.«

Warwick vernahm das wütende Raunen seiner Kameraden. Sie hatten die Botschaft wohl verstanden. Früher, in besseren Tagen, waren Warwick und Edward von York einmal ein unzertrennliches Gespann gewesen; Waffenbrüder, die einander in Freundschaft und durch heilige Eide verbunden waren. Inzwischen hatten sie sich längst entzweit, doch York hoffte noch immer, Warwick auf seine Seite ziehen zu können.

»Und was ist mit meinen Kameraden?« fragte Warwick mit lauter Stimme. »Diese Männer, die mir bei meinem großen Vorhaben Beistand geleistet haben? Was hat der König ihnen zu bieten?«

»Nichts, Herr.«

Warwick zwang sich zu einem Lächeln und nickte. Er drehte sich ein wenig zur Seite, und der Ire konnte einen flüchtigen Blick auf den funkelnden Saphir am goldenen Amulett werfen. Warwick bemerkte es und ließ das Amulett behutsam durch die Finger gleiten.

»Gold und Juwelen, Ire«, murmelte er. »Gold und Juwelen, alle Schätze der Welt würde ich für einen ehrenhaften Frieden geben.«

»Dann ergebt Euch auf Gedeih und Verderb dem König, Herr.«

Warwick nahm die Zügel seines Pferdes auf und schüttelte den Kopf. »Nein, das lehne ich ab!«

»Wenn es so ist, Herr«, fuhr der Ire laut und weithin vernehmbar fort, »seid Ihr in den Augen des Königs Verräter und Rebellen, denen er ein blutiges Ende schwört, wenn er sie auf dem Felde ergreift!«

»Ist das alles, Ire?«

Murtagh wendete sein Pferd und fragte über die Schulter zurück: »Was habt Ihr denn erwartet?«

Warwick trieb sein Pferd vorwärts. Der Ire drehte sich argwöhnisch zu ihm um und fuhr mit der Hand an die Stelle, an der das Heft seines Schwertes hätte sein sollen.

»Nur ruhig Blut, Herold!« flüsterte Warwick. »Ich habe nichts Schlechtes mit Euch im Sinn, Murtagh. Ihr habt Euren Auftrag, und den habt Ihr erfüllt.« Er zog einen Arm des Iren zu sich heran und drückte ihm eine Goldmünze in die Hand. »Nehmt das!« drängte er ihn. »Wenn die Schlacht nicht zugunsten des Hauses York ausgeht, zeigt sie einem meiner Rittmeister. Sie wird Euch das Leben retten.«

Der Ire betrachtete die Goldmünze eingehend.

»Wenn es am Ende schlecht um Euch steht«, erwiderte er, »und das wird es, Herr, lasse ich davon Messen für Euer Seelenheil lesen.«

Murtagh wendete sein Pferd erneut und führte seine kleine Gruppe auf der Straße nach Barnet zurück.

Warwick sah ihnen nach. Er drehte sich um und lächelte seine Generäle fröhlich an. Er hoffte, daß er ihnen mit seiner Aufmunterung die finsteren Gedanken vertreiben könnte, damit sich ihre ängstlichen Mienen aufhellten.

»Sie werden schnell hier sein«, verkündete er. »Daher ist es wohl am besten, wenn Ihr Euch auf Eure Posten begebt.«

Er zog die Handschuhe aus und drückte seinen Generälen die Hand. Er blieb mit seinem Bruder John zurück und sah ihnen nach, als sie davonritten.

»Du mußt zu Fuß kämpfen«, unterbrach John unvermutet das Schweigen. »Unsere Leute sind unruhig; sie sprechen von Verrat und Untreue. Sie sagen ...« Er zögerte.

»Ich weiß, was sie sagen«, setzte Warwick die Worte des Bruders gelassen fort. »Die Feudalherren bleiben auf ihren Pferden sitzen, damit sie, wenn sich das Kriegsglück gegen sie wendet, wie der Wind in den nächstbesten Hafen reiten und die Bauern ihrem Schicksal überlassen können.«

Warwick hob sich aufgrund der schweren Rüstung nur mit Mühe aus dem Sattel. Er zog sein großes Schwert aus der Scheide, die am Sattelknauf befestigt war. Die Zügel seines Pferdes warf er dem Bruder zu.

»Gib den Befehl, John, daß alle zu Fuß kämpfen sollen. Nimm unsere Pferde mit hinter die Linien!«

John ritt davon und ließ Warwicks Streitroß hinter sich her galoppieren. Unter den harten Hufen spritzte Schlamm auf. Noch einmal schritt Warwick die drei langen, waffenstarrenden Schlachtreihen ab, um dann, umgeben von Rittern seines Hofes, hinter der Abteilung Montagus in der Mitte die Führung zu übernehmen. Er versuchte, über die Köpfe hinweg etwas zu erkennen; noch immer hing die Nebelwand dicht vor ihnen – wabernd zwar, aber undurchdringlich. Warwick befahl seinen Leuten, keinen Laut von sich zu geben; er legte die Hände auf das große Heft des Schwertes und spitzte die Ohren, um auch das kleinste Geräusch in der Dunkelheit vor ihnen zu hören. Da er nichts vernahm, schloß er die Augen und sprach leise ein Gebet. Als ein Page herbeilief, um ihm mitzuteilen, es sei erst acht Uhr in der Frühe, hörte Warwick plötzlich, undeutlich noch und gedämpft, daß der Feind auf sie zu marschierte. Warwick gab den Befehl, die Kampfbanner zu entrollen, doch sie waren feucht geworden und hingen schlaff herab. Er nickte den Trompetern zu, hob die Hand und rief:

»Für Gott, König Heinrich und den Heiligen Georg!«

Blechern schmetterten die Trompeten durch die Dunkelheit, und die Bogenschützen und Musketiere der drei Schlachtreihen schossen in die Nebelwand. Schrill und wütend antworteten die Trompeten der Yorkisten; Rufe wurden laut, und Warwick stockte das Herz, als aus dem Nebel gepanzerte Männer in mehreren Reihen stürmten.

»Vorwärts!« schrie Warwick.

Moresby, der Hauptmann seiner Leibwache, gab die Befehle weiter: Die Standartenträger setzten sich in Bewegung, und das Getöse, mit dem sich die beiden Armeen in ein wütendes Gemenge aus wirbelnden, zischenden Schwertern, Speeren und Streitäxten stürzten, zerriß die unheimliche Stille. Die Luft hallte wider von Flüchen, Stoßgebeten, Todesröcheln, Schreien des Entsetzens und des Schmerzes, während die Männer in Dunkelheit und Nebel kämpften und die weiche Erde knöcheltief mit Blut tränkten. Warwick wischte sich den Schweiß von der Stirn und suchte in dem Durcheinander das Banner seines Bruders. Daneben zeigte das große blaugoldene Banner der Yorkisten eine Sonne in all ihrer Pracht. Rufe und Schreie zu seiner Linken ließen ihn herumwirbeln. Mit Entsetzen sah Warwick, daß eine große weiße Standarte mit dem Bild des Roten Wilden Ebers über einem Hügel auftauchte und Exeters Mannen in die Mitte zurückdrängte. Yorks Bruder, Richard von Gloucester, versuchte offenbar, sie von hinten anzugreifen. Warwick erteilte knappe Befehle und wies den größten Teil seiner Reserve an, Exeter zu Hilfe zu eilen. Der Rote Wilde Eber verschwand. Warwick seufzte erleichert auf, griff nach dem Auge Gottes und betete zu Erzengel Michael, seinem Schutzpatron, er möge ihm beistehen. Aus dem Handgemenge vorn erscholl ein Ruf, und er sah, daß sein Bruder inzwischen von Bannern der Yorkisten umzingelt war. König Edward führte nun persönlich seine Reserve in den Kampf. Er schlug sich einen Pfad durch die Menge, um sich Montagu zu stellen. Warwick ließ seine eigene kleine Truppe weiter vorrücken. In wenigen Minuten war auch er Teil dieser Wand aus Stahl. Er setzte den Helm auf, ließ das Visier herunter und hackte und hieb auf alles ein, was in den Sehschlitzen seines Helms auftauchte. Die Yorkisten begannen nachzugeben. Warwick zog sich zurück, in Schweiß gebadet. Seine mit Gold ziselierte, silberne Rüstung, die ihm einst Ludwig XI. von Frankreich geschenkt hatte, war längst rostbraun geworden und jetzt mit Blut und Knochensplittern übersät. Warwick nahm inmitten seiner Knappen und Pagen den Helm vom Kopf und rang nach Luft. Er wandte sich an den Knappen, der neben ihm stand, und packte ihn bei der Schulter.

»Brandon!« rief er. »Brandon, der Sieg ist unser!«

Plötzlich drangen von rechts Schreie aus dem undurchdringlichen Nebel. Mit einemmal kam Bewegung in die Männer dort. Bogenschützen ergriffen die Flucht und schossen Pfeile auf die Berittenen, die vor ihnen auftauchten. Sie schrien: »Verrat! Verrat!«

»Was in drei Teufels Namen ...«, brüllte Warwick. »Brandon, es sind Montagus Männer – sie greifen Oxford an!«

Warwick rannte quer über das Schlachtfeld, doch der Schaden war nicht wiedergutzumachen. Oxford, der eine Abteilung Yorkisten vom Feld vertrieben hatte, war überraschend zurückgekehrt. Montagus Männer, die ihn für den Feind hielten, hatten eine Ladung Pfeile auf sie abgeschossen. Oxfords Soldaten, die Betrug witterten, schrien

»Verrat!« und flohen. Die Rufe wurden nun von Montagus Truppen übernommen. Panik machte sich in der Schlachtreihe breit, die auseinanderzubrechen drohte, als die Männer sich zur Flucht wandten. Boten rannten herbei, atemlos, mit brennenden Augen. Montagu war erledigt! John Neville tot! Warwick stöhnte, doch ihm blieb keine Zeit zuzuhören. Der Strom der Flüchtenden schwoll an. Männer rannten davon, warfen die Waffen von sich, entledigten sich der Rüstung.

»*Aidez-moi!*« rief der Graf.

Er deutete mit dem Schwert auf die Schlachtlinie und drängte seine Ritter vorwärts, während er sich mit ein paar wenigen Knappen unter seinem Banner versammelte, doch es nützte nichts. Die inzwischen eingedrückten Schlachtreihen erbebten und brachen auseinander. Alles, was auch nur im entferntesten nach einer Ordnung aussah, löste sich auf; selbst Warwicks Ritter riefen, das sei das Ende. Warwick griff nach dem Auge Gottes, warf einen Blick in die Runde und wollte etwas sagen, doch er brachte kein Wort hervor. Ein Pfeil zischte in Augenhöhe an ihm vorbei, und Fußsoldaten in der Uniform der Yorkisten kamen in Sicht. Brandon, Moresby und die übrigen begannen zu laufen. Warwick versuchte ihnen zu folgen; sein Atem kam in kurzen, keuchenden Stößen. Die schwere Rüstung zog ihn nach unten; die Aussicht auf Niederlage und Tod ringelte sich wie Schlangen an ihm empor.

»*Tout est perdu!*« flüsterte er.

Dann sah er seine Pferde. Dem Himmel sei Dank! Brandon führte Warwicks Pferd nach vorn, doch der Graf strauchelte, fiel mit lautem Aufklatschen in den Schlamm, stand auf und humpelte schwerfällig weiter. Die Fußsoldaten der Yorkisten sprangen und kläfften hinter ihm wie Hunde. Er erreichte das Pferd, packte die Zügel und – hatte einfach nicht die Kraft, aufzusteigen.

»Herr.« Ängstlich dreinschauend nahm Moresby den

Grafen bei der Hand und bedeutete Brandon, der neben ihm stand, die unruhigen Pferde im Zaum zu halten.

»Herr, Ihr müßt fliehen.«

Warwick riß sich das *Auge Gottes* vom Hals und drückte es Brandon ungestüm in beide Hände.

»Nehmt das!« keuchte er. »Geht damit zu den Mönchen in Canterbury. Mein letztes Geschenk. Bittet sie, für meine Seele zu beten!«

Moresby und Brandon wollten etwas einwenden, doch Warwick schob sie weg Die jungen Männer bestiegen hastig ihre Pferde, als eine Gruppe feindlicher Fußsoldaten Warwick erreichte. Der Graf drehte sich um und versuchte zu kämpfen, doch er wurde zu Boden gestoßen. Ein Soldat, der sich auf seine Brust setzte, riß ihm das Visier auf und stieß ihm ein Messer in die Kehle. Der Graf schrie auf, und als seine ehrgeizigen Pläne mit seinem Leben wie kleine Flammen im Wind verloschen, schrie er ein zweites Mal. In dem Augenblick, als Colum Murtagh, der Bote des Königs, die Soldaten erreichte, die gerade anfingen, Warwicks Leiche zu plündern, ritten Brandon und die anderen fort.

»Er ist tot!« rief einer der Krieger triumphierend. »Der Feind ist tot! Der große Warwick ist hin!« Blinzelnd blickte er zu Colum auf. »Ihr kommt zu spät für die Reichtümer. Das sind die Gesetze des Krieges! Wir haben ihn gefangen. Wir haben ihn getötet, seine Rüstung gehört uns!«

»Ich kam, ihm das Leben zu retten«, murmelte Colum und starrte mitfühlend auf den bleichen Körper Warwicks, den man bis auf ein Lendentuch entkleidet hatte.

»Wozu sollte das gut sein?« rief ein anderer Soldat, mit Warwicks reich verziertem Helm auf der Spitze seines Speers.

Colum schüttelte den Kopf. »Ach, zu nichts«, sagte er. »Nur, Seine Hoheit der König fordert das Amulett mit dem kostbaren Saphir.«

»Was für ein Amulett?« rief der Soldat. »Bei Gott, Herr, er hatte weder ein Kreuz noch Juwelen bei sich!«

Colum bestand darauf, daß sie ihre Ranzen und Taschen leerten. Zu guter Letzt, nachdem er sich von ihrer Ehrlichkeit, nicht jedoch von ihrer Ehrenhaftigkeit überzeugt hatte, wandte er das Pferd und kehrte zum König zurück, um ihm die Nachricht vom Tode des Grafen Warwick zu überbringen. Gleichzeitig mußte er ihm jedoch mitteilen, daß das *Auge Gottes* verschwunden war.

Herbstlicher Vollmond erleuchtete die Wegkreuzung, und auf den Ketten des Galgens lag ein gespenstischer, silbriger Glanz. Reglos hing eine Leiche am morschen Seil, als lauschte sie einem Geräusch aus dem einsamen Moor, das bis an die Küstenstraße außerhalb Canterburys reichte. Die Frau, die im Schatten wartete, vermochte kaum die Ruhe zu bewahren. Aufgeregt fuhr sie sich mit der Zunge über die Lippen und blickte angestrengt in die Dunkelheit. Die Botschaft war sehr einfach gewesen. Vor Mitternacht sollte sie an diese Stelle kommen – und doch wünschte sie sich nichts sehnlicher, als weglaufen zu können. Sie strich sich die roten Haare nach hinten und spürte, wie ihr der Schweiß über die Wangen rann.

»Natürlich hätte ich mich weigern können«, murmelte sie vor sich hin. Sie biß sich auf die Unterlippe. Und dann? Wäre ich nicht hierher gekommen, hätten sie mich heimgesucht, dachte sie. Hinter ihrem Rücken vernahm sie im Gras ein leises Rascheln wie von schlurfenden Schritten. Ein Zweig knackte. Sie wirbelte herum und fuhr mit der Hand an den Dolch, der in ihrem Gürtel steckte. Niemand war zu sehen außer einem silbergrau gesprenkelten Fuchs, der eine offene Stelle im Moor überquerte, von der Wegkreuzung durch ein paar Büsche abgeschirmt. Abrupt hielt der Fuchs inne, die Ohren gespitzt und ein Vorderbein angehoben, und blickte in ihre Richtung. Das Tier drehte den Kopf, die Augen schimmerten dunkelrot, und die Frau stöhnte entsetzt auf. War es wirklich ein Tier? Oder war es am Ende ein böser Nachtmahr? Irgendein Dämon in Tiergestalt? Der Fuchs blickte sie noch einmal an, nahm Witterung auf und trottete weiter. Die Frau schloß die Augen, seufzte tief und wandte sich wieder dem Galgen zu. Ein erstickter Schrei entrang sich ihrer Kehle beim Anblick der von einer Kapuze verhüllten, gebeugten Gestalt, die jetzt neben dem Blutgerüst stand. Sie hätte sich am liebsten kleingemacht und verkrochen, doch der Schatten wußte, daß sie dort war. Er hob eine behandschuhte Hand und forderte sie auf näherzutreten. Ihr wurde kalt, der Mund wurde trocken, das Herz schlug wie eine Trommel.

»Komm!« befahl die Stimme leise. »Megan, komm her!«

Die Frau stand auf. Wenn doch nur die Beine nicht mehr zittern wollten! Ihr Kittel war durchnäßt von kaltem Schweiß, und die kühle Nachtluft tat ein übriges, ihr Schaudern noch zu verstärken.

»Möchtest du nicht herkommen?« Die Stimme war süß und tief. »Du hast keinen Grund zur Angst.«

Megan trat hinter den Büschen hervor und ging langsam auf den Fremden zu.

»So komm doch schon näher«, wiederholte die Stimme jetzt leicht gereizt, wie ein wohlwollender Vater, der langsam die Geduld mit seinem störrischen Kind verliert.

Megan schob sich näher heran. Sie versuchte, ihre Panik zu zügeln, die sie in ein nach Mitleid heischendes, stöhnendes oder hysterisch weinendes Bündel zu verwandeln drohte. Sie wußte, daß ihr so etwas nicht passieren durfte, der Fremde könnte sonst den Verdacht hegen, sie plane einen Angriff oder wolle ihm einen Hinterhalt legen. Wenn sie sich jedoch umdrehte und fortliefe, würde der Fremde gewiß dafür sorgen, daß dies ihre letzte Nacht auf Erden wäre. Megan nahm ihr Herz in beide Hände und schritt hoch erhobenen Hauptes auf ihn zu.

Sie ging so nahe heran, daß ihr der Fäulnisgeruch vom Galgen in die Nase stieg. Sie warf einen kurzen Seitenblick auf den zur Seite geneigten Totenschädel des Gehängten, der im fahlen Licht des Mondes den Anschein erweckte, als grinste er sie an. Der Fremde hatte seinen Standort mit Bedacht ausgewählt. Kapuze und Umhang verdeckten seine Gestalt völlig, und die Maske vor seinem Gesicht enthüllte nur spitze, weiße Zähne und das boshafte Flackern in dem einen gesunden Auge.

»Da bin ich«, murmelte Megan. »Wie Ihr gesagt habt.«

»Wie nicht anders zu erwarten war.« Die Stimme des Fremden hatte jetzt einen singenden, gälischen Einschlag. Blitzschnell fuhr eine Hand vor und packte Megan mit eisernem Griff an der Schulter. Megan schloß die Augen und stöhnte entsetzt auf.

»Sieh dich um, Megan!« Er schüttelte sie. »Sieh dich um!«

Er lockerte den Griff, und die Frau tat, wie ihr befohlen: Sie schaute auf die hohen, dunklen Bäume von Blean Wood.

»Ein merkwürdiger Ort«, murmelte der Mann. »Es heißt, daß sich hier Zauberer große Häute überziehen, Tierfelle, an denen noch die langen Schwänze hängen. Sie sind gesichtslos und rufen Merderus, die Königin der Nacht, um Hilfe an. Glaubst du daran? Bei uns in Irland glaubt man es.«

Trotz seines singenden Tonfalls fürchtete sich Megan, wenn sie ehrlich war, mehr vor ihm als vor einer ganzen Horde von Hexen, die durch die nächtliche Dunkelheit flogen, um am Hexensabbat oder schwarzen Messen teilzunehmen.

Der Mann seufzte. »Es heißt, der Krieg sei zu Ende«, fuhr er im Plauderton fort. »He, wußtest du das schon, Kleine?« Er lachte kurz auf. »Ja, natürlich weißt du es. Hoch türmen sich die Leichenberge der Lancastertreuen, und die Hügel von Barnet und Tewkesbury sind von ihrem Blut durchtränkt. König Edward der Vierte hat mit seiner hübschen, puppengesichtigen Königin und seinen grausamen Brüdern seinen rechtmäßigen Besitz erlangt. Nun müssen alle wieder nach Hause gehen. Die Zeit des Mordens ist vorüber, es herrscht Friede – bis zum nächsten Mal.«

»Was – was wollt Ihr?« stammelte Megan.

»Du weißt, was wir wollen«, erwiderte der Mann. »Edward der Vierte hat seinen Zwist mit dem Hause Lancaster beigelegt. Nun ist es an uns, alte Rechnungen zu begleichen. Und du wirst uns zu gegebener Zeit dabei helfen, nicht wahr? Wenn dich die Botschaft erreicht, wirst du tun, was ich sage, oder? Wir sind vom selben Blut, und der Verräter Colum Murtagh war einst mit uns verwandt.«

Megan erbleichte und starrte den Fremden mit schreckgeweiteten Augen an.

»Schwöre!« zischte der Mann. Er nahm ihre Hand und hielt sie zum schlammverkrusteten Galgen empor. »Schwöre es mir hier und jetzt, mir, Padraig Fitzroy!«

Megan konnte die Angst nicht mehr ertragen.

»Ich schwöre!« schrie sie. »Ich schwöre! Ich schwöre! Ich schwöre!«

Sie entzog ihm die Hand und sank schluchzend auf die Knie, daß die langen Haare nur so wirbelten. Als sie aufblickte, war der Fremde fort. Die Wegkreuzung lag verlassen da; die Stille wurde nur unterbrochen vom Quietschen des Galgens im kalten, auffrischenden Südwestwind. Megan strich sich die roten, schweißnassen Haare glatt und starrte in die Nacht. Sie war gebürtige Irin und kannte die Schrecken der Blutfehde: Die Bluthunde von Ulster waren in England auf der Jagd nach ihrem Herrn. Colum Murtagh war ihre Beute, und sie, Megan, sollte der Köder sein.

Eins

»Dann zeigt mir mal Eure Wunde!«

Der Soldat zog zuerst den Ärmel seines Lederwamses hoch, dann das schmuddelige Leinen des einst weißen Unterhemdes. Der Arm, der darunter zum Vorschein kam, war mager, braun und muskulös. Oberhalb des Handgelenks klaffte eine lange, eitrige Wunde. Die Frau beugte sich vor und schnüffelte leicht daran. Sie sah den gelblichgrünen Ausfluß, dem ein fauliger Geruch entströmte. An den Rändern sah die Schramme bereits böse aus. Das Gift der Wunde bildete einen kleinen roten Kreis, und die Entzündung strahlte allmählich in den Arm.

»Wollt Ihr eigentlich heilen oder essen?« fragte der Soldat spöttisch.

Kathryn Swinbrooke, ihres Zeichens Baderin, Apothekerin und Ärztin, sah den Soldaten mit festem Blick an.

»Die Wunde eitert«, entgegnete sie schroff. »Thomasina«, rief sie ihrer behäbigen alten Amme mit den fröhlichen Gesichtszügen zu, »gib mir doch bitte das Messer.«

Thomasina hielt die Klinge eines langen, scharfen Messers über die Flamme einer Kerze. Sie wußte nicht warum, doch Kathryn legte Wert darauf, wie schon ihr Vater, der arme Medicus Swinbrooke, der bereits unter den kalten Fliesen von St. Mildred in Canterbury ruhte.

Thomasina träumte vor sich hin. Sie sehnte sich nach ihrem Haus in der Ottemelle Lane, wo sie Agnes, die Spülmagd, necken und dem Geschwätz des kleinen Wuf lauschen konnte. Thomasina biß sich auf die Lippen. Aber nein, dachte sie, dank Colum Murtagh, dieses vermaledeiten Iren, befand sie sich statt dessen mit ihrer Herrin und dem irischen Abenteurer mitten in London, und man war im Begriff, flußaufwärts zu einer Audienz beim König höchstpersönlich zu fahren. Nur Murtagh war noch nicht fertig mit dem Ankleiden, und Kathryn untersuchte gerade das Handgelenk des finster dreinschauenden Hauptmanns der Wache, der gekommen war, um sie auf der Themse flußaufwärts zum Tower zu geleiten.

»Thomasina, was ist, schläfst du?«

Thomasina erschrak, blickte auf, lächelte entschuldigend und reichte ihrer Herrin das scharfe Messer mit dem Elfenbeingriff.

»Ihr solltet es nicht tun«, stöhnte Thomasina. »Ihr ruiniert Euer bestes Taftkleid.« Sie warf einen mißbilligenden Blick auf den lohfarbenen Stoff, als suchte sie einen Fleck.

»Thomasina, es ist doch nur ein Schnitt. Sobald ich die Wunde gesäubert habe, können wir gehen.« Kathryn lächelte den Soldaten an. »Es tut vielleicht ein bißchen weh.«

Dem kahlköpfigen Soldaten stand die Anspannung im unrasierten Gesicht geschrieben, doch er nickte nur. Die Freundlichkeit dieser wohlriechenden Frau machte ihn verlegen. Als Kathryn begann, an den Wundrändern zu schneiden, betrachtete er die Ärztin genauer. Gefügig ist sie wohl kaum, dachte er bei sich; immerhin hatte sie schon graue Strähnen im pechschwarzen Haar, und ihre Gesichtszüge waren streng. Dennoch bewunderte er im stillen ihren hellen Teint, die zarte Rundung der Augenbrauen und die kleine, gerade Nase, die jetzt an dem Eiter schnüffelte, der aus der kleinen, entzündeten Schnittwunde rann.

»Wie ist das passiert?« fragte Kathryn und blickte auf.

Nein, überlegte der Soldat, bei näherem Hinsehen war sie einfach wundervoll. Die vollen, roten Lippen, die heiteren, meergrauen Augen, ehrlich und direkt.

»Wie ist das passiert?« wiederholte sie ihre Frage.

»Hab' mich geschnitten«, murmelte der Soldat und blickte zur Seite. »An einem rostigen Kettenpanzer.«

»Wenn es noch mal vorkommt«, sagte Kathryn ernst, obwohl ihre Augen dabei schelmisch aufblitzten, »wascht die Wunde aus, wie ich es jetzt mache.«

Noch ehe der Soldat sich zur Wehr setzen konnte, preßte Kathryn die Wundränder zusammen und drückte Blut und Eiter aus. Dann kippte sie eine Schüssel heißen Wassers darüber, daß der Soldat wimmerte. Anschließend trug sie mit weichen, zarten Händen Salbe im Bereich der Wunde auf. Schließlich nahm sie einen gazeartigen Verband aus dem kleinen Korb, den die fürchterliche Thomasina ihr hinhielt, und wickelte ihn fest um das Handgelenk.

»So!« Kathryn steckte das Ende mit einer kleinen Nadel fest. »Das muß halten.«

Der Soldat trat sichtlich verlegen von einem Fuß auf den anderen. Kathryn schmunzelte, als sie darüber nachdachte, wie sehr ein wenig Freundlichkeit einen Menschen verändern konnte. Beim Betreten des Wirtshauses hatte der Hauptmann ziemlich finster ausgesehen mit seinem Topfhelm unter dem Arm, dem gegerbten Lederwams, der engen Wollhose, den schweren Stiefeln und dem großen Schwertgurt über der Schulter, an dem das blanke Schwert mit einem Haken befestigt war, und zwei Dolchen, die an einem Hüftriemen hingen.

»Ich soll Master Murtagh, den Marschall des königlichen Haushalts und königlichen Sonderbeauftragten in Canterbury, sowie Mistress Swinbrooke, Ärztin aus ebenderselben Stadt, zu Seiner Hoheit dem König in den Tower geleiten«, hatte er verkündet.

Colum, der noch damit beschäftigt war, zu frühstücken, teilte ihm kurz angebunden mit, er müsse sich noch ein wenig gedulden. Während sich Murtagh in sein Zimmer im ersten Stock zurückzog, hatte Kathryn beobachtet, daß der Hauptmann seinen linken Arm auffällig schonte. Sie fand die Ursache heraus und bestand darauf, ihn auf der Stelle zu behandeln.

»Was bin ich Euch schuldig, Mistress?« fragte er jetzt.

Kathryn schüttelte den Kopf. »Ein sicheres Geleit zum Tower, und Ihr seid mir nichts schuldig.«

Der Soldat hustete, murmelte ein Dankeschön und ging hinaus. Lauthals erteilte er seiner kleinen Eskorte Befehle. Die königlichen Bogenschützen lungerten auf dem gepflasterten Hof herum und schäkerten mit Dirnen und Mägden.

»Ich bin soweit«, sagte Colum, als er die Treppe herunterkam. Er warf Thomasina eine Kußhand zu, erntete jedoch nur böse Blicke und verbeugte sich galant vor Kathryn.

»Sieh einer an, der vollkommene Höfling«, sagte Kathryn belustigt.

Sie betrachtete den Iren. Er hatte sich das schwarze, widerspenstige Haar sorgfältig gekämmt und das dunkle Gesicht rasiert. Obwohl Colum die Nacht in einer Schenke in Cheapside mit einem Freund durchzecht hatte, waren seine blauen Augen jetzt klar, und das Gesicht, das Kathryn an einen Jagdfalken erinnerte, entspannt. Er lächelte. Colum hatte sich in Schale geworfen: Er trug ein weißes Batisthemd unter einem braunroten, mit Lammfell gefütterten Wams, das ihm bis zu den Waden reichte, und eine farblich darauf abgestimmte enge Hose. Auch er hatte sich seinen großen Kriegsgurt, in dem der lange Dolch und das Schwert mit der breiten Klinge steckten, um die Hüfte geschlungen.

»Sollt Ihr Waffen anlegen?« fragte Kathryn. »Ich habe noch in Erinnerung, daß Ihr sagtet, in Gegenwart des Königs …«

»Das stimmt, und ich werde sie ablegen müssen«, erwiderte Colum und klopfte ein wenig Staub von seinem gesteppten Wams. »Aber wir sind hier in London, Kathryn, und die Straßen sind vollgestopft mit Schurken der übelsten Sorte. Doch kommt, wir wollen aufbrechen!«

Colum ging mit langen Schritten in den Hof. Die Bogenschützen sprangen auf, und sie machten sich auf den Weg, allen voran der Hauptmann mit drei Männern. Drei weitere Begleiter folgten ihnen. Der Weg führte sie durch die Budge Row, von dort in die Walbrook, und schließlich gelangten sie ans untere Ende des Steelyard bei Dowgate, wo ein königlicher Kahn auf sie warten sollte. Kathryn hakte sich bei Colum ein; an diesem schönen Tag waren viele Menschen unterwegs, die sich durch das Gedränge entweder nach Cheapside hinauf oder wie sie selbst hinunter zum Fluß schoben. Hohe Häuser, deren schneeweiß gekälkte Putzflächen zu den schwarzlackierten Holzbalken in scharfem Kontrast standen, ragten über ihnen empor und sperrten die blasse Morgensonne nahezu aus. Colum raunte Kathryn zu, vorsichtig zu sein. Sie hob den Saum ihrer Röcke und versuchte, Pfützen zu umgehen. Über die randvolle, offene Kloake in der Straßenmitte rümpfte sie die Nase. Dennoch fesselte sie das geschäftige Hin und Her auf den Straßen: Hausierer und Kesselflicker liefen auf und ab und priesen lauthals ihre Waren an; Kaufleute in großen Biberhüten und gefütterten Mänteln standen an Straßenecken beisammen und tauschten die neuesten Gerüchte darüber aus, welche Schiffe eingelaufen waren und welche Handelsgüter man erstehen konnte. Eine Hochzeitsgesellschaft, die zu einer Kirche in Trinity unterwegs war, kämpfte sich durch die Menge: eine Gruppe kichernder junger Männer und Frauen, deren Gesichter nach dem Genuß von Alkohol bereits gerötet waren. An den Ecken von schmalen Gassen jammerten Bettler. Ein Ablaßprediger, von Kopf bis Fuß in schmutzige, ehemals weiße Lumpen gekleidet, versuchte, Ablaßbriefe auf billigen Pergamentfetzen zu verkaufen. Kinder quälten Hunde, Frauen hielten ein Schwätzchen unter schattigen Torbögen. Zwei Mönche, die Kapuze tief ins Gesicht gezogen, gingen hinter einem Mann her, einem Falschmünzer, der dazu verurteilt worden war, einen riesigen Wackerstein von einem Ende der Stadt zum anderen zu tragen.

Kathryn wurde schwindelig von so vielen Eindrücken. Sie hatte es aufgegeben, dem Schmutz auszuweichen, und stützte sich fester auf Colums Arm, während der Ire, die freie Hand am Dolch, entschlossen den Bogenschützen folgte. Er hielt ein waches Auge auf die Menschen ringsum und versuchte, Thomasinas Fragen, die sie unaufhörlich schnaufend und prustend hinter ihm hervorsprudelte, einfach nicht zu beachten. Colum genoß es, daß Kathryn sich so fest bei ihm untergehakt hatte. Die Heilerin hatte den Wunsch geäußert, nach London zu fahren, um Gewürze einzukaufen, was Colum hoch erfreut hatte: einerseits wollte er sich bei Hofe mit ihr brüsten, andererseits jedoch Kathryn vor Augen führen, wie sehr ihm die großen Kriegsherren des Hauses York vertrauten, die ihn im Tower erwarteten. Doch Colum fühlte sich nicht wohl in seiner Haut. Er, der in den wilden grünen Tälern Irlands das Licht der Welt erblickt hatte, war Ställe, Pferde und weite Felder gewohnt und verabscheute die engen Gassen in den Städten, die Masse ungewaschener Leiber und die Wegelagerer, die hier wie Ratten an einem Haufen Unrat in Scharen auftauchten. Mit einem flüchtigen Seitenblick sah er, daß ihnen jemand folgte – ein kleiner, gebeugter Mann mit wirrem, grauem Haar, verschlagenen Augen und einer langen, spitzen Nase. Colum warf dem Mann einen bösen Blick zu; er erkannte einen Taschendieb auf den ersten Blick. Der Schurke wollte sich offensichtlich entweder an Colums Gruppe heranschleichen oder an jene, die anhielten, um das gut gekleidete Paar zu betrachten, das von einer kleinen Eskorte königlicher Bogenschützen durch die Straßen geleitet wurde. Doch der Kerl stellte keine tödliche Gefahr dar, und Colum wandte den Blick von ihm ab. Vor einem dahergelaufenen Wegelagerer in London fürchtete er sich nicht. Die Bluthunde von Ulster indessen waren etwas anderes. Sie hatten Colum des Verrats bezichtigt und geschworen, ihm den Garaus zu machen. Und gab es für diesen Zweck einen geeigneteren Ort als eine überfüllte Londoner Straße, wo man rasch und unauffällig eine Armbrust abschießen oder jemandem ein Messer zwischen die Rippen stoßen konnte?

»Colum, was glaubt Ihr, hat der König mit Euch vor?«

Der Ire verzog das Gesicht. »Weiß der Himmel, Mistress Kathryn. Den Brief hat mir sein Bruder, Richard von Gloucester, geschickt. Darin hieß es, daß ich den König am fünfundzwanzigsten Juli, am Fest des Heiligen Apostels Johannes, in der Kapelle des Königs im Tower treffen soll. Weiß der Henker, was an der Sache dran ist!«

Kathryn drückte seinen Arm. »Seid Ihr nervös, Colum?«

»Der Tod holt uns aus der Mitte des Lebens«, gab Colum bissig zurück.

Nun war es an Kathryn, ein langes Gesicht zu ziehen. Zuweilen bedauerte sie, jemals eine Kopie von Chaucers Werk erstanden zu haben. Der Ire, ein eifriger Leser, meinte, sie und Thomasina ständig mit Auszügen aus Geoffrey Chaucers Canterbury-Erzählungen erquicken zu müssen.

»Aus welcher Geschichte stammt das schon wieder?« neckte sie ihn.

Colum erhob den Zeigefinger wie ein tadelnder Schulmeister.

»Nicht doch, gelehrteste aller Ärztinnen, nicht aus Master Chaucers Werken, sondern aus der Geschichte, die Gott geschrieben hat, aus der Bibel.« Er grinste. »Obwohl ich zugeben muß, wie der Ablaßprediger bei Chauver schon sagte: ›Ich suche nach dem Tod hinieden, bleich und welk ist sein Gesicht‹.«

Kathryn wurde ernst. »Hier!« flüsterte sie erschreckt.

»Hier in Canterbury? Umgeben von königlichen Bogenschützen?«

»Oh ja«. Auch Colum sprach leise. »Meine Kameraden, die sich selbst die Bluthunde von Ulster nennen, haben keine Achtung vor Menschen. Ich bin hier in größerer Gefahr als auf einer verlassenen Landstraße.«

Als sie das Flußufer erreichten, fand ihre Unterhaltung ein Ende. Sie gingen die glitschigen Stufen zum wartenden königlichen Kahn hinab. Er war groß und breit und hatte unter einer ledernen Plane bequeme Sitze für Kathryn, Colum und Thomasina. Die Bogenschützen stiegen hinter ihnen ins Boot. Der Hauptmann erteilte knappe Befehle, die vier Ruderer legten vom Ufer ab und steuerten das Boot in die Flußmitte. Trotz der Gezeitenwende glitt der Kahn rasch über die Wasseroberfläche, als er die Bögen der London Bridge durchquerte, wo das Wasser schäumte und toste wie in einem Kessel. Kathryn, der die Geschwindigkeit und die heftige Strömung ein wenig Angst einflößten, schaute nach oben. Beim Anblick der hohen, über der Brücke emporragenden Pfähle, auf denen verwesende Schädel von Verrätern aufgespießt waren, schloß sie angeekelt die Augen. Colum, der ihrem Blick gefolgt war, versuchte sie abzulenken und wies auf verschiedene Sehenswürdigkeiten hin: das weiße Gemäuer der Paläste, hohe Kirchtürme und die unterschiedlichen Schiffstypen – Galeeren aus Venedig, riesige dickbäuchige Koggen aus der Ostsee und die großen Zweimaster, die Kriegsschiffe des Königs.

Schließlich kamen sie beim Tower an. Trotz des Sonnenscheins machte die Festung einen düsteren, schwermütigen Eindruck. Sie stiegen aus dem Kahn und gingen über einen mit Schindeln ausgelegten Pfad auf das Löwentor zu, das von Rittern in königlicher Uniform – dem Roten Eber von Gloucester oder dem Goldenen Bullen von Clarence – streng bewacht wurde. Die Geleitbriefe wurden überprüft, und man führte sie über schmale, gewundene Wege ins Innere der Festung. Kathryn schaute sich mit sorgenvollen Blicken um. War es nicht hier, dachte sie, nachdem die Kriegsherren des Hauses York vor kurzem bei Barnet und Tewkesbury gesiegt hatten und hierher zurückkehrten, daß man den alten König Heinrich erstochen hat, von dem die einen sagten, er sei ein Heiliger, andere wiederum, er sei verrückt? Sie bogen um eine Ecke und schritten über eine Grünfläche auf den großen weißen Festungsturm zu, vorbei an Soldaten, die auf dem Rasen saßen und ihre Panzerhemden mit alten Lumpen und trockenem Sand aus kleinen Schalen reinigten. Am Fuß der Treppe, die zum Festungsturm hinaufführte, verabschiedete sich die Eskorte von ihnen. Noch einmal bedankte sich der Hauptmann bei Kathryn, und noch ehe Colum sie fragen konnte, was der Kerl denn meinte, tauchte auch schon ein in Blau-Rot-Gold gekleideter Kammerherr auf, der im Vollgefühl seiner Überlegenheit vor ihnen her in den Turm trat. Sie stiegen eine zweite Treppe hinauf und gelangten in die Kapelle des Heiligen Johannes. Zwei Bannerherren, deren Gesichter durch schwere Topfhelme mit breitem Nasenschutz verdeckt waren, standen mit gezogenen Schwertern vor der Kapellentür Wache. Colum nahm den Schwertgürtel ab, reichte ihn einem der beiden Wachtposten und begleitete Kathryn ins Innere.

Die Heilerin war von der reinweißen, blendenden Schönheit des Ortes überwältigt. Die Säulen waren mit leuchtenden Farben bemalt. Der Boden war aus blankem Stein; an den Wänden hingen golddurchwirkte Behänge. Schließlich wurde Kathryn auf die Gruppe aufmerksam, die am anderen Ende des Raumes vor dem Altar saß. Während der Kammerherr vor ihnen herschritt, senkte Colum den Kopf und flüsterte seiner Begleiterin etwas zu.

»Seine Hoheit, der König, und seine Gemahlin, Lady Elizabeth. Hinter ihm stehen die Brüder Seiner Hoheit;

der Rotbraune ist Richard von Gloucester, der andere George von Clarence. Dem König kann man vertrauen, doch laßt die anderen nicht aus den Augen!«

Kathryn schaute durch den Mittelgang nach vorn. In der Luft lag Weihrauchduft, und von den Kerzen auf dem Altar stiegen noch kleine Rauchwölkchen auf. Ein Mönch mit Tonsur in Meßgewand und Stola räumte nach einer späten Morgenmesse die kostbaren Gefäße fort. Kathryn betrachtete die Gestalten, die dort geheimnisvoll miteinander tuschelten: der König, eine strahlende Gestalt in dunkelblauem Satin, das goldblonde Haar von einem silbernen Kranz umgeben. Der riesige Edward überragte mit einer Körpergröße von mehr als sechs Fuß alle Krieger seiner Zeit, und Gerüchten zufolge war er Frauen nicht ungefährlich. Seine Gemahlin, Elizabeth Woodville, mit wunderschönen silberweißen Haaren, sah aus wie eine Schneekönigin. Ihre Gesichtszüge hätte man als auffallend hübsch bezeichnen können, wenn da nicht dieser Ausdruck von Hochmut gewesen wäre. Die beiden Prinzen waren, wie Colum sie beschrieben hatte – entschlossene, aber gefährliche Krieger. Mit den rotbraunen Haaren, dem bleichen, verkniffenen Gesicht und den grünen Augen erinnerte Richard von Gloucester Kathryn an eine Katze, die ihr Vater einmal besessen hatte. Gloucester wandte sich zur Seite und flüsterte Clarence etwas zu, woraufhin dieser aufblickte. Ein gutaussehender Mann, dachte Kathryn – zu hübsch, beinahe feminin mit den goldblonden Locken und dem Schmollmund. Der Kammerherr wartete, bis der König ihm seine Aufmerksamkeit schenkte, sank auf ein Knie und raunte ihm etwas zu, mit dem Kopf auf Kathryn und Colum deutend. Edward erhob sich schwerfällig, rückte seine Krone gerade, blinzelte Kathryn schelmisch zu und bedeutete ihnen näherzutreten.

Kathryn und Colum leisteten seiner Aufforderung Folge und beugten vor dem König das Knie. Er ließ sie in dieser Haltung verweilen. Mit einem Blick über die Schulter vergewisserte er sich, daß Kammerherr und Kaplan die Kapelle verlassen hatten, und bedeutete Gloucester, nachzusehen, ob alle Türen geschlossen waren. Kathryn holte tief Luft. Sie wünschte, man hätte Thomasina erlaubt, sie zu begleiten, doch Colum hatte nicht nachgeben wollen: Nur die persönlich geladenen Gäste traten vor den König, und Thomasina war in der Botschaft nicht namentlich genannt worden.

»Erhebt Euch, Colum.«

Der König hatte eine volle, wohlklingende Stimme. Er warf seinen hermelinbesetzten Umhang ab, kam zu ihnen herab und bot seine große Hand zum Gruße.

»Mistress Swinbrooke, ich bin hoch erfreut, Eure Bekanntschaft zu machen.«

Kathryn blickte in das breite, gebräunte und hübsche Gesicht. Edward war eine durch und durch königliche Erscheinung – leichte Hakennase, ein säuberlich gestutzter, goldblonder Schnurrbart und Bart; in den freundlichen dunkelblauen Augen saß der Schalk. Kathryn kamen Colums Worte in den Sinn – Edward besäße die Gabe, selbst dem ärmsten seiner Untertanen ein entspanntes Gefühl zu vermitteln.

»Mistress Kathryn, es freut mich außerordentlich, Euch kennenzulernen«, wiederholte der König. Kathryn errötete und stammelte ein paar Worte des Dankes.

Der König legte seine Hand auf Kathryns.

»Ihr habt recht, Colum.« Er ließ Kathryns Hand los und wandte sich dem Iren zu, dem er auf die Schulter klopfte. »Eine schöne und kluge Frau, eine Perle, wie man sie nicht allzuoft findet.«

Edward zwinkerte seiner Königin schelmisch zu, die sich ein kurzes Lächeln abrang, ehe sie Kathryn anblitzte. Gloucester trat hinter dem Thron hervor. Clarence folgte ihm. Sie schüttelten Colum die Hand und verbeugten sich höflich vor Kathryn, um ihr einen Handkuß zu geben.

Wölfe im Schafspelz, dachte Kathryn. Gloucester erweckte trotz des schiefen Lächelns noch einen freundlichen Eindruck, doch Clarence mit seinem arroganten, höhnischen Blick und dem stutzerhaften Getue mochte Kathryn vom ersten Augenblick an nicht leiden. Sie spürte, daß er sich über sie lustig machte, und so ließ sie ihr aufgesetztes Lächeln absichtlich verschwinden. Über Clarence' Schulter hinweg erhaschte sie Edwards Blick; auch er starrte verdrießlich auf seinen Bruder.

»Clarence ist ein Verräter«, hatte Colum ihr auf dem Weg nach London gesagt. »Er kämpfte für Warwick und das Haus Lancaster. Kurz vor Barnet erst schlug er sich wieder auf die Seite der Yorkisten. Eines Tages wird Bruder George zu spät reagieren, dann wird der König seinen Kopf haben.«

Kathryn warf einen schnellen Blick in die Runde dieser vier mächtigen Menschen, die das Königreich in Händen hielten. Sie versuchte, ihr Unbehagen zu verbergen, als sie bemerkte, wie still es in der Kapelle geworden war. Der König neigte sich nach vorn, stampfte mit einem weichen, juwelenbesetzten Schnürstiefel auf den Boden und zeigte auf Colum.

»Nun, Ire, wie steht's mit meinen Ställen in Kingsmead?«

»Das Herrenhaus wird gerade wieder aufgebaut, Euer Gnaden, die Pferdekoppeln werden hergerichtet, und zumindest die Ställe sind bereit für Eure Pferde.«

Der König trommelte mit den Fingern auf die Armlehne seines Stuhls. »Und Canterbury selbst?«

»Äußerst loyal, Euer Gnaden.«

Edward schmunzelte und fragte mit einem Seitenblick: »Und was macht der Rebell, dieser Nicholas Faunte?«

Colum trat unbehaglich von einem Fuß auf den anderen. Er war nicht nur Rittmeister in den königlichen Ställen in Kingsmead, sondern auch Sonderbeauftragter in Canterbury. Die Stadt hatte Warwick und das Haus Lancaster im gerade beendeten Bürgerkrieg unter ihrem Bürgermeister, Nicholas Faunte, unterstützt, der jetzt als Verräter auf der Flucht war. Colum kannte seinen königlichen Herrn. Wenn Edward einmal zu der Überzeugung gelangt war, daß ein Mann den Tod verdient hatte, würde er unweigerlich, ob Prinz oder Bettler, auf dem Schafott landen; Edward hatte nicht vergessen, daß Fauntes Unterstützung der Lancastertreuen ihn beinahe die Herrschaft über die wichtigen Straßen nach Dover gekostet hätte.

»Also habt Ihr ihn noch nicht festgenommen?« Clarence hob die Stimme und kam um den Thron, die Daumen im hübsch bestickten Gürtel.

»Nein, ich habe ihn nicht festgenommen«, erwiderte Colum, der den Blick fest auf den König gerichtet hielt, »weil ich mit anderen Dingen beschäftigt war, Herr. Wie Euer Gnaden wissen, ist Verrat ein Unkraut mit sehr tiefen Wurzeln.«

Clarence hatte die Anspielung verstanden und lief rot an. Gloucester neigte den Kopf, um sein ironisches Lächeln zu verbergen, doch der König blickte Colum unverwandt an.

»Faunte entgeht uns nicht«, erwiderte Edward langsam. »Master Murtagh hat noch anderes im Sinn.« Er warf einen schnellen Seitenblick auf Kathryn. »Und Ihr, Mistress Swinbrooke, Ihr habt Euch diesen Iren ins Haus geholt?«

»Ich habe ihn vorübergehend bei mir einquartiert, Euer Gnaden«, entgegnete Kathryn heftig. »Ich bin eine ehrbare Witwe. Mein Vater war Arzt in Canterbury.«

»Und was ist mit Eurem verstorbenen Gatten?«

Kathryn wurde zusehends verlegen. Sie senkte den Kopf.

»Euer Gatte«, wiederholte der König eindringlich und beugte sich vor, »der Gewürzhändler Alexander Wyville, der sich meines Wissens Master Fauntes Truppen angeschlossen hat.«

»Er war nicht der einzige, der den Lancastertreuen folgte«, warf Colum ungewohnt energisch ein. »Euer Gnaden, das Verbrechen kann man nicht Mistress Swinbrooke anlasten!«

»Das haben Wir auch nicht behauptet«, mischte sich die Königin mit leiser, taubengleich gurrender Stimme ein.

»Mein Gatte«, sagte Kathryn trotzig, »folgte seinem Herzen.«

»Ist er denn nun tot?« fragte Clarence.

Kathryn zuckte mit den Schultern. »Für mich ist er gestorben, Herr. Doch Gott allein weiß, ob er lebt oder nicht.« Kathryn ließ alle Vorsicht außer acht. Sie konnte kaum glauben, daß man sie hierher bestellt hatte, um sie über ihr Privatleben zu verhören. »Alexander Wyville mag bei Faunte sein«, fügte sie hinzu. »Kann sein, daß er in Frankreich ist. Vielleicht ist er im Himmel oder in der Hölle. Es ist sogar denkbar, Euer Gnaden, daß er sich in Eurem Hofstaat oder in Eurer Stadt aufhält. Es gibt schließlich viele, die das Haus Lancaster unterstützt haben, wie Master Murtagh bereits gesagt hat, die heute friedlich auf Seidenkissen schlafen.«

Colum stieß Kathryn sacht mit dem Ellenbogen in die Seite, um sie zur Vorsicht zu gemahnen. Der König funkelte sie an, klatschte dann plötzlich in die Hände, warf sich zurück und lachte über die Schulter hinweg seinen Bruder Richard an.

»Ich habe die Wette gewonnen!« verkündete er lauthals. Er lächelte Kathryn an. »Als Wir Euch dort hinten in der Kapelle zum ersten Mal sahen, habe ich mit meinem Bruder gewettet, daß eine kluge Frau nicht schweigt.«

»Ich bin jederzeit bereit, die Wahrheit zu sagen«, gab Kathryn schnippisch zurück, verärgert darüber, daß ihr Erscheinen Anlaß für eine Wette gewesen war.

Edwards Gesicht verzog sich zu einem breiten Grinsen. Selbst die Königin entspannte sich ein wenig. Richard biß sich auf die Unterlippe und drohte Colum scherzhaft mit erhobenem Zeigefinger. Nur Clarence warf dem Iren finstere Blicke zu. Erneut klatschte Edward in die Hände.

»Genug! Genug! Master Murtagh, ist sonst alles in Ordnung?«

»Ja, danke ergebenst, Euer Gnaden.«

»Dann wollen wir zum Geschäftlichen übergehen.«

Der König nahm den Silberstreif vom Kopf, setzte sich seitwärts auf seinen Stuhl und schlug die mächtigen Beine übereinander. Spielerisch drehte er einen Diamantring am Finger.

»Master Murtagh, erinnert Ihr Euch an Barnet?«

»Ja. Euer Gnaden, es war eine blutige Schlacht.«

»Nein, das meine ich nicht«, sagte der König mit abwehrender Geste. »Erinnert Ihr Euch an den Zeitpunkt vor der Schlacht, als Ihr Warwick meine Herausforderung überbrachtet? Ihr sagtet, der Graf hätte ein goldenes Amulett mit einem wunderschönen Saphir getragen.«

»Ja, Euer Gnaden. Ich sah es damals so deutlich vor mir wie Euch in diesem Augenblick.«

»Und nach der Schlacht«, fuhr Edward fort, »als Ihr zurückgekehrt seid, um nachzuprüfen, ob Warwick verschont worden war?«

»Da war das Amulett verschwunden.«

»Seid Ihr dessen ganz sicher?« Clarence schnurrte wie eine Katze. Er hatte eine Hand auf die Rückenlehne des thronähnlichen Stuhls gelegt, auf dem der König saß.

Colum verstand die versteckte Anschuldigung und zog verächtlich die Mundwinkel nach unten.

»Nimm die Hand von meinem Stuhl, Bruder«, sagte Edward sanft. »Wäre das Amulett dort gewesen, hätte Colum es gehabt.«

Nach diesem scharfen Verweis trat Clarence einen Schritt zurück. Kathryn fragte sich, warum dieses Amulett so wertvoll war. Clarence' Interesse daran war offensichtlich. Die Königin hatte sich nach vorn gebeugt, die

Hände im Schoß verschränkt, und hörte aufmerksam zu. Gloucester stand breitbeinig da, eine Schulter leicht angehoben, die Augen schmal wie Schlitze, den Körper bis aufs äußerste angespannt.

»Ich will dieses Amulett haben«, fuhr Edward fort. »Und Ihr, Master Murtagh, sollt es für mich finden. Das seid Ihr mir und meinem Vater schuldig.«

Edward blickte Colum unverwandt an und erinnerte den Iren stillschweigend daran, daß der Vater des Königs, Richard von York, zu der Zeit, als er Vizekönig von Irland war, Colum und andere Rebellen festgenommen hatte. Er hatte Murtagh begnadigt, da er noch ein Junge war. Er hatte ihn in seinen Hofstaat aufgenommen, ihn als Knappen ausgebildet und seine besondere Begabung im Umgang mit Pferden gefördert.

»Der Herr sei der Seele Eures Vaters gnädig«, sagte Colum.

»Ja, der Herr schenke ihm ewigen Frieden«, erwiderte Edward und warf einen Blick durch das Mittelschiff, als versuchte er, den Geist seines Vaters zu rufen. »Ihr wißt, wie er starb, Colum, in einem Hinterhalt in der verschneiten Wildnis bei Wakefield. Die Lancastertreuen nahmen ihn und meinen älteren Bruder Edmund gefangen, der jetzt eigentlich auf diesem Thron sitzen sollte. Sie haben die beiden enthauptet. Sie haben die abgetrennten Köpfe mit Papierkronen geschmückt und über Micklegate Bar in York auf Pfähle gespießt – in seiner eigenen Stadt! Die Bürger sollten darüber lachen und die Krähen sich satt essen!« Edward preßte eine geballte Faust vor den Mund; er biß auf einen der weiß hervortretenden Knöchel und blinzelte, als wollte er die Geister verscheuchen. »Ach ja, alle sind fort«, flüsterte Edward. »Und jene, die es verbrochen haben, sind ebenso gewaltsam ins Jenseits befördert worden, wie sie es meinem Vater angetan haben. Erinnert Ihr Euch daran, Colum?«

»Ja, Euer Gnaden, wie könnte ich das je vergessen? Ich

wurde in derselben Schlacht gefangengenommen. Man schonte mein Leben nur, weil ich ein Bürgerlicher war.«

»Genug! Genug!« Edward richtete sich in seinem Stuhl auf. »Colum, mein Vater brachte aus Irland ein wunderschönes Amulett aus reinem Gold mit, in dessen Mitte ein Saphir eingelegt war, der so stark leuchtete, daß man ihn das *Auge Gottes* nannte. Mein Vater hat es stets bei sich gehabt. Er trug es nur selten offen zur Schau, denn bei seinem Anblick zuckte es jedem in den Fingern. Selbst der ehrlichste Mann wäre auf krumme Gedanken gekommen. Nun, wie Ihr wißt, war Richard Noville, Graf von Warwick, in jenen Tagen ein enger Freund und Verbündeter meines Vaters. Das waren noch goldene Zeiten, Colum, ehe Warwick umschwenkte.« Der König lächelte freudlos. »Wie heißt es doch, ›Unkraut riecht lieblicher als Lilien, die verfaulen‹. Nun, vor der Schlacht bei Wakefield«, fuhr Edward fort und fuhr sich mit der Zunge über die Lippen, »haben sich mein Vater und Graf von Warwick die heiligsten Eide geschworen. Mein Vater schenkte Warwick das Amulett als Unterpfand der Freundschaft. Warwick seinerseits schwor, daß er das Amulett den rechtmäßigen Anwärtern auf die Krone, das heißt, meinem Vater oder seinen Nachfolgern, zurückgäbe, wenn er, Warwick, sich jemals gegen das Haus York kehren sollte.«

»Nun ist es verschwunden«, sagte Gloucester und beugte sich vor. In den harten, grünen Augen blitzte seine Wut. »Zunächst dachten Seine Hoheit und ich, es sei vielleicht während der Schlacht entwendet worden, von einem unbedeutenden Soldaten oder einem Lagerdieb stibitzt.« Gloucester schüttelte den Kopf. »Doch Wir haben überall gesucht. Haben Beobachter und Spione auf die Märkte geschickt. Haben selbst Gesandte an ausländischen Höfen zur Wachsamkeit angehalten, doch das *Auge Gottes* ist nicht aufgetaucht.«

Er sah seinen Bruder an, der ihn durch Kopfnicken ermunterte, fortzufahren.

»Wir haben alle möglichen Leute gefragt. Wir wissen, daß Warwick das Amulett während der Schlacht getragen hat, auch noch, als seine Truppen sich auflösten und flohen. Dennoch war das *Auge Gottes* zu dem Zeitpunkt, als er niedergemetzelt wurde, nicht mehr da. Der langen Rede kurzer Sinn, Master Murtagh« – Gloucester streckte die Hände –, »die Lösung liegt auf der Hand: Warwick muß das Amulett jemandem anvertraut haben.« Gloucester hielt inne und blickte zu den Stichbalken des Daches empor.

Kathryn beobachtete Gloucester genau. Der Prinz war von kleinem Wuchs, strahlte jedoch eine Kraft aus, eine finstere Entschlossenheit, die nicht einmal der König besaß. Gloucesters Augen waren gerötet, und er spielte fortwährend mit einem Ring am Finger oder mit dem Griff seines kleinen Dolches. Ein hitziger, leicht erregbarer Mann, schloß Kathryn aus ihren Beobachtungen, zu Gereiztheit und Ungeduld neigend, aber dennoch gefährlich mit seinem scharfgeschnittenen, schlauen Gesicht und den flinken grünen Augen. Sie hielt den Prinzen für leicht mißgestaltet, ein wenig bucklig. Vielleicht lag es jedoch auch an seiner Art, sich zu bewegen – kurz und abrupt, wenn er redete, um dann wieder, reglos wie eine Statue, in langes Schweigen zu versinken. Er hob den Kopf und begegnete Kathryns Blick.

»Das Haus York«, flüsterte er, »der König und ich wollen das *Auge Gottes* zurück.« Er tippte mit der Stiefelspitze auf den Marmorboden. »Brandon hat es«, erklärte er.

Colum sah ihn fragend an.

»Brandon«, wiederholte der König, stand auf und streckte sich, bis die Gelenke knackten. Leise einen Fuß vor den anderen setzend, tappte er die Treppenstufen hinab und trommelte mit den Fingern auf den Brokatstoff, der sich über seinen Bauch spannte. »Brandon war einer von Warwicks persönlichen Knappen. Er floh von Barnet, konnte jedoch später bei Canterbury gefaßt werden. Wie auch andere aus Warwicks Armee, steckte man ihn in den nächstbesten Kerker, der in seinem Fall in der Burg von Canterbury war. Nun« – der König begann, vor ihnen auf und ab zu gehen, was Kathryn an einen Schulmeister erinnerte, der eine wichtige Lektion erteilte –, »zunächst maß man Brandon als einem unter vielen Gefangenen nur geringe Bedeutung bei. Unter normalen Umständen hätte er monatelang warten müssen, um dann entlassen zu werden. Mein Bruder Gloucester indes erfuhr, daß Brandon wahrscheinlich der letzte war, der Warwick lebend gesehen hatte. Wenn er das Amulett nicht selbst hätte, wüßte er zumindest, wo es sich befindet.« Der König lachte kurz auf. »Nun hat es aber Fortuna gefallen, ihrem launischen Rad eine andere Wendung zu geben. Wir haben Nachforschungen in der Burg von Canterbury angestellt und erfahren, daß Brandon an Kerkerfieber gestorben ist, eingegangen in die ewige Finsternis, und das Geheimnis des Amuletts mit sich genommen hat.« Der König sah seinen jüngeren Bruder an. »Aber das glauben Wir nicht, nicht wahr, Richard?«

Gloucester schüttelte den Kopf, den Blick fest auf die Augen seines Bruders gerichtet. Der König trat zu Colum und klopfte ihm auf die Brust.

»Nun wißt Ihr, warum Wir Euch brauchen, Colum. Ihr müßt zur Burg von Canterbury gehen und die näheren Umstände von Brandons recht mysteriösem Tod aufklären.«

»Mysteriös, Euer Gnaden?«

»Ja, denn warum sollte ein stämmiger junger Mann von ausgezeichneter Gesundheit so schnell sterben?«

»Habt Ihr jemanden aus der Burg in Verdacht, Euer Gnaden?«

»Oh nein, nicht unbedingt. Doch Brandon hat vielleicht etwas ausgeplaudert. Er muß etwas über den Verbleib des *Auges Gottes* verraten haben.«

Colum warf einen Blick auf Kathryn.

»Oh, ich weiß, woran Ihr denkt«, fuhr der König fort. »Es könnte sein, daß Brandon den Anhänger bei sich hatte, als er gefaßt wurde.«

»Wer hat ihn festgenommen, Euer Gnaden?«

»Robard Fletcher, stellvertretender Festungskommandant der Burg, ein eingefleischter Königstreuer, ein Soldat der alten Schule. Er stand vor Unserem Oberhofgericht und hat auf Unsere heiligen Reliquien geschworen, daß Brandon nichts bei sich trug.«

»Und der Festungskommandant selbst, William Webster?« fragte Colum.

»Er weiß von nichts, ebenso wie unser gemeinsamer Freund, Waffenmeister Gabele.«

Colum verdrehte die Augen, und der König lachte leise.

»Oh ja, Colum, unser alter Freund Simon mit seiner Tochter, dieser rabenschwarzen Schönheit Margotta.«

Der König ging zu seinem Stuhl zurück, setzte sich und blickte zur Decke empor.

»Ich will das Amulett wiederhaben«, murmelte er. »Es gehört dem Hause York.« Sein Blick glitt zu Kathryn hinüber. »Mistress Swinbrooke, habt Ihr Fragen?«

Kathryn hätte gern nach Margotta gefragt, doch das war hier wohl eher unpassend.

»Euer Gnaden«, sagte sie leise. »Ich glaube, Ihr kennt meine Frage.«

Der König beugte sich vor. »Ja, laßt mich raten. Was veranlaßt Seine Hoheit, den König, die Königin und die Prinzen vom selben Blut ausgerechnet die Dienste von Mistress Swinbrooke, daselbst Heilerin und Baderin und möglicherweise Witwe von Alexander Wyville, einem Lancastertreuen, in Anspruch zu nehmen?« Der König hielt inne. »Nun, ich will es Euch sagen, meine Schöne, und daher spart Euch das Erröten.« Edwards Stimme wurde hart, als er nun die Punkte an seinen dicken Wurstfingern aufzählte. »Erstens haben Bourchier, der

Erzbischof von Canterbury, und sein omnipräsenter kleiner Schreiber, Simon Luberon, Uns geschworen, daß Ihr ehrlich seid, ebenso wie mein Beauftragter hier, Colum Murtagh. Zweitens habt Ihr der Krone und der Kirche einen großen Dienst erwiesen, als Ihr den Giftmörder dingfest machtet, der die Pilger zum Grab des Heiligen Becket tötete. Drittens benötigen Wir Auskünfte über Brandons Tod. Ihr könnt Eure Fähigkeiten nach Belieben einsetzen.« Der König spreizte die Finger. »Was soll ich noch sagen? Bringt mir das *Auge Gottes* zurück, Colum. Legt es mir in die Hände, und ich werde es Euch nie vergessen.«

Der König wandte sich um und flüsterte seiner Gemahlin etwas zu. Für Colum war es ein Zeichen, daß sie entlassen waren. Sie verbeugten sich und gingen durch das kleine Mittelschiff zur Tür. Für Kathryn würde diese Szene unvergeßlich sein wie ein königliches Gemälde. Edward in Seide, gutmütig und entgegenkommend, die blauen Augen indes kalt und bedrohlich. Elizabeth, die eisige Schneekönigin. Gloucester, angespannt wie ein Windhund in der Koppel. Und schließlich Clarence – warum sah er so unterwürfig aus? Kathryn drückte Colums Hand.

»Habt Ihr ihnen gesagt«, neckte sie ihn, »ich sei schön und klug?«

Colum wurde rot.

»Und habt Ihr alles andere geglaubt?« flüsterte sie.

»Dann könnte ich ebensogut glauben, daß Schweine fliegen!« erwiderte er.

»In diesem Falle«, gab sie leise zurück, »werden wir in den Bäumen um Canterbury Schweinefleisch hängen sehen!«

Zwei

Als sie die Kapelle verließen, trafen sie auf eine keifende Thomasina. Sie hatte die Zeit, die sie beim König waren, damit verbracht, ihr loses Mundwerk an den Wachen auszulassen. Die beiden Männer mußten hinter dem breiten Nasenschutz ihres Helms breit grinsen.

»Leb wohl, süße Thomasina!« rief einer von ihnen.

Noch ehe sie die Treppe hinabstiegen, blieb Thomasina stehen und drehte sich um.

»›Süße Thomasina‹!« äffte sie den Wachmann nach. »Am liebsten würde ich euch beide Kerle packen und euch das Leben ausquetschen!«

Das Lachen der Soldaten klang noch in ihren Ohren, als sie ihrer Herrin und Colum die Treppe hinab folgte und hinter ihnen die Grünfläche im Innenhof betrat. Nun wandte sie ihre volle Aufmerksamkeit Kathryn zu und überhäufte sie mit Fragen.

»Wie sah der König aus, Herrin? Ist er wirklich so groß, wie man sagt? Ist er hübsch? Hat er stämmige Beine? Alle Männer, die gut im Bett sind, haben stämmige Beine. Und die Königin? Ist sie denn so schön? Und was haben sie gesagt? Steckt der Ire in Schwierigkeiten?« Mit dieser hoffnungsvollen Frage beendete Thomasina ihren furiosen Redeschwall.

Colum und Kathryn gingen einfach weiter.

»Und warum hat man mich nicht reingelassen?« fragte Thomasina. »Warum will der König keine ordentliche Engländerin sehen, wenn er schon so eine Vorliebe für arschgesichtige Iren an den Tag legt?«

Colum blieb stehen, drehte sich um und sah Thomasina mit ernster Miene an.

»Wie sagt doch der Schreiber bei Chaucer so schön:

›O Blume weiblicher Geduld‹, halt deine Zunge im Zaum!«

»Wollte ich Eure halten, brauchte ich einen Korb«, keifte Thomasina zurück. »Mein Vater hat immer gesagt: ›Traue bloß keinem Iren: Sie haben messerscharfe Zungen und sind des Teufels Winkeladvokaten‹!«

Colum schmunzelte. »›Sie war eine werte Dame, ihr Leben lang‹«, zitierte er erneut aus Chaucer. »›Ganze fünf Gatten schleppt sie zur Kirchenbank‹.«

»Drei waren es!« schimpfte Thomasina und schob sich keuchend neben Kathryn, die ihren eigenen Gedanken nachhing und versuchte, das übliche Geplänkel zwischen Colum und ihrer alten Amme zu überhören.

Kathryn wollte sich gerade einmischen, als sie hörte, wie jemand sie und Colum beim Namen rief. Sie drehten sich um und gewahrten Gloucester, einen mit Federn geschmückten Hut auf dem Kopf, der quer über den Rasen auf sie zueilte.

»Nicht so eilig, Ire!« Gloucester nahm den Hut ab und versuchte, zu Atem zu kommen. »Seine Hoheit, mein Bruder, ist sehr zufrieden mit Euch.« Er betrachtete Kathryn und Colum aus verschlagenen, grünen Augen. »Habt Ihr alles geglaubt?« flüsterte er.

»Der König hat die Wahrheit gesagt«, antwortete Kathryn.

»Aber ...?« wollte Gloucester wissen.

»Die Wahrheit ist ein dehnbarer Begriff«, erwiderte Kathryn. »Steckt noch mehr dahinter, Herr?«

»Ja«, sagte Gloucester seufzend. »Doch wenn das Auge Gottes erst wieder in unseren Besitz gelangt, betrifft die Sache nur noch uns. Doch kommt, ich werde Euch noch ein wenig mehr erzählen.«

Er forderte sie mit einer Handbewegung auf, ihm zu folgen, und eilte voraus. Er führte sie quer über den Hof des Towers durch eine Hinterpforte in die schmalen Gassen von Petty Wales. Kathryn sah Colum fragend an, doch der Ire schüttelte nur den Kopf, hob unauffällig einen Finger an die Lippen und deutete mit dem Kopf nach hinten. Kathryn wandte sich um. Beim Anblick der vier verhüllten Gestalten, die mit tief ins Gesicht gezogenen Kapuzen hinter ihnen her schlichen, hätte sie beinahe laut aufgeschrien.

»Gloucesters Hunde«, flüsterte Colum. »Sie folgen ihm auf Schritt und Tritt. Er traut niemandem über den Weg.«

Sie kamen durch Poor Jewry, wo die Farbe von den schäbigen Häuserwänden abbröckelte und Unrat sich in den Straßen häufte. Sie überquerten die Mark Lane, vorbei an Dunstan-in-the-East, bis Gloucester schließlich vor einem großen, vierstöckigen Fachwerkhaus stehenblieb. Holz und Putzflächen waren mit glänzender schwarzer Farbschicht überzogen, die Fensterscheiben getönt, so daß man hinaus, aber nicht hineinschauen konnte. Die riesige Eingangstür aus massiver Eiche war mit Eisenbändern und Metallzapfen verstärkt. Gloucester legte die Hand auf den eisernen Türschnäpper, der die Form eines Fehdehandschuhs hatte, und hielt eine Weile inne.

»Seid Ihr schon einmal hier gewesen?« fragte er Colum.

Der Ire schüttelte den Kopf.

»Dann heiße ich Euch im Haus des Verborgenen Wissens willkommen.« Gloucester hob den Fehdehandschuh und klopfte dreimal.

Im oberen Teil der Tür wurde ein kleines Gitterfenster geöffnet.

»Parole?« fragte eine tiefe Stimme.

»Beim Antlitz der strahlenden Sonne«, erwiderte Gloucester.

Bolzen wurden zurückgeschoben, und die Tür schwang auf. Sie betraten einen dunklen Durchgang. Er wurde nur von wenigen Kerzen an den Wänden erhellt, die der Finsternis einen unheimlichen Schimmer verliehen. Der Korridor roch frisch, der Boden glänzte, die Wände waren mit dunklem Holzpaneel verkleidet. Kathryn schauderte; Soldaten, wie Mönche gekleidet, standen entlang des Korridors in kleinen Nischen Wache. Sie wären ihr nicht einmal aufgefallen, wenn ihre gezückten Schwerter nicht das Kerzenlicht reflektiert hätten. Gloucester ging vor ihnen her, und die schattengleiche Gestalt, die sie hereingelassen hatte, folgte ihnen lautlos wie ein Gespenst. Sie durchquerten eine kleine Eingangshalle, deren Wände mit rotgoldenen Behängen drapiert waren. Das flackernde Licht der Kerzen warf unstete Lichtkreise auf die hohe, ausladende Treppe, die über ihnen in der Dunkelheit verschwand.

»Wo sind wir hier?« flüsterte Kathryn. Ihre Worte hallten an diesem düsteren Ort wie eine Glocke wider.

Colum fuhr mit der Hand an den Dolch. Die sonst so schwatzhafte Thomasina blickte wie ein ängstliches Mädchen um sich. Gloucester mußte Kathryns Frage gehört haben. Er kam zurück, die fahlen Gesichtszüge erschienen im tanzenden Kerzenschein noch unheimlicher.

»Wir sind im Haus des Verborgenen Wissens«, flüsterte er. »Die königlichen Beamten arbeiten hier in verschiedenen Kanzleien. Jeder Raum ist eine Kanzlei für sich. Da gibt es eine für das Papsttum, jeweils eine für die Niederlande, das Empire, Frankreich, Burgund, die Königreiche Kastilien und Aragon. Die Beamten sammeln Informationen und durchforsten Hofklatsch und Gerüchte von Kaufleuten. Wir haben Feinde, Mistress Kathryn, im Inland wie im Ausland, und sie müssen ausgerottet werden!« In seine Augen trat fanatischer Glanz. »Franz, der Herzog der Bretagne, läßt zu, daß Heinrich Tudor, der Graf von Oxford und andere Rebellen des Hauses Lancaster an seinem Hofe herrlich und in Freuden leben. Andere wiederum, die sich in der Nähe unseres Königs aufhalten, spielen ein doppeltes Spiel. Es ist meine Verpflichtung, Mistress, das Unkraut auszurupfen, ohne die Blumen zu beeinträchtigen. Doch folgt mir nun.«

Er führte sie die große Treppe hinauf auf die zweite

Galerie und klopfte sacht an eine Tür. Ein Beamter mit fröhlicher Miene, einen Federkiel hinter dem Ohr, öffnete ihnen, verbeugte sich und bat sie hinein.

Kathryn schaute sich in dem Raum um. Es herrschte geschäftiges Treiben. An den makellos weißen Wänden standen hohe Pulte und Hocker, auf denen emsig schreibende Beamte saßen, die mit ihren Federkielen über frisches Pergament kratzten. An jedem Pult waren zwei große Kerzen mit Eisenklammern befestigt, und der große Tisch in der Mitte des Raumes war übersät mit Pergamentrollen.

»Das ist die Kanzlei für England«, erklärte Gloucester ihnen. »Oder zumindest für die Grafschaften südlich des Trent.« Er schob ihnen einen kleinen Hocker hin. »Darf ich bitten, Mistress, nehmt Platz.«

Kathryn, wohl wissend, daß Colum und Thomasina hinter ihr standen, setzte sich beherzt hin. Gloucester lehnte sich neben sie an den Tisch. Er lächelte sie liebevoll besorgt an wie ein älterer Bruder. Sachte fuhr er ihr über die Wange. Seine Finger waren eiskalt, doch Kathryn ließ sich nichts anmerken.

»Ihr seid Alexander Wyvilles Witwe«, begann Gloucester mit seinen Ausführungen. »Eines jungen Mannes aus der Gemeinde St. Mildred. Von Beruf Apotheker, der sein Schicksal mit dem Hause Lancaster verband. Wahrscheinlich hat er Canterbury zusammen mit dem rebellischen Bürgermeister Nicholas Faunte im Frühjahr 1471 verlassen. Ist das richtig?«

Kathryn nickte.

»Ist das richtig?« wiederholte er.

»Wir wissen es nicht«, gestand sie zögernd. »Alexander« – sie hielt kurz inne –, »Alexander wurde brutal, wenn er betrunken war.« Kathryn senkte den Kopf und zupfte an einem Faden am Saum ihres Mantels. »Einem Gerücht zufolge«, fuhr sie mit klangloser Stimme fort, »hat er möglicherweise Selbstmord begangen und sich in den Stour gestürzt. Sein Mantel wurde am Ufer gefunden, aber ...« Kathryns Stimme versagte.

»Aber Ihr wißt nicht, ob er noch am Leben ist oder nicht?« fuhr Gloucester fort.

Kathryn nickte und spürte die Anwesenheit der eifrig schreibenden Beamten ringsum. Sie wagte nicht, auch nur einem Menschen die Wahrheit zu sagen. Alexander war ein Trunkenbold, der seine Frau schlug, und Vater hatte ihr auf seinem Sterbebett gestanden, sein entarteter Schwiegersohn habe ihn mit Abscheu erfüllt, und er habe versucht, ihn zu vergiften. Nach seinem Tode war es Kathryn überlassen, sich der Ungewißheit, ob Alexander geflohen oder vergiftet worden war, oder ob er wirklich Selbstmord begangen hatte, zu stellen. Bis heute hatte man keine Leiche gefunden, und Kathryn hatte über den wahren Verbleib Alexanders nichts gehört.

»Mistress Swinbrooke hat recht.« Colum sprach leise. »Wyville kann tot sein oder sich versteckt halten.«

»Stimmt es denn, Mistress«, fragte Gloucester, ohne Colums Einwand zu beachten, »stimmt es, daß jemand Euch des Mordes an ihm bezichtigt und Euch Erpresserbriefe in dieser Angelegenheit geschickt hat?«

Kathryn erstarrte. Gewiß, sie hatte solche Briefe erhalten, die jedoch ebenso geheimnisvoll wieder eingestellt worden waren, und sie hatte die Sache auf sich beruhen lassen. Zuweilen fragte sich Kathryn, ob Colum oder Thomasina mehr wußten, als sie ihr sagten. Sie warf einen Blick über die Schulter hinter sich, doch die Miene ihrer Amme war wie versteinert. Thomasina hatte sich inzwischen von dem Schock, den sie beim Eintritt in das Haus des Verborgenen Wissens erfahren hatte, erholt; sie blickte jetzt mit dem Instinkt der Beschützerin auf ihre Herrin und gelobte sich, was wirklich selten bei ihr vorkam, ihre Zunge im Zaum zu halten, auch wenn sie die volle Wahrheit kannte. Alexander Wyville war unter der Tünche höfischer Etikette und guter Manieren ein entartetes Stück Dreck gewesen. Dieser Trunkenbold und Frauenschänder hatte das Gift, das der Arzt Swinbrooke ihm verabreicht hatte, erbrochen und war zu seiner früheren Geliebten, der drallen, wollüstigen Witwe Gumple gelaufen, die ihm saubere Kleidung und ein paar Silberlinge überließ, damit er Canterbury verlassen konnte. Oh ja, Thomasina kannte die Wahrheit, doch ihr einziger Wunsch war, daß dieser mächtige, finstere Prinz ihre Herrin in Ruhe ließe.

Gloucester stand auf. »Mistress, ich möchte nicht herumspionieren, sondern Euch helfen. Der König ist Euch für Eure Dienste dankbar, und einer der Gründe, warum ich Euch hergeführt habe« – er lächelte schwach –, »ist, daß ich Euch Neuigkeiten über Euren lange vermißten Gemahl berichten kann.«

Kathryn wurde mit einemmal kalt, und ihr Magen verkrampfte sich.

»Wo ist er?« fragte sie tonlos.

Gloucester schnippte mit den Fingern. »Walter!« rief er dem Beamten zu, der sie eingelassen hatte. »Der Schriftsatz über Alexander Wyville!«

Der Schreiber mit der fröhlichen Miene lächelte und betrachtete, einen Finger an die Lippen gelegt, die Pergamentrollen in den Regalen, die vom Boden bis zur Decke reichten.

»Aha!« Er zog eine kleine Rolle heraus, löste die rote Schnur und reichte sie Gloucester. »Das sind die Meldungen von allen Verrätern, die Faunte gefolgt sind, Herr.«

Gloucester befahl dem Schreiber, ihm eine Kerze zu bringen, und entrollte das Pergament.

»Hier sind ein paar Eintragungen«, murmelte er. »Demnach war Alexander Wyville in Leamington, als Warwick seine Truppen antreten ließ. Er war bei dem Verräter, als sie Hertfordshire in Richtung Barnet durchquerten, doch seither hat man ihn nicht mehr gesehen.«

Kathryn blieb beinahe das Herz stehen. Sie wußte

nicht, ob sie lachen oder weinen sollte, doch zumindest der Beweis, daß ihr Vater Alexander nicht getötet hatte, spendete ihr gelinden Trost.

»Herr«, murmelte sie. »Ich danke Euch. Solltet Ihr je mehr erfahren ...«

Wieder zuckte Gloucester so merkwürdig die Schultern. Er lehnte sich an den Tisch zurück und hielt das Pergament auf den Knien.

»Dank sei Eurem guten Freund, Master Murtagh. Er bat mich, in der Sache nachzuforschen.«

Kathryn schluckte ihren Ärger herunter. Der Ire sollte sich um seine eigenen Sachen kümmern, wenn sie auch im Grunde ihres Herzens wußte, daß er es nur gut mit ihr meinte.

»Wenn wir etwas Neues erfahren«, fuhr Gloucester gewandt fort, »lassen wir Euch die Meldungen zukommen. Doch wenn Wyville lebt und zurückkehrt, was dann, Mistress?« Er hob eine Hand. »Wenn ich mir diese kühne Frage erlauben darf?«

»Ich werde Euch genauso antworten wie den vielen anderen vor Euch«, antwortete Kathryn geradeheraus. »Erst nachdem ich Alexander Wyville geheiratet hatte, stellte sich heraus, daß er ein anderer Mann war als der, für den ich ihn gehalten hatte. Vater Cuthbert, Kustos im Spital für Arme Priester in Canterbury und mein Beichtvater, hat gesagt, ich solle, wenn Alexander zurückkehrt, das Kirchengericht anrufen und die Annullierung der Ehe beantragen.« Kathryn holte tief Luft. »Herr, er sagt, daß ich Alexander nicht geheiratet hätte, wäre mir bekannt gewesen, wie er wirklich war. Ich werde vor Gericht jeden Eid schwören, daß das ganz bestimmt der Wahrheit entspricht!«

»So, so«, unterbrach Gloucester sie. »Dann werdet Ihr also die Heilige Mutter Kirche um ein Urteil bitten, daß Eure Ehe niemals hätte geschlossen werden dürfen und der Bund der Ehe annulliert werden soll?«

Kathryn nickte und zupfte an dem losen Faden ihres Mantels.

»Das sind Dinge, die nur Herz und Gewissen angehen«, murmelte sie. »Herr, mehr kann ich nicht sagen.«

»Gewiß, gewiß.« Gloucester stand abrupt auf. »Doch wer weiß, vielleicht hat Euer Gemahl bei Barnet den Tod gefunden. Viertausend gemeine Krieger kamen dort um und wurden in einem Massengrab beigesetzt. Das ist vielleicht die beste Lösung, wenn er dort umgekommen ist.«

Kathryn verstand den gefährlichen Sinn seiner Worte und gelobte sich im stillen, sich den Iren einmal vorzuknöpfen. Sie wollte nicht, daß ein finsterer Herzog sich zu ihren Gunsten als Meuchelmörder betätigte.

»Wir haben noch andere Dinge zu besprechen«, sagte Gloucester, klopfte Murtagh auf die Schulter und sah Thomasina mit strahlendem Lächeln an. »Und Ihr, Mistress, schaut nicht so streng drein. Ich will Eurer Herrin doch nur helfen.«

Noch ehe Thomasina sich allerdings eine passende Antwort überlegen konnte, hatte Gloucester die drei bereits wieder in den Korridor hinausgeführt. Sie gingen über eine Galerie in einen anderen Raum, der dem, in dem sie sich gerade aufgehalten hatten, zum Verwechseln ähnlich sah. Sobald sie eingetreten waren, griff Gloucester nach Colums Arm.

»Wir wissen so wenig über Brandon«, murmelte er nachdenklich, »geschweige denn über die anderen aus Warwicks Gefolge, die von Barnet flohen. Sie sind wahrscheinlich über alle Berge, obwohl wir die Leiche des Hauptmanns von Warwicks Wache, Reginald Moresby, in einem Straßengraben bei Rochester fanden. Er trug noch die zerlumpte Uniform der Lancastertreuen. Wir erkannten ihn lediglich an einem Siegelring.« Gloucester verzog das Gesicht. »Seine Gesichtszüge waren nicht mehr zu erkennen.«

»Wer hat ihn getötet?« fragte Colum.

Gloucester zuckte die Schultern.

»Kann sein, daß es Wegelagerer waren, Gesetzlose.« Er seufzte. »Hätten wir nur früher herausgefunden, wo Brandon steckte, doch der Krieg, das Chaos ...« Er verstummte und ließ den Blick durch den Raum schweifen.

»Kann es sein, daß Moresby den Anhänger bei sich hatte?« fragte Kathryn.

»Das bezweifeln wir. Wenn es so wäre, hätten Räuber bald versucht, ihn zu verkaufen, doch es liegt nicht der leiseste Hinweis auf den Verbleib des Anhängers vor.«

»Natürlich ist Brandon jetzt«, sagte Colum laut, »da Moresby tot ist und die anderen auf der Flucht, der einzige, der uns Auskunft darüber erteilen kann, was wirklich mit dem *Auge Gottes* geschehen ist.«

»Obwohl er unter recht mysteriösen Umständen gestorben ist«, fügte Gloucester mit einem gezwungenen, kalten Lächeln hinzu. »Nun ist es an Euch, die Wahrheit herauszufinden. Wie immer sie aussehen mag.«

Gloucester durchquerte den Raum und wechselte ein paar Worte mit dem Schreiber. Dann trat er wieder zu ihnen und beachtete diesmal weder Kathryn noch Thomasina. Er stand in der für ihn typischen, seitlich geneigten Haltung vor Colum und berührte ein Stück Pergament, die Unterlippe zwischen den ebenmäßigen, weißen Zähnen eingeklemmt.

»Das *Auge Gottes* sollte Euch aus mehr als einem Grund interessieren, Master Murtagh. Ihr und Brandon seid möglicherweise die letzten gewesen, die es gesehen haben. Nun – und das sage ich Euch im Vertrauen –, mein Vater hat das Amulett aus der Saint Patrick-Kathedrale in Dublin entwendet, als er dort Vizekönig war.« Gloucester entging nicht, daß der Ire scharf einatmete. »Oh ja, es wurde viel darüber diskutiert, ob er es nun entwendet hatte oder ob es ihm geschenkt worden war. Wie Ihr vielleicht wißt, Ire, hat dieses Amulett eine lange, wechselvolle Geschichte.« Gloucester strich sich mit dem

Finger über das Kinn, daß der Ring aufblitzte. »Der Legende zufolge wurde es aus Gold hergestellt, das einst den Druiden gehört hatte, und das *Auge Gottes* selbst saß ursprünglich in der Krone der alten Könige von Irland.« Gloucester zuckte die Schultern. »Um es kurz zu fassen, Master Murtagh, einige Eurer irischen Landsleute sind hinter dem *Auge Gottes* her! Dieselben Männer, die auf Euren Kopf aus sind!«

»Die Bluthunde von Ulster!« rief Colum.

»Genau die.« Gloucester blickte auf das Pergamentstück. »Und daher gebe ich Euch zwei Informationen. Erstens: Kaufleute in Bristol berichten von einem Iren mit langen roten Haaren und einer schwarzen Augenklappe, der einen der führenden Silberschmiede der Stadt nach einem goldenen Amulett ausgefragt hat. Zweitens: Zwei Wochen später ist derselbe Ire in London. Er hat nicht nur bei den Goldschmieden in Cheapside ähnliche Nachforschungen angestellt, sondern sucht darüber hinaus Wirtshäuser auf, in denen die Schreiber der Kanzlei verkehren. Er fragt sie, ob sie etwas über den Verbleib seines früheren Waffengefährten Colum Murtagh wissen.«

Colum wurde blaß und starrte Gloucester unfreundlich an.

»Kennt Ihr den Mann?« fragte Kathryn besorgt.

»Padraig Fitzroy«, erwiderte Colum langsam. »Vor langer, langer Zeit waren wir kleine Vagabunden, die durch die dunklen Wälder und die grünen Täler um Dublin streunten. Welpen der Bluthunde von Ulster.«

Gloucester warf das Stück Pergament auf den Tisch.

»Ich habe getan, was ich versprochen habe«, sagte er. »Mehr kann ich nicht tun.«

Er führte sie auf die Galerie, die Treppe hinunter, vorbei an den schweigenden Wachen und hinaus auf die Straße, wo er sie einfach stehenließ. Colum, Kathryn und Thomasina hingen eine Zeitlang ihren Gedanken nach und achteten nicht auf das Geschrei und den Lärm der

Londoner Händler. Colum schüttelte sich, um die Gedanken zu vertreiben, und ergriff Kathryns Arm.

»Erinnert Ihr Euch an die ›Erzählung des Ablaßpredigers‹?« fragte er wie aus heiterem Himmel.

»Oh nein!« stöhnte Kathryn gereizt. »Colum, wir beide mögen die *Canterbury-Erzählungen,* aber doch nicht jetzt!«

Colum lächelte schwach. »Nein, als Gloucester sprach, fielen mir die drei Zecher ein, die den Tod suchten und ihn in einem Topf voll Gold fanden. Nur geht es in unserem Fall um ein goldenes Amulett mit einem hübschen, glänzenden Saphir, und es sind mehr als drei, die dafür über Leichen gingen!«

»Finstere Gedanken auf leeren Magen vergrößern den Trübsinn«, grummelte Thomasina vor sich hin.

»Ist das von Chaucer?« fragte Colum.

»Nein, verdammt nochmal, aber es stimmt trotzdem!«

Colum entschuldigte sich lachend bei ihr. Sie folgten der Straße und schritten durch einen Gang auf das goldene Schild eines großräumigen Wirtshauses zu. Im Schankraum drängten sich Händler, Kesselflicker, Hausierer, die noch einen Happen essen wollten, ehe sie ihr Tagesgeschäft wieder aufnahmen. Sie pfiffen eifrig drei einbeinige Männer aus, die einen seltsamen Tanz aufführten, um ein paar Geldstücke zu ergattern, die ihnen die Gäste zuwarfen. Kathryn betrachtete voll Mitleid die Bettler und den kleinen Jungen, der den Tanz auf einer krächzenden Flöte begleitete, während neben ihm eine alte Frau matt auf eine kleine Trommel schlug.

»London ist hart und grausam«, kommentierte Kathryn die Szene.

»Und laut«, erwiderte Colum.

Er packte einen Küchenjungen an der Schulter, stieß auf den Wirt und mietete einen kleinen Raum auf der ersten Etage, in dem Tisch und Schemel standen. Ein Diener brachte ihnen einen Krug gewässerten Weins und eine Rindfleischpastete, das Fleisch noch frisch und nicht zu sehr von Kräutern und Gewürzen überlagert. Eine Zeitlang saßen die drei schweigend beim Essen, bis Colum sein knochenhartes Stück Brot von sich stieß.

»Gloucester ist ein seltsamer Mann«, begann er. »Er mit seinem Haus des Verborgenen Wissens.« Er wischte sich mit dem Handrücken den Mund ab und betrachtete Kathryn, die vorsichtig am Zinnbecher nippte. »Während des Krieges«, fuhr Colum fort, »als Edward von York in die Niederlande fliehen mußte, hielten wir uns einmal im Hafen von Dordrecht auf, wo es ein Haus mit Spiegelsaal gab. Es gehörte einem Glasmacher, der hohe Spiegel zur Belustigung irgendeines wohlhabenden Adligen hergestellt hatte. Allem Anschein nach war dieser Adlige in Geldnöte geraten, und der Glasmacher hatte die Spiegel wieder eingezogen. Er hängte sie bei sich auf und lud Besucher ein, hineinzugehen und sie sich anzusehen. Da ich damals nicht wußte, was ich unternehmen sollte, habe ich mir die Sache angesehen; der Raum war klein, doch die Wände waren über und über mit Spiegeln bedeckt. Und jeder Spiegel zeigte ein Zerrbild der Wirklichkeit.«

Thomasina schnalzte ärgerlich mit der Zunge.

»Was sagt Ihr da, Ire? Warum müßt Ihr in Gleichnissen reden?«

»Schsch, Thomasina«, unterbrach Kathryn sie. »Colum hat recht. Alles, was wir heute morgen erfahren haben, war wie diese Spiegelhalle, verzerrt und verdreht. Habe ich recht, Colum?«

Der Ire funkelte Thomasina wütend an.

»Wir wollen überlegen, was man uns gezeigt hat«, sagte er, schob die Becher beiseite und stützte sich mit beiden Ellbogen auf. »Da war zunächst einmal unsere ehrwürdige Königsfamilie. Edward ist in seine Königin vernarrt, die allerdings seine beiden Brüder haßt – besonders Clarence, der bereits versucht hat, das Haus York zu betrügen. Dann dieser Saphir, das *Auge Gottes*; warum ist er für den König so wertvoll? Und warum gerade jetzt? Drittens die Frage, ob Brandon ihn hatte. Und wenn ja, wo ist er jetzt? Viertens der Besuch Gloucesters im Haus des Verborgenen Wissens; wir wissen, daß Euer Gemahl Canterbury bei bester Gesundheit verlassen hat, aber ist er wie die anderen bei Barnet gefallen?« Colum warf Kathryn ein Lächeln zu. »Zumindest zwei Hirngespinste können wir austreiben: daß Euer Vater Wyville ermordet haben könnte oder daß Alexander Selbstmord begangen hat.« Colum blickte auf die Tischplatte. »Vielleicht wußte schon jemand in Canterbury davon, und darum sind die Erpresserbriefe eingestellt worden. Was meinst du, Thomasina?«

Die Amme verzog keine Miene und schaute ihm offen in die Augen. Sie hatte sich geschworen, niemandem zu sagen, wie sie entdeckt hatte, daß Witwe Gumple die Übeltäterin war. Oder daß sie, Thomasina, diese aufgeblähte Hure mit den schauderhaftesten Warnungen bedroht hatte für den Fall, daß sie noch weitere Briefe schickte.

Colum reagierte auf Thomasinas Schweigen mit Achselzucken.

»Dann haben wir zu guter Letzt noch die Bluthunde von Ulster, die nicht nur meinen Kopf, sondern auch das *Auge Gottes* wollen.«

»Habt Ihr sie verraten?« fragte Kathryn.

Colum rollte den Weinbecher zwischen den Händen.

»Niemals! Als ich gefangengenommen wurde, war ich, na, so etwa fünfzehn, sechzehn Lenze. Ich wurde zum Tode verurteilt und stand bereits auf den Stufen zum Galgen, als York mich begnadigte.« Er stellte den Becher ab. »Außer einem anderen wurden alle gehängt, auch Fitzroys Bruder. Nachdem meine früheren Kameraden erfahren hatten, was geschehen war, zäumten sie das Pferd von hinten auf. Ich wurde zum Verräter abgestempelt, der für die Gefangennahme und Hinrichtung all dieser Männer verantwortlich war.« Ein bitteres Lächeln huschte ihm übers Gesicht. »Und das ist der wunde Punkt. Denn so sieht es aus: Ich kann nicht behaupten, ich sei unschuldig, denn sie würden mir ohnehin nicht glauben. Nur einer außer mir kennt die Wahrheit, John Tuam. Auch er wurde begnadigt, denn er war noch zwei Jahre jünger als ich.«

»Und wo hält er sich jetzt auf?«

»Er ist Laienbruder bei den Dominikanern in Blackfriars hier in London. Bevor ich die Stadt verlasse, will ich ihm eine Nachricht zukommen lassen. Eine einfache Botschaft: ›Fitzroy ist hinter uns her.‹ Dann ist er wenigstens gewarnt.«

Kurze Zeit später verließen sie das Wirtshaus. Colum blieb bei einem Pergamentverkäufer stehen und schrieb eine kurze Notiz. Er gab dem Lehrburschen, der sie zu Bruder John Tuam im Kloster zu Blackfriars bringen sollte, einen Penny. Anschließend begaben sie sich nach Queenshithe, wo Kathryn sich auf harte, aber erfolgreiche Verhandlungen mit verschiedenen Gewürzhändlern einließ. Sie kaufte Safran, Minze, Engelwurzsamen, Galmei, gemahlene Gewürznelken, Basilikum und Thymian. Nachdem sie zufriedengestellt war, betrat Kathryn den Hof eines Mannes, der Transportkarren vermietete. Ein müde dreinschauender Schreiber verfaßte einen Vertrag, in dem festgelegt wurde, daß die eben erstandenen Gewürze an Kathryns Adresse in der Ottemelle Lane, Canterbury, zu liefern seien. Kathryn war erst bei Einbruch der Dunkelheit mit ihren Geschäften fertig. Colum, der Fitzroys Gesicht immer noch deutlich vor Augen hatte, bestand darauf, daß sie zum Wirtshaus zurückgingen und sich auf eine baldige Rückkehr nach Canterbury am folgenden Morgen vorbereiteten.

Im Kloster zu Blackfriars hatte Bruder John Tuam Colums Notiz erhalten. Er las sie sorgfältig, warf sie in ein Kohlenbecken und ging in die Klosterkirche, um zu beten. Die Notiz hatte ihn jäh an seine Vergangenheit erinnert.

Er hatte die Gewalt, das Klirren aufeinanderprallender Schwerter, die plötzlichen Überfälle hinter sich gelassen. Er hatte mit der Schlinge des Henkers um den Hals im Hof der Burg zu Dublin neben Colum gestanden, während seine Kameraden einer nach dem anderen gewaltsam die Leiter hochgestoßen und gehängt worden waren. Sie baumelten wie zerbrochene Puppen am Seil hin und her. Nur Colum und ihn hatte man verschont. Murtagh hatte sich dem Hause York verpflichtet; John hingegen hatte seine Begnadigung als ein Zeichen Gottes aufgefaßt. Er war in den Dominikanerorden in Dublin eingetreten. Vier Jahre später sandte man ihn auf eigenen Wunsch nach London in das Kloster zu Blackfriars. John blickte auf das gewaltige Kreuz und die aus Holz geschnitzte Leidensfigur des Gekreuzigten.

»Ich hatte die Vergangenheit vergessen«, murmelte er. »Doch ach, geliebter Herr, die Vergangenheit hat mich nicht vergessen. Ich bin kein Verräter, kein Judas. An meinen Händen klebt nicht das Blut eines anderen!«

Er war noch immer in tiefem Gebet versunken, als der Almosenpfleger des Klosters ihm auf die Schulter tippte.

»Bruder John, Bruder John, fühlt Ihr Euch nicht wohl?«

Tuam hob den Kopf und sah den alten Mönch an.

»Nein, Vater, ich denke nur gerade an vergangene Missetaten«, frotzelte er.

Der Almosenpfleger tätschelte ihm die Schulter.

»Die Vergangenheit interessiert Gott nicht«, bemerkte er. »Aber die Gegenwart. John, wir haben Besuch.«

Tuam lächelte und erhob sich. Er beugte das Knie vor dem Ewigen Licht im Altarraum und folgte dem Almosenpfleger durch den Kreuzgang in einen großen, offenen Hof vor dem Haupttor. Hier wimmelte es zu dieser Zeit von Bettlern – den armseligen, bemitleidenswerten Gestalten des Londoner Alltags: Krüppel, Mißgeburten, alle, die unfähig waren, für sich selbst zu sorgen. Jeden Morgen und Abend drängten sie sich in Blackfriars für einen

Laib Brot, etwas getrocknetes Fleisch und einen Becher Ale. Auf langen Tafeln hatten die Brüder die Mahlzeiten bereits vorbereitet, und die schmutzigen, gebeugten Bettler, denen bei den süßen, würzigen Düften das Wasser im Mund zusammenlief, standen dichtgedrängt davor. John hob einen Korb auf und mischte sich unter sie. Er versuchte, beim Anblick der mißgestalteten Gesichter zu lächeln. Einem Mann fehlte ein Auge, einem anderen war die Nase von oben bis unten aufgeschlitzt. Er sah eine Frau ohne Ohr, einer anderen hatte man beide Beine unterhalb der Knie abgenommen. Schmutzige, dreckverkrustete Hände streckten sich ihm entgegen.

»Der Segen des Herrn sei mit dir, Bruder. Der Segen des Herrn sei mit dir, Schwester.«

John wiederholte den Satz, den er bei der Verteilung des Brotes stets benutzte. So gelangte er in die letzten Reihen der Menge. Dort lag ein zusammengekrümmter Mann. Als John die schäbige Decke wegzog, fiel sein Blick auf rotes Haar. Er schüttelte den Mann und hielt ihm ein kleines Stück Brot unter die Nase.

»Der Herr sei dir gnädig, Bruder.«

Ruckartig drehte sich der Mann um. Sein Gesicht war rund, frisch und kräftig. Er umfaßte Johns Hand mit eisernem Griff, und noch ehe Tuam zurückweichen konnte, stieß er ihm den langen Dolch tief in die Brust.

»Möge der Herr dir gnädig sein, Judas!« zischte Padraig Fitzroy.

Tuam war noch nicht zu Boden gesunken, da war der Mörder wie ein Schatten durch das offene Tor entschwunden.

Drei

Kathryn und Colum saßen in der schmucklosen Kammer im Obergeschoß der Burg von Canterbury am Tisch und warteten darauf, daß die anderen Anwesenden ihre Plätze einnahmen. Der Himmel draußen vor den Schießscharten wurde bereits dunkel. Da Kathryn und Colum an diesem Tag schon früh in die Stadt zurückgekehrt waren, hatte Colum umgehend um eine Audienz beim Festungskommandanten und den wichtigsten Angehörigen seiner Mannschaft gebeten, die sich in diesem Augenblick in der Kammer einfanden. Ihre Gestalten warfen lange, dunkle Schatten auf die spärlich erleuchteten Wände. Sir William Webster sah trotz der rosigen Gesichtsfarbe eher bekümmert aus und tupfte sich unentwegt mit einem schmutzigen Tuch über Halbglatze, Stirn und die schwabbeligen Wangen. Fletcher, sein Stellvertreter, war dünn und abgehärmt und hatte ein aschfahles Gesicht. Unter einem Wust fettiger Haare blickte er sie aus müden Augen an. Sein Lederwams war abgetragen, und das weiße Hemd darunter nicht gerade sauber. Gabele, der Waffenmeister, war ein typischer Soldat mit kurz geschorenem Haar und einem gegerbten und klar gezeichneten, hageren Gesicht. Er hatte seinen weiten, dicken Militärmantel fest um sich geschlungen. Vater Peter, der graugesichtige Kaplan, machte einen fahrigen Eindruck. Neben ihm stand der leicht reizbare Schreiber Fitz-Steven mit essigsaurer Miene, hervortretenden Augen und schlaffem Mund. Das Öl im dichten schwarzen Haar vervollständigte seine abstoßende Erscheinung. Man stellte sich kurz vor. Kathryn spürte beim Priester und beim Schreiber einen Anflug von Verachtung. Sie verzog keine Miene, da sie diese Art stillschweigender Beleidigungen gewohnt war.

»Was will denn die Heilerin hier?« unterbrach Fitz-Steven unflätig Colums einleitende Höflichkeiten.

»Ich bin hier, Master Schreiber«, erwiderte Kathryn, »weil Seine Hoheit, der König, es so will.« Sie beschloß, Colums warnendem Blick keine Beachtung zu schenken. »Er ist zutiefst besorgt über den Tod eines Gefangenen, des Knappen Brandon. Wann ist er gestorben?« fuhr sie gnadenlos fort.

Websters kleine, flinke Augen wanderten unruhig umher. Er leckte sich nervös die wulstigen Lippen. Offensichtlich hatte er Angst, der König könne ihm persönlich den Tod Brandons zur Last legen.

»Wann ist er gestorben?« wiederholte Colum Kathryns Frage.

»Vor einem Monat, zur Mittsommernacht«, stammelte der Festungskommandant. »Aber es war nicht unsere Schuld. Er war gut untergebracht und verpflegt. Er erlag einem Fieber.«

»Wer hat ihn gepflegt?« fragte Kathryn.

»Ich.« Der Priester räusperte sich. Er lächelte Kathryn mit schmalen Lippen an. »Er hatte Fieber. Wir konnten nicht viel für ihn tun. Er starb kurz vor der Dämmerung am Mittsommernachtstag. Er wurde in einen Sarg gebettet und auf dem kleinen Friedhof hinter den Außenmauern der Burg beigesetzt.«

»Hat er irgend etwas über ein Amulett gesagt oder über einen Saphir, den man das *Auge Gottes* nennt?« wollte Kathryn wissen.

Alle Anwesenden schauten sie verblüfft an und schüttelten den Kopf.

»Wie hat man ihn gefangengenommen?« fragte Colum.

»Auf der Straße nördlich von Canterbury«, antwortete Fletcher mit piepsiger Stimme. Er streckte den dürren Hals vor, und sein Adamsapfel hüpfte wie ein Korken auf dem Wasser auf und ab. »Ich habe ihn geschnappt. Wir hatten vom Sieg des Königs bei Barnet gehört. Seine

Schreiber hatten bereits Vollmachten ausgestellt, in denen wir ermächtigt wurden, Nicholas Faunte und andere Rebellen festzunehmen. Ich habe mit ein paar berittenen, bewaffneten Soldaten die Hauptstraße beobachtet. Wir fanden Brandons Pferd auf einem Feld. Neben ihm schlief der Knappe friedlich wie ein kleines Kind.« Fletcher nickte bedeutungsvoll. »Es war ganz klar, daß er ein Rebell war. Sein Pferd war erschöpft, Brandon selbst trug noch ein Panzerhemd und war von oben bis unten mit Schlamm und Dreck bespritzt.«

»An welchem Tag war das genau?« fragte Kathryn.

Fletcher trommelte mit den Fingern auf die Tischplatte.

»Es war an einem Sonntag; ja, Sonntag, der achtundzwanzigste April.«

Zwei Wochen nach Barnet, dachte Kathryn. Sie betrachtete die versammelten Männer: eine bunt zusammengewürfelte Gruppe, aus der ihr eine Mischung aus Verachtung und Angst entgegenschlug. Kathryn dachte darüber nach, was sie erfahren hatte: Brandon war am achtundzwanzigsten April 1471 festgenommen worden, sechs Tage später waren die letzten Anhänger des Hauses Lancaster bei Tewkesbury geschlagen worden. Das Königreich war in ein heilloses Durcheinander gestürzt. Zu dem Zeitpunkt, als die Yorkisten erkannten, daß ihre Suche nach dem *Auge Gottes* ergebnislos blieb, und ihr Verdacht auf Brandon fiel, war dieser am dreiundzwanzigsten Juni in der Zelle einer Burg gestorben.

»Und hat man ihn nach seiner Gefangennahme umgehend in die Burg gebracht?« fragte Colum.

»Oh ja«, erwiderte Webster. »Ich habe ihn hier in diesem Raum verhört, und er unternahm nicht einmal den Versuch, seine Identität zu leugnen. Er war sogar ziemlich stolz darauf, daß er der persönliche Knappe Richard Nevilles war, des verstorbenen Grafen von Warwick. Daher warf ich ihn schnellstens in den Kerker und schrieb an den Vorsteher der Hofkanzlei in London. Doch der

Bürgerkrieg war noch in vollem Gange, Königin Margaret landete im Westen des Landes, bei Tewkesbury fand eine blutige Schlacht statt, und allüberall herrschte Gesetzlosigkeit. Daher erhielten wir erst vor zwei Wochen eine Antwort. Richard, der Herzog von Gloucester, schickte einen seiner Knappen, um Brandon zu verhören, doch zu dem Zeitpunkt war der Bursche schon tot.«

»Was für ein Mensch war Brandon?« fragte Kathryn.

»Ich war sein Aufseher«, sagte Gabele schroff. Er ignorierte Kathryn und wandte seine ungeteilte Aufmerksamkeit seinem früheren Kameraden Murtagh zu. »Wir haben ihn aus dem unteren Kerkerbereich in eine bequemere Zelle unter dem Bergfried verlegt. Er war Soldat, recht fröhlich eigentlich, gesprächig, ohne jedoch übel zu reden. Ich hatte den Eindruck, als wäre er eher erleichtert darüber, daß der Krieg zu Ende war. Er trauerte um den verstorbenen Grafen, hoffte jedoch, daß der König ihn bei seinen nächsten Begnadigungen auch berücksichtigen würde.«

»Hat Brandon in den sechs Wochen, die er hier zubrachte, jemals vom *Auge Gottes* gesprochen?« fragte Kathryn.

Gabele schüttelte den Kopf. »Was ist das für ein Diamant?«

»Er gehörte seinem verstorbenen Herrn, dem Grafen von Warwick.«

»Nein, nein.« Gabele richtete sich in seinem Stuhl auf. »Aber er sprach über Warwick, besonders darüber, wie er gestorben ist.«

»Wiederholt, was er sagte«, befahl Colum.

»Nun ja, er hat die letzten Augenblicke von Barnet beschrieben. Die Schlachtreihe habe angefangen zu bröckeln. Warwicks Mannen seien durch Oxfords Auftauchen verwirrt worden und in die Dunkelheit entflohen. Er sagte, er sei zur Kavalleriefront zurückgegangen. Er habe das Pferd des Grafen geholt und ihm zugerufen, er solle kommen. Doch Warwick hatte die Last seiner schweren Rüstung zu tragen, und das Feld war schlammig, und Yorks Soldaten tauchten bereits hinter ihm auf. Warwick sagte seinen Knappen, sie sollten fliehen. Er befahl es Brandon geradezu; der gehorchte und ritt ins Dunkle. Das Triumphgeheul der feindlichen Soldaten verfolgte ihn noch ein gutes Stück des Weges. Ihm wurde klar, daß man seinen Herrn getötet hatte. Brandon schämte sich, doch was hätte er tun sollen?«

Colum nickte verständnisvoll

»Was noch?« fragte Kathryn scharf, verärgert über die wissenden Blicke, die Colum und Gabele austauschten.

»Wie meint Ihr das?« Gabele veränderte kaum merklich die Armhaltung.

»Nun«, begann Kathryn und stützte die Hände auf den Tisch. Der Gedanke, ob Thomasina den Behandlungstisch zu Hause in der Ottemelle Lane wohl gerade schrubbte, huschte ihr durch den Kopf. Kathryn rechnete an diesem Vormittag mit einer langen Reihe Patienten. Sie rieb sich die Augen. Sie war müde und nahm sich im stillen fest vor, alles niederzuschreiben, was sie während dieses Gesprächs erfahren würde.

»Was ich damit meine, ist folgendes«, fuhr sie fort, »Brandon ist also in den frühen Morgenstunden des vierzehnten April, sonntags, vom Schlachtfeld in Barnet geflohen. Zwei Wochen später wurde er festgenommen. Hat er nicht gesagt, wo er war und was er in der Zwischenzeit gemacht hat?«

»Oh doch«, erwiderte Webster. »Brandon hatte Angst vor Plünderern und den nach einer Schlacht üblichen Verwüstungen. Master Murtagh, Ihr seid Soldat. Ihr wißt, was in einer solchen Situation geschieht. Manche nehmen Gefangene, andere wiederum halten es für einfacher, einem Mann die Gurgel durchzuschneiden.«

»Was hat Brandon die ganze Zeit gemacht?« unterbrach Kathryn ihn unbeeindruckt.

»Er hat sich draußen auf dem Land irgendwo versteckt, hat hin und wieder auf einem Bauernhof etwas zu essen gekauft und versucht, sich vor den Soldaten des Königs zu verbergen.«

»Habt Ihr ihn gefragt, was ihn nach Canterbury führte?«

Webster blinzelte. Er warf dieser schrecklichen, kühlen jungen Frau, die sich von ihren Fragen nicht abbringen ließ, einen anzüglichen Blick zu.

Er schaute zu Colum hin, der unmerklich nickte. Kathryn bemerkte den Blick.

»Bitte, antwortet auf meine Frage«, bat sie beharrlich.

»Ich habe ihn danach gefragt«, antwortete Webster taktvoll. »Um offen zu sein, Mistress Swinbrooke, Brandon sagte, er sei müde und hungrig gewesen und völlig durchgefroren. Er wollte nach Canterbury und in der Priorei von Christchurch Zuflucht suchen.«

Colum versuchte, das Verhör zu übernehmen, doch Kathryn legte ihm die Hand auf den Arm.

»Sir William, als Brandon festgenommen und hierher gebracht wurde, wußtet Ihr, daß er ein Flüchtling aus der Schlacht war.«

Webster nickte.

»Und Ihr habt ihn gewiß peinlich genau verhört. Habt Ihr darüber einen Bericht verfaßt?«

»Ja, ja, das haben wir«, mischte sich Fitz-Steven jetzt ein, der inzwischen sogar ein wenig Hochachtung vor Kathryn empfand und sich einschmeicheln wollte.

»Sir William, soll ich ihn holen?«

Webster war einverstanden. Sie saßen schweigend da, bis Fitz-Steven außer Atem wieder zurückkehrte, ein Stück Pergament in der einen, eine Kerze in der anderen Hand. Der Schreiber setzte sich wieder auf seinen Stuhl und begann zu lesen:

»›Robert Brandon, flüchtig aus der Schlacht bei Barnet, Knappe des verstorbenen Verräters Richard Neville, des Grafen von Warwick, festgenommen von Fletcher, dem

Stellvertretenden Festungskommandanten auf Potters Feld nördlich von Canterbury. Er trug außer einem Gürtel, einem Dolch, einer Tasche und einem etwas eingekerbten Schwert nur wenig bei sich.‹« Fitz-Steven holte tief Luft. »›Er legte ein vollständiges Geständnis über seinen Verrat ab und lieferte sich auf Gedeih und Verderb der Gnade des Königs aus.‹« Fitz-Steven hob den Kopf und fuhr mit dem Finger über die kleine, schwierig zu lesende Schrift. »›Nach Barnet hatte Brandon sich von seinen Kameraden getrennt und sich in dem Gebiet nördlich der Stadt versteckt. Er hatte beschlossen, seinen Geburtsort, die Gemeinde St. James the Less in Maidstone, an dem er Freunde und Verwandte hat, nicht aufzusuchen.‹« Fitz-Steven schleuderte das Pergament auf den Tisch und zuckte mit den Schultern. »Das ist alles, Mistress.«

»Dann hat er also nichts über seine Kameraden erzählt?« fragte Colum.

Webster schüttelte den Kopf. »Nein, Brandon behauptete, daß nach der Schlacht jeder seiner eigenen Wege ging und nur Reginald Moresby, der Hauptmann von Warwicks Leibwache, versucht hätte, Ordnung in das Ganze zu bringen.«

»Er ist tot«, unterbrach Kathryn. »Moresbys Leiche wurde übel zugerichtet in einem Graben bei Rochester entdeckt.«

Webster hob nachlässig die Schultern. »Wen kümmert's? Brandon pflegte nichts über seine Freunde zu sagen. Außer ihm und Moresby haben die anderen aus Warwicks Gefolge bestimmt einen Hafen erreicht und sich ins Ausland abgesetzt.«

»Hat Brandon sich in den sechs Wochen seiner Gefangenschaft mit jemandem besonders angefreundet?«

»Eigentlich nicht.« Gabele schüttelte den Kopf. »Meine Tochter Margotta hat ihn ein paarmal besucht. Ich habe mit ihm über den Krieg gesprochen, aber nichts von Belang. In der Zelle neben ihm saß noch ein Gefangener, und in der Mauer dazwischen gibt es einen kleinen Spalt. Ich vermute, daß Brandon mit seinem Nachbarn oft flüsterte.«

»Wer war es?« fragte Colum.

»Ein Mörder, Nicholas Sparrow«, antwortete Webster. »Er hat an einer Schlägerei in einem Wirtshaus in Westgate teilgenommen und einem Mann die Kehle durchgeschnitten. Wir wollten ihn hier bis zu den nächsten Assisen festhalten.«

»Und wo befindet sich Sparrow jetzt?«

Webster ließ den Kopf hängen. Die anderen Mitglieder der Burgmannschaft machten ebenso betretene Mienen.

»Nun?« wiederholte Colum. »Der Mörder, Nicholas Sparrow, wo ist er?«

»Er ist entflohen«, gab Webster kleinlaut zu. »Herrgott, Master Murtagh, es war ja einfach. Sowohl Brandon als auch Sparrow durften sich wie üblich eine Stunde am Tag auf der Grünfläche vor dem Bergfried aufhalten.« Webster nagte an der Unterlippe. »Wir haben zur Zeit nur wenige Soldaten hier. Einige folgten Faunte, andere gingen in den Süden, um sich dem König anzuschließen, und nach dem Krieg wurde die noch verbliebene Garnison dazu eingesetzt, ein Auge auf die Straßen und Flußmündungen zu haben. Liebe Güte, dieser Maßnahme haben wir es schließlich zuallererst zu verdanken, daß wir Brandon festnehmen konnten!«

Kathryn versuchte sich in Erinnerung zu rufen, was sie von der Burg gesehen hatte, als sie hereingekommen war. Den mächtigen, wenig einladenden Bergfried aus Feuerstein und Mörtel, die vom Regen vollgesogene, dunkelgrüne Rasenfläche und im Hintergrund die Bogengänge und hohen Mauern der inneren und äußeren Burghöfe.

»Wie um alles in der Welt konnte er entfliehen?« fragte sie. »Gewiß hat er etwas über Brandon erfahren?«

»Soweit wir wissen«, antwortete Gabele trotzig, »ist Brandon für seine Stunde Freigang nach draußen gegangen und wurde anschließend wieder hereingeholt. Danach war Sparrow an der Reihe. Es war am frühen Abend kurz vor Sonnenuntergang. Sparrow war zwar allein auf der Grünfläche, doch wir dachten, es bestünde keine Gefahr, denn er war an Händen und Füßen mit Ketten gefesselt. Irgendwie hat er den Wächter überredet, daß er ihn an eine Mauer treten ließ, damit er sich erleichtern konnte; da gibt es so eine kleine Nische. Offenbar hat Sparrow dort dem Wächter die Kette um den Hals gelegt, ihm die Schlüssel entwendet, sich von den Fesseln befreit, hat mit dem Toten die Kleidung getauscht und ist durch die Burgtore nach Winchepe verschwunden.«

»Es verging einige Zeit«, setzt Webster die traurige Geschichte fort, »ehe man herausfand, daß Sparrow fehlte. Alle waren der Meinung, er sei in seine Zelle zurückgebracht worden. Erst als man die nächste Mahlzeit austeilte, wurde der Irrtum entdeckt.« Webster seufzte schwach. »Wir verfaßten einen Bericht an den Sheriff. Die Aufforderung, Sparrow zu inhaftieren, wurde öffentlich bekanntgegeben, doch inzwischen könnte er bereits in Wales oder Schottland sein oder sogar nach Irland oder den Niederlanden übergesetzt haben.«

Kathryn warf Colum einen Blick zu. Sie fragte sich, ob er ihren Verdacht teilte. War es Sparrow gelungen, sich in Brandons Vertrauen einzuschleichen? War er geflohen, nachdem er eine Abmachung über das *Auge Gottes* getroffen hatte?

»Wieviel Zeit verstrich nach Sparrows Flucht, bis Brandon krank wurde?«

»Oh, etwa fünf Tage«, sagte Kaplan Peter. »Zunächst dachte ich, es sei nichts Ernstes, doch dann stieg das Fieber und ruinierte die Körpersäfte. Ich habe alle mir bekannten Heilmittel ausprobiert, doch er starb. Ich habe ihm die letzte Ölung gegeben. Nachdem der Körper gesalbt worden war, habe ich in der Burgkapelle eine Messe gesungen, und der arme Brandon wurde beiden anderen namenlosen Gefangenen im alten Friedhof beigesetzt.«

»Und von Sparrow keine Spur?« fragte Colum streng. Webster schüttelte den Kopf. »Nicht die geringste.«

Irgendwo hoch oben auf den Burgmauern rief ein Wächter einem Kameraden etwas zu; eine Glocke ertönte – das Zeichen für die Garnison, sich zum Abendgebet vor dem Essen in der Halle zu versammeln. Die Männer am Tisch wurden unruhig. Webster warf einen deutlichen Blick auf die Flamme der Stundenkerze, die allmählich den nächsten roten Stundenring erreichte.

»Wenn keine weiteren Fragen mehr offen sind ... ?« murmelte er.

»Seid Ihr Euch Eurer Loyalität dem König gegenüber sicher?« fragte Colum und erhob sich. »Hat Brandon das Amulett oder das *Auge Gottes* ganz bestimmt gegenüber keinem von Euch erwähnt?«

Alle Anwesenden bejahten seine Fragen schroff. Colum streckte sich und sah Webster an.

»Und Brandon hat sonst nichts gesagt?«

Der Festungskommandant schüttelte den Kopf, doch Kathryn fragte sich, warum Webster noch immer so nervös und aufgeregt war.

»Und, Vater« – Colum sah den Priester mit festem Blick an –, »Ihr habt ihn gesalbt und den Sargdeckel geschlossen?«

»Ja, wie ich schon sagte.«

»Sagt mir noch eins, Vater«, meldete sich Kathryn erneut zu Wort, »ich weiß, Ihr dürft das Beichtgeheimnis nicht lüften, aber habt Ihr Brandon die Absolution erteilt?« Der Priester nickte zustimmend.

»Also könnte er«, fuhr Kathryn fort, »als er mit Euch sprach, einen Hinweis auf den Verbleib des Amuletts gegeben haben.«

Der Priester erwiderte stumm ihren Blick. Kathryn sah ein, daß er in dieser Sache nicht mit sich reden ließ.

»Nun gut«, sie versuchte es auf anderem Wege. »Wer hat ihn gepflegt?«

»Meine Tochter«, fuhr Gabele sie giftig an. »Manchmal auch Vater Peter. Warum fragt Ihr?«

»Na ja ...«, Kathryn verdrehte die Augen in vorgetäuschter Unschuld. »Master Gabele, Ihr seid Soldat und kennt das Lagerfieber gut. Solche Männer brabbeln oft im Delirium.«

»Brandon nicht«, gab Gabele zurück. »Und es war auch nicht diese Art Fieber. Er wurde nur teilnahmslos, heiß und feucht.« Gabele wandte sich dem Festungskommandanten zu. »Sir William, wir haben noch andere Dinge, mit denen wir uns befassen müssen. Master Murtagh, gibt es noch irgendwelche Fragen?«

»Nein, vielleicht können wir uns einmal die Zellen ansehen, in denen Brandon und Sparrow saßen. Ach ja, was ist übrigens mit den Habseligkeiten des Gefangenen?«

»Sie werden in einem versiegelten Beutel im Lagerraum der Burg aufbewahrt.«

»Wir wollen sie sehen«, befahl Colum. »Wer war noch in der Burg, als das alles geschah?«

Der Festungskommandant zuckte mit den Schultern. »Nur die kleine Garnison, Diener, Küchenjungen.«

»Nein, ich meine, ist noch jemand in die Nähe des Gefangenen gekommen?«

»Wie ich schon sagte«, antwortete Gabele, »meine Tochter Margotta. Oh ja, und der Ehrsame.«

»Der Ehrsame?« fragte Colum.

»Na ja, er selbst nennt sich so. Er ist ein Ablaßprediger mit einer Menge Reliquien und Ablaßbriefe aus der gesamten christlichen Welt. Ein seltsamer Mensch.«

»Ich habe ihn hier untergebracht«, unterbrach Webster. »Er sagte, die Wirtshäuser und Herbergen in der Stadt seien zu teuer.« Webster fuchtelte mit den Armen in der Luft herum. »Wir haben hier, weiß Gott, genug Platz.«

Kathryn konnte dem nur zustimmen. Canterbury zog

wie ein Magnet Reliqienverkäufer, religiöse Quacksalber, Betrüger an – menschliche Schmarotzer, die sich vom Aberglauben ihrer Mitmenschen ernährten. Im Sommer war jede Herberge in Canterbury vollgestopft mit Pilgern; ebenso wie andere private Haushalte war der Festungskommandant nur zu gern bereit, eine Bettstatt zu vermieten.

»Wir sollten ihn uns ansehen«, beharrte Kathryn. »Eigentlich alle, die mit dem Gefangenen geredet haben.«

Webster war einverstanden, und die Unterredung wurde abgebrochen. Colum und Kathryn sahen den einzelnen Mitgliedern der Burgbelegschaft nach, wie sie den Raum verließen. Die meisten grummelten vor sich hin und warfen finstere Blicke um sich, vor allem auf Kathryn, da es sie kränkte, von einer Frau verhört worden zu sein. Fletcher, Fitz-Steven, Webster und Gabele blieben an der Tür stehen und sprachen leise miteinander.

»Ihr seid eine harte Frau«, raunte Colum ihr aus dem Mundwinkel zu. »Ihr habt ausgesprochen beharrlich nachgehakt.«

»Ich bin eine Frau, die auch noch andere Dinge zu tun hat!« fauchte Kathryn ihn an. »Warum können die Leute nicht auf die Fragen antworten, die man ihnen stellt?«

Colum beugte sich vor und blickte ihr ins Gesicht.

»Was glaubt Ihr?« fragte er.

»Irgendeiner lügt. Drei Dinge sind mir aufgefallen, die ich für falsch halte. Da ist zunächst Brandons Tod: er war ein stämmiger junger Mann in einer bequemen Zelle. Warum erkrankte er an Kerkerfieber mit diesen merkwürdigen Symptomen? In den meisten Fällen leiden die Menschen unter hohem Fieber und versinken im Delirium.«

»Und zweitens?« fragte Colum.

»Ich finde es merkwürdig, daß Brandon das *Auge Gottes* nicht erwähnt hat. Schließlich ist da Sparrows Flucht. Der Kerl war berüchtigt«, schloß Kathryn und verzog das

Gesicht. »Er ist buchstäblich über die Burgmauern entfleucht!«

Colum spielte an seinem Dolchgriff.

»Auf diese Art und Weise zu fliehen ist nicht ungewöhnlich«, entgegnete er. »Dem nächsten Parlament liegt sogar ein Antrag vor, in dem sich wohlhabende Bürger darüber beschweren, daß Gefangene aus Kerkern oder Gefängnissen mühelos ausbrechen können. Und was das Kerkerfieber betrifft ...«

Colum wollte gerade fortfahren, als Gabele auf sie zutrat. Ohne Kathryn auch nur eines Blickes zu würdigen, drückte er Colum die Hand.

»Schön, Euch wiederzusehen, Ire. Freut mich, daß das Schicksal es gut mit Euch meint.« Gabele drehte sich um und schenkte Kathryn ein strahlendes Lächeln. »Mistress Swinbrooke, verzeiht meine scharfen Entgegnungen, doch dieser Sumpfnomade kann es Euch bestätigen, daß meine Manieren eher ins Lagerleben als an den Hof gehören.«

Kathryn war überrascht und nahm die recht artig vorgebrachte Entschuldigung an.

»Es war nicht meine Absicht, so beharrlich aufzutreten«, stammelte sie.

Gabele hob die Hand. »Genug jetzt. Kommt, ich will Euch zeigen, was Ihr sehen wollt.«

Er führte sie aus dem Raum ins untere Stockwerk des Bergfrieds. Er schloß eine eisenbeschlagene Tür auf, nahm eine Pechfackel von der Wand und führte sie zu den Zellen hinab. Es gab insgesamt sechs, zu beiden Seiten des dumpfigen, schwach erleuchteten Korridors jeweils drei. Die Zelle, die Gabele öffnete, war groß und luftig, hatte oben in der Wand ein Gitterfenster, das ein wenig Licht und frische Luft hereinließ. Die Wände waren gekälkt, im Raum standen ein Tisch und ein wackeliger Stuhl; an der Wand hing ein einfaches Kruzifix. Die Binsen auf dem Boden waren erstaunlich sauber. Gabele deutete auf die eisernen Wandhalter für Kerzen und auf die Öllampe auf dem Tisch.

»Hier hat Brandon gesessen«, erklärte er.

Dann legte sich der Waffenmeister auf das Bett, zog seinen Dolch, kratzte damit an der Wand und lockerte einen Ziegelstein.

»Allem Anschein nach kann man es in der anderen Zelle genauso machen.«

»Ist das Sparrows oder Brandons Werk?« fragte Colum.

Gabele schüttelte den Kopf. »Oh nein, das war irgendein längst vergessener Gefangener.« Er ließ den Ziegelstein wieder an seinen Platz gleiten und stand auf. »Wir sollten einen Maurer bestellen, der es wieder in Ordnung bringt.« Er grinste. »Doch auch in diesem Fall muß einfach gesagt werden, daß der Festungskommandant ein freundlicher Mann ist. Aus der Burg von Canterbury brechen nur wenige aus, und es ist ein Segen für die Gefangenen, wenn sie miteinander reden können.«

»Wer darf sich hier unten aufhalten?« fragte Kathryn.

»Nun, ich selbst natürlich und alle, die Ihr oben kennengelernt habt. Mistress Swinbrooke, wir sind nicht grausam. Vater Peter kommt hierher, um die heiligen Sakramente auszuteilen, Webster und Fletcher, um nach dem rechten zu schauen. Margotta bringt das Essen oder redet mit ihnen. Natürlich steht immer, wenn Gefangene hier sind, ein Soldat Wache im Korridor.«

Er führte sie wieder hinauf in die finstere Halle der Burg. Am anderen Ende des großen Raumes saßen der Festungskommandant und die Mitglieder seines Haushaltes beim Essen. Man hatte Feuer gemacht, doch der Schornsteinkasten war nicht in Ordnung, denn ein Teil des abziehenden Rauches drang zurück und vermischte sich mit dem Duft von frisch gebackenem Brot und gekochtem Fisch. Schreiber Fitz-Steven erhob sich und kam durch die Halle auf sie zu. Er hatte einen Lederbeutel in der Hand, der oben mit einem Stück Kordel und einer

Wachskugel versiegelt war. Verärgert über die Störung beim Essen warf er Gabele den Sack zu.

»Brandons Habseligkeiten! Einzeln aufgeführt und versiegelt, jetzt Eigentum der Krone, ganz gleich, welche Werte man darin entdecken mag.«

Fitz-Steven machte auf dem Absatz kehrt und stapfte zur hohen Tafel zurück.

Gabele blinzelte Kathryn zu, Colum zog den Dolch, schnitt die Kordel am oberen Ende des Sackes durch und breitete die kläglichen Habseligkeiten auf der Bank aus: eine enge Hose, ein Wams aus gegerbtem Leder, ein stark verschmutztes Leinenhemd, ein Kriegsgurt mit Taschen und Scheiden für Dolch und Schwert. Gabele tippte darauf.

»Die Waffen waren von guter Qualität, und wir haben sie in unsere Sammlung aufgenommen.«

In der Gürteltasche befanden sich ein paar Münzen, ein Satz Würfel und eine Pergamentrolle. Colum reichte sie Kathryn, die sich damit unter eine Fackel stellte und sie öffnete.

»Es ist nichts«, rief Gabele. »Nur ein Gebet.«

»Levate oculos ad montes. ›Hebet Eure Augen auf zu den Bergen‹«, übersetzte Kathryn.

»Was ist das?« fragte Colum.

»Hebet Eure Augen auf zu den Bergen«, wiederholte Kathryn, »von welchen mein Erlöser kommt. Es ist ein Psalm. Allem Anschein nach einer, der von Gefangenen bevorzugt wird.«

Kathryn hielt inne und erinnerte sich an das flackernde Licht in Brandons Zelle, als Gabele den Ziegelstein aus der Wand holte.

»Brandon hat dieselben Worte an seine Zellenwand gekritzelt«, murmelte Kathryn.

»Ja, genau über dem Bett«, erwiderte der Waffenmeister. »Vergeßt nicht, Mistress, daß Brandon hoffte, begnadigt und bald entlassen zu werden. Jeder Soldat hat ein

Lieblingsgebet.« Er schmunzelte Colum zu. »Wißt Ihr Eures noch, Ire?«

Colum, der den Besitz des Toten durchwühlte, schaute jetzt etwas einfältig drein.

»Ja, wie hieß es?« fragte Kathryn, die neugierig geworden war und auf ihn zutrat.

»Warum sagt Ihr es ihr nicht, Ire?« neckte Gabele.

Murtagh warf den Schwertgurt von sich, blickte Kathryn an und schloß die Augen.

»Oh Herr, behandle mich heute so, wie ich Dich behandeln würde, wäre ich der Herr und Du wärest Murtagh.«

Kathryn lächelte und klatschte in die Hände. »Ich wußte gar nicht, daß Ihr Theologe seid, Colum.«

Jedes weitere Geplänkel wurde unterbunden, als die Gruppe auf der Estrade am anderen Ende der Halle ihre Mahlzeit beendet hatte. Webster kam in Begleitung von zwei anderen Personen auf sie zu. Die eine war eine Frau mit rabenschwarzem Haar. Sie trug einen braunen Kittel mit weißem Kragen und Manschettenbändern. Zielstrebig ging sie auf Kathryn und Colum zu. Sie war klein und hatte ein frisches Gesicht mit großen, dunklen Augen und einem Lächeln auf den Lippen. Während Webster seine Entschuldigungen murmelte und sich wieder entfernte, küßte sie Gabele auf die Wange und ergriff dann, vergnüglich jauchzend, Colums Hand.

»Ire, bestimmt seid Ihr gekommen, um mich zu heiraten!«

Colum lachte verlegen. Er nahm die Frau bei den Schultern und hauchte ihr einen Kuß auf beide Wangen.

»Margotta, du bist schön wie eh und je.« Er drehte sich um und stellte die beiden Frauen einander vor. »Mistress Kathryn Swinbrooke, Margotta Gabele, ein wahrer Wildfang.«

Kathryn lächelte anerkennend und verfluchte im stillen ihren Anflug von Eifersucht. Sie war erleichtert, daß Margottas Begleiter ihr eine gewisse Ablenkung verschaffte. Er war einer der auffälligsten Menschen, die Kathryn je kennengelernt hatte: ein großer, gut gebauter Mann mit weichem, jugendlichem Gesicht, umrahmt von schmutziggelb gefärbtem Haar, das ihm bis auf die Schultern hing. Von Kopf bis Fuß steckte er in abenteuerlich zugeschnittenem, abgenutztem, schwarzem Lederzeug. Er trug weder Schwert noch Dolch, doch einen riesigen Gürtel, an dem kleine Beutel hingen. Um den Hals hing ihm ein dicker Strick mit Anhängern, die wie Teile von Tierknochen aussahen. Als er in den Lichtkreis trat, warf er die Haare zurück wie eine Frau, und Kathryn sah für einen kurzen Augenblick seine billigen Ohrringe, die im Licht aufblitzten. Er streckte eine mit einem schwarzen Handschuh bekleidete Hand zur Decke empor.

»Ich bin der Diener des Herrn«, verkündete er mit hohler Grabesstimme. »Der Ehrsame!«

Zum ersten Mal erlebte Kathryn, daß Colum sprachlos war. Er starrte diesen Mann mit dem gefärbten Haar, der in seiner schwarzen Kleidung wie eine Krähe wirkte, stumm an.

»Master Murtagh, Mistress Swinbrooke, darf ich Euch den Ehrsamen vorstellen«, erklärte Gabele mit stoischer Gelassenheit. »Einen Pilger von Avignon, Rom, Jerusalem, Compostela.«

»Jawohl«, unterbrach der Ehrsame ihn, »und mehr noch! Ich habe den Großen Khan der Tataren gesehen! Die Goldenen Horden des Kublai Khan und die eisigen Weiden des Hindukusch!«

Kathryn biß sich auf die Lippen, um nicht laut herauszuplatzen, denn der Ablaßprediger verfügte über alle Finessen seines Gewerbes: merkwürdige Kleidung, eine durchdringende Stimme und exotische Erzählungen. Dennoch schien der Ehrsame von allen Schurken dieser Art das größte Geschick zu besitzen. Er segnete Kathryn und ergriff dann Colums Hand, der sie ihm widerstandslos überließ.

»Bruder in Christus«, hob er an, »schön, daß wir uns kennenlernen! Ihr wollt mich sprechen? Bezüglich des Mannes Brandon, eines Gefangenen in Christus, dessen Seele nun vor dem Herrn ist. Laßt uns beten, daß er eher durchs Fegefeuer denn durch die Feuer der Hölle gehen muß. Denn, wie es schon in der Heiligen Schrift heißt, ›Schrecklich ist's, in die Hände des lebenden Gottes zu fallen‹.«

Kathryn blickte verstohlen zu Margotta hinüber. Sie hatte den Blick gesenkt, die Schultern zuckten vor Lachen – ob über Colums verblüffte Miene oder die Possen des Ehrsamen, vermochte Kathryn nicht zu sagen.

»Genau. Genau.« Colum gewann seine Haltung wieder und deutete auf die Bank. Brandons Habseligkeiten schob er zur Seite.

»Setzt Euch doch.«

Der Ablaßprediger hielt eine Hand hoch. »Nein, Herr, ich pflege immer zu stehen, wenn ich mit einem Bruder rede. Wie es in der Heiligen Schrift heißt, ›Der ehrliche Mann steht aufrecht, das Gesicht stets dem Herrn zugewandt‹.«

»Wie ist Euer richtiger Name?« fuhr Colum ihn an, denn er war der Possen des Mannes allmählich überdrüssig.

»Ein Name ist nichts als Schall und Rauch«, erwiderte der Ablaßprediger. Er wies auf die Binsen auf dem Boden. »Gras ist und bleibt Gras, wie man es auch nennen mag. Und wir sind wie die Gräser auf dem Felde, heute hier, morgen vergangen. Ich habe keinen Namen, keine Vergangenheit. Ich stehe in all meiner Redlichkeit vor dem Herrn.«

Colum trat gegen die Binsen. »Ich bin Sonderbeauftragter von Canterbury«, flüsterte er mit drohendem Unterton. »Ihr, Herr, seid Untertan des Königs. Ihr haltet Euch in dieser Burg auf. Ihr habt mit Brandon, dem Gefangenen des Königs, gesprochen. Ich habe das Recht, Euch zu fragen, wer Ihr seid und woher Ihr kommt.«

Der Ablaßprediger warf den Kopf zurück wie ein wütender Vogel und beäugte Colum.

»Mein Name ist der Ehrsame«, wiederholte er. Als er jedoch die zunehmende Verärgerung des Iren bemerkte, öffnete er seine Gürteltasche, zog eine Handvoll schmieriger Pergamente heraus und warf sie Murtagh zu.

»Das sind Briefe, Durchreisegenehmigungen.«

Colum reichte sie Kathryn, die sie rasch überflog.

»Er hat recht«, erklärte sie. »Die Papiere sind unterzeichnet von Hafenbeamten, Statthaltern und Vollzugsbeamten und bestätigen, daß die Person, die sich ›der Ehrsame‹ nennt, ein Ablaßprediger ist und die Erlaubnis hat, seinem Gewerbe nachzugehen. Einige sind mit Siegel versehen, so daß sie keine Fälschungen sein können.«

Sie reichte die Dokumente dem Ablaßprediger zurück, der dankbar lächelte.

»Was macht Ihr also in Canterbury?« fragte Colum.

Der Ablaßprediger tippte auf seine Gürteltasche. »Ich habe Ablaßbriefe und päpstliche Bullen aus Rom. Absolutionsbriefe und Reliquien, bestätigt von all jenen heiligen Männern und Frauen, die uns den Pfad der Gerechtigkeit gewiesen haben.« Er deutete auf die kleinen weißen Knochen, die um seinen Hals hingen. »Herr, zu einem vernünftigen Preis könnt Ihr einen Knöchel von einer der siebentausend Jungfrauen zu Köln erwerben. Und hier, Herr« – er zeigte auf einen anderen –, »ist ein Stück aus dem Schädel des reuigen Diebes, hier die Rippe des barmherzigen Samariters!«

»Haltet den Mund!« donnerte Colum.

Kathryn warf dem Ablaßprediger einen warnenden Blick zu. Der Kerl rülpste und bedachte den reizbaren Iren mit einem verächtlichen Lächeln.

»Ich habe Euch etwas gefragt!« wiederholte Colum.

»Dann will ich auch antworten. Ich bin in Canterbury, um bei den Pilgern meinem Geschäft nachzugehen. Ihr könnt es nachprüfen, und Ihr werdet es wahrscheinlich auch, Herr, aber ich habe meine Briefe im Rathaus und in der Kathedrale vorgezeigt. Und ich habe auch ein Bett und eine saubere Unterkunft gesucht, im ›Schachbrett‹, im ›Wappen‹, in der ›Sonne‹ und sogar im Spital für Arme Priester. Jedoch fand ich, wie der Herrgott, keinen Raum in der Herberge. Deshalb kam ich zur Burg und habe nun für einen annehmbaren Preis ein sauberes Bett, Frühstück in der Halle und die letzte Mahlzeit am Tage.«

»Gut«, sagte Colum und holte tief Luft. »Und was ist mit Master Brandon?«

Der Ablaßprediger streckte lebhaft die Hände aus. »Herr, er war ein Gefangener. Ich fragte mich, ob er sich wohl für eine meiner Reliquien interessierte oder, falls sich seine Lage verschlimmern sollte, für eine päpstliche Bulle oder einen Ablaßbrief.«

»Und? Interessierte er sich dafür?«

»Oh nein, Herr. Er hatte in seinem Herzen Frieden geschlossen.«

»Wie oft habt Ihr ihn getroffen?«

»Nur einmal, Herr.«

»Und Sparrow, den anderen Gefangenen?«

»Oh, er war ein wahrer Satansbraten. Brandon war höflich, doch sein Nachbar war ein Teufel direkt aus der Hölle. Er warf mich aus seiner Zelle und verlachte mich als einen Schurken.«

Der Ausdruck beleidigter Unschuld auf dem Gesicht des Ablaßpredigers war zuviel für Colum. Er wandte sich an Margotta, die noch immer versuchte, ihr Lachen zu unterdrücken.

»Und du, Margotta?« fragte er.

Das Mädchen lächelte keck und machte Colum schöne Augen.

»Na ja, Brandon sah gut aus, er war nett, er war höflich.«

»Ja, ja«, sagte Colum mürrisch. »Und was noch?«

»Er war auch einsam, ziemlich rührend. Er erzählte

von früher, als er noch in Maidstone war, und über den Tod Warwicks.«

»Hat er noch über etwas anderes gesprochen?«

»Zum Beispiel?«

»Ein goldenes Amulett mit einem schönen Saphir, den man das *Auge Gottes* nennt.«

»Um Himmels willen, Colum, nein. Was sollte ein armer Knappe damit zu tun haben?«

Kathryn sah Profitgier in den Augen des Ablaßpredigers aufleuchten.

»Ein goldenes Amulett und ein schöner Saphir«, murmelte der Ehrsame. »Besaß Brandon denn so etwas?«

»Kann sein«, antwortete Kathryn.

Der Ablaßprediger pfiff leise durch die Zähne. »Jetzt verstehe ich Euer Interesse.« Er lächelte.

»Mistress Gabele«, fuhr Kathryn fort, »habt Ihr mit Sparrow gesprochen?«

»Natürlich nicht! Er war ein Lump, ein Schurke!«

Colum seufzte. »Nun, auf jeden Fall danken wir Euch, daß Ihr gekommen seid.«

Margotta lächelte ihn an und küßte ihn zärtlich auf die Wange.

»Es tut gut, dich wiederzusehen, Colum«, flüsterte sie.

Dann schlenderte sie mit dem Ablaßprediger davon.

Kathryn wartete, bis sie außer Hörweite waren.

»Ihr seid mir ja ein schöner Troubadour, Ire. Habt wohl in jeder Stadt ein Mädchen, was?«

Colum zwinkerte ihr zu. »Na klar, und in jedem Lager. Ich kämpfte an Gabeles Seite vom Waliser Marschland bis zur schottischen Grenze. Margotta war immer schon eine kesse Biene.« Betrübt wandte er den Blick ab. »Sie hat die Fähigkeit, Männer zum Sprechen zu bringen, dennoch ist es merkwürdig, daß weder sie noch irgendein anderer in dieser Burg gehört haben will, daß Brandon das *Auge Gottes* erwähnte.«

»Was geschieht, wenn Moresby und nicht Brandon den Saphir hatte?« fragte Kathryn. »Vielleicht haben ihn noch die Räuber, die ihn getötet haben.«

Colum fuhr schlecht gelaunt mit der Fußspitze durch die Binsen. »Nein, Warwick hätte ihn nur einem persönlichen Knappen gegeben.« Er warf Kathryn einen Blick zu. »Ich habe als Marschall des königlichen Hofes gedient und hatte die zweifelhafte Ehre, so manchen Dieb zu verhören. Ein Vogelfreier würde versuchen, so etwas unverzüglich zu verkaufen, ehe ein anderer es ihm wieder wegnähme.« Colum biß auf seinen Daumen. »Ich frage mich, auf welche Weise Moresby umgekommen ist«, murmelte er. »Waren es Gesetzlose oder jemand anderes? Ich vermute, diese Frage könnte uns nur Brandon beantworten. Doch kommt, für den Augenblick haben wir unsere Aufgabe hier erledigt.«

Kathryn und Colum nahmen ihre Mäntel an sich, verabschiedeten sich und gingen über die inneren und äußeren Burghöfe durch eine Hinterpforte hinaus nach Winchepe. Sie eilten durch die dunkler werdenden Gassen hinauf in die Wistraet. An dem kleinen Tor, das diese Straße absicherte, huschte ein Mann aus dem Schatten. Colum legte die Hand ans Schwert.

»Friede, Master!«

Holbech, Colums plumper Lieutenant aus Kingsmead, trat in das trübe Licht einer über dem Tor befestigten Fackel.

Der stämmige Nordländer verbeugte sich vor Kathryn. »Guten Abend, Mistress. Ich war in Eurem Haus in der Ottemelle Lane. Thomasina teilte mir in der ihr eigenen rüden Art mit, daß Ihr und Murtagh in der Burg wärt, also habe ich hier gewartet.«

»Was ist los?« fragte Colum.

»Ein Bote, Master, von Seiner Hoheit, dem Herzog von Gloucester. Euer Freund, John Tuam, ein Dominikaner in Blackfriars, wurde auf mysteriöse Weise erstochen. Der Bote des Prinzen sagte, Ihr wüßtet schon, was das bedeutete.«

»Oh, mein Gott!« stöhnte Colum schwer atmend.

Er entfernte sich ein Stück von ihnen und lehnte sich an die Mauer der Schenke. Er starrte in das Licht, das durch die schmalen Fenster drang, und hörte mit halbem Ohr auf die Geräusche des Trinkgelages.

»Der arme John!« flüsterte er. Er erinnerte sich an einen Jungen, der laut rufend und wie ein junger Rehbock springend die grüne Seite eines Hügels hinabrannte. Colum starrte in die Gasse, die inzwischen im Dunkeln lag. »Tot!« flüsterte er. »Oh, Herr, sei seiner Seele gnädig!«

Kathryn trat zu ihm.

»Sie sind hier, nicht wahr?« fragte sie und spürte, wie Angst ihr die Kehle zuschnürte, denn trotz seiner schroffen Art und seines hitzigen Temperaments empfand sie Zuneigung zu diesem rätselhaften Iren mit seinen wechselhaften Launen und seinem sardonischen Lächeln.

»Colum, Ihr seid in Gefahr!«

Er nahm ihre Hand und drückte sie sanft.

»Ich befinde mich immer in Gefahr, Kathryn, so lange ich denken kann. Doch Ihr habt recht, die Bluthunde sind nähergekommen.«

Kathryn entzog ihm die Hand und ging ein Stück weiter.

»Weib!« rief Colum sie leise. »Ihr habt doch nicht etwa Angst um mich – Ihr doch nicht, Kathryn Swinbrooke?«

»Ich bin nicht Euer Weib, Colum«, erwiderte Kathryn und wagte nicht, sich umzudrehen und ihm das Gesicht zuzuwenden. »Ganz gleich, was Ihr Euren Herren in London erzählt habt.«

»Was seid Ihr dann?«

Kathryn ließ diese Frage eine Zeitlang im luftleeren Raum stehen, wie immer, seitdem sie den Iren kannte.

»Was seid Ihr dann?« forschte Colum beharrlich nach. »Bin ich wie Wuf, eine Waise, die Ihr in Eure Obhut genommen habt?«

Kathryn warf ihm über die Schulter hinweg ein Lächeln zu. »Ich bin jetzt Wufs Mutter«, neckte sie ihn. »Aber was bin ich für Euch, Ire? Einstweilen gebt Euch damit zufrieden, daß ich Euer Schutzengel bin!«

Vier

»Laßt mich sofort ein! Ihr habt kein Recht, mich aufzuhalten!«

Kathryn Swinbrooke stand in der Jewry Lane in der Gemeinde Saint Mary Redman vor einem kleinen Haus, dessen Tür man mit dem grellroten Pestkreuz beschmiert hatte. Mit zorngeröteten Wangen funkelte sie die beiden Leichensammler an, die keine Anstalten machten, zur Seite zu treten. Die beiden Brüder, deren häßliche, vernarbte Gesichter an Bulldoggen erinnerten, blieben stur stehen, die Daumen in den Gürtel gesteckt, und schüttelten den Kopf.

»Ihr kennt die Vorschriften, Mistress«, sagte einer von ihnen. »Wenn die Pest einmal ein Haus befallen hat, müssen alle Türen und Fenster fest verschlossen und das rote Kreuz an die Tür gemalt werden. Die Bewohner dürfen das Haus nicht verlassen, und niemand darf es betreten.«

Kathryn trat drohend auf sie zu.

»Ich bin Ärztin«, beharrte sie. »In diesem Haus leben Schwestern, zwei alte Damen, Mistress Maude und Mistress Eleanor Venables. Es stimmt zwar, daß ihre Dienerin möglicherweise an Pest gestorben ist und beerdigt wurde, doch die beiden Damen sind kerngesund und wohlauf. Ich verlange, mit ihnen sprechen zu dürfen!«

»Wir sind von der Gemeinde ernannt«, sagte der Häßlichere der beiden wichtigtuerisch, »auf die Einhaltung der Zivilvorschriften zu achten. Die alten Damen werden sterben, und man wird ihre Leichen entfernen und zu den Bestattungsgräben außerhalb der Stadtmauern bringen.« Er zog einen Daumen aus dem Gürtel.

Wie auf ein Signal hin kam Bewegung in Thomasina und den kleinen Wuf, die hinter Kathryn standen. Wuf stürzte vor und trat dem Mann kräftig vor die Schienbeine. Der Kerl jaulte vor Schmerz. Sein Bruder versuchte, Wuf zu packen, doch der Junge versteckte sich hinter Kathryns Rockschößen. Thomasina trat geharnischt auf die beiden zu, ihr großer Umhang blähte sich auf, und sie schwenkte Kathryns Körbe mit Salben und Tinkturen wie eine Streitaxt vor sich her.

»Ihr dreckiges, feiges Diebsgesindel!« donnerte sie. Zornesröte stieg ihr in das breite, ohnehin schon rosige Gesicht, und die kleinen dunklen Augen funkelten. »Wagt es ja nicht, meine Herrin anzurühren!«

Die Leichensammler schoben sich langsam in den Schutz ihres schmutzverkrusteten Handkarrens zurück.

»Sie ist persönlich bekannt mit Richard, dem Herzog von Gloucester. Sie ist Ärztin im Dienste der Stadt Canterbury und außerdem«, fügte Thomasina hinzu, »gut befreundet mit dem Sonderbeauftragten des Königs, Lord Colum Murtagh.«

Kathryn mußte sich auf die Lippen beißen, um ihr Lächeln zu verbergen ob dieser unerwarteten Beförderung des Iren durch ihre alte Amme. Thomasina warf den Leuten, die sich in der schmalen Straße versammelt hatten, einen wütenden Blick zu.

»Wollt ihr etwa zwei gemeinen Kerlen erlauben, einen Akt der Gnade zu verhindern?« höhnte sie.

Thomasina trat einen Schritt vor und stieß mit dem Finger nach den Leichensammlern.

»Ihr verdammten Diebe!« herrschte sie die beiden an. »Ich weiß, worauf ihr aus seid. Ihr wollt die Toten mitsamt allen Wertgegenständen im Haus verschwinden lassen. Diese beiden alten Damen sind recht wohlhabend, und das wißt ihr nur zu gut.«

Die Umstehenden begrüßten ihre Worte mit zustimmendem Raunen.

»Ja, aber Ihr, Ihr könntet die Pest verbreiten!« entgegnete einer der Leichensammler, und seine Worte fanden bei den Zuschauern noch größere Zustimmung.

Kathryn schaute nach oben, als ein kleiner Fensterladen geöffnet wurde, der sich schnell wieder schloß. Verzweifelt blickte sie auf das rote Kreuz, das an die Tür geschmiert worden war. Wenn sie sich in dieser Auseinandersetzung geschlagen gäbe und wegginge, müßten Maude und Eleanor denken, sie hätte sie im Stich gelassen. Sie stürben vielleicht nicht an der Pest, doch ihr Zustand würde sich allein aus Hunger und schierer Verzweiflung verschlechtern.

»Und ich gehe doch in dieses Haus!« verkündete sie.

Einer der Leichensammler trat ihr in den Weg.

»Genug! Genug!«

Ein kleiner, kahlköpfiger Mann mit lustigen Augen trat aus der Menge und ging auf die Leichensammler zu. Er trug einen langen grünen, mit Grauwerk besetzten Mantel. Das aufgeplusterte Gesicht, die geschwellte Brust und der leichte Watschelgang verliehen ihm die Würde eines außer sich geratenen Spatzen. Dennoch kannte Simon Luberon, Schreiber Seiner Hoheit, des Erzbischofs von Canterbury und Mitglied der Ratsversammlung, seine Rechte. Er drehte sich um und zwinkerte Kathryn rasch zu.

»Wer bist du, du kleiner Lump?« knurrte einer der Schurken.

Simon Luberon belehrte den Mann bald eines besseren. Schuldbewußt und mit leiser Stimme entschuldigte sich der Leichensammler.

»Ich bin offizieller Vertreter der Stadt«, rief Luberon so laut, daß alle ihn hören konnten. »Und Ihr, mein Herr, könntet aufgrund Eurer aufsässigen Reden Eure Stellung verlieren!«

»Wir tun nur unsere Pflicht«, murmelte der andere.

Luberon, der es sorgfältig vermied, Kathryn in die Augen zu schauen, sah ihn entrüstet an.

»Eure Pflicht! Ich frage Euch auf Ehre und Gewissen, Herr«, sagte Luberon und hob einen zitternden Finger, »ist jemand in diesem Hause an Pest erkrankt?«

»Ja, es gab einen Fall.«

»Das habe ich nicht gefragt«, wandte Luberon ein. »Gemäß der Stadtverordnung Nummer siebenhundertachtunddreißig sowie nach dem Codex Medicus, ganz zu schweigen von der Klausel vier der Parlamentsakte, verabschiedet im dritten Jahr der Herrschaft unseres guten Königs Heinrich des Vierten, muß ein Haus, in dem jemand an der Pest gestorben ist, abgesperrt werden. Dennoch dürfen Gesunde, die in dem Hause bleiben, die Dienste eines Arztes in Anspruch nehmen.«

Den beiden Leichensammlern hatte Luberons wortreiche, wenn auch sehr ungenaue Wiedergabe des Gesetzes die Sprache verschlagen, und sie beschlossen, sich aus dem Staub zu machen. Sie zogen mit ihrem Handkarren von dannen und grummelten vor sich hin, daß die alten Hexen ohnehin bald tot wären.

Die Schaulustigen zerstreuten sich. Kathryn nahm die Hand des kleinen Mannes und schaute ihm offen in die hellblauen, kindlichen Augen.

»Simon, Ihr wart hervorragend«, flüsterte sie.

Der kleine Mann wand sich vor Verlegenheit.

»Ach, das war doch nicht der Rede wert«, sagte er und blickte zu ihr auf. »Ich habe heute morgen Master Murtagh auf seinem Weg hinaus nach Kingsmead getroffen. Er sagte mir, daß Ihr in London wart und im Auftrag des Königs wieder zurück in Canterbury seid.«

Kathryn nickte. Luberon sah sie erwartungsvoll an.

»Laßt Euch versichern, Simon, daß wir Euch wissen lassen, wenn Ihr irgendwie helfen könnt.«

Luberon strahlte.

»Übrigens«, fuhr Kathryn fort, »wie steht es mit meinem Gesuch auf Zulassung als Gewürzhändlerin?«

Luberon streckte die Hände aus. »Wie Ihr wißt, Mistress, hat der König in der jetzigen unguten Situation die Ratsversammlung ausgesetzt, und die Gilde der Gewürzhändler ist noch nicht zusammengetreten. Es gibt da einige, die gegen Euer Gesuch sein werden.«

»Warum? Weil ich eine Frau bin?«

»Nein, Kathryn, weil Ihr erfolgreich seid.« Luberon grinste. »Wärt Ihr es nicht, würden sie nur zu gern sehen, wie Ihr Euch zum Narren macht.« Er tätschelte ihr tröstend das Handgelenk. »Ich tue, was ich kann. Habt Ihr schon das Neueste vernommen?«

Kathryn schüttelte den Kopf.

Der Bettler Rawnose hatte versucht, ihre Aufmerksamkeit zu erregen, als sie die Ottemelle Lane verließ, doch sie war entwischt, ehe der schwatzhafte Mann sie aufhalten konnte. Luberon blickte dramatisch um sich.

»Faunte, der Rebell, wurde wieder gesehen. Er lungerte in der Gegend von Blean Wood herum. Es heißt, er sei nicht allein.«

Kathryn biß sich auf die Lippen. Sie hatte Luberon über ihren Gemahl Alexander ins Vertrauen gezogen. Der emsige kleine Schreiber hatte versprochen, alles zu tun, um an Informationen heranzukommen. Sie wußten beide, daß Alexander durchaus bei dem flüchtigen Bürgermeister und anderen Verrätern sein könnte, die sich in den Wäldern nördlich von Canterbury versteckt hielten. Erneut tätschelte Luberon ihr die Hand, versprach, sie auf dem laufenden zu halten und eilte davon.

»Es gibt doch nichts, was dieser Mann nicht weiß«, raunte Thomasina.

»Er meint es gut«, erwiderte Kathryn und klopfte heftig an die Tür mit dem roten Kreuz.

Sie blickte auf Wuf mit dem Engelsgesicht hinab und strich ihm sanft über den blonden, kurzgeschorenen Haarschopf.

»Wuf, du warst sehr tapfer, aber es hätte gefährlich werden können, als du den Leichensammler getreten hast.«

Die Augen des Waisenjungen leuchteten, und er blickte die wortkarge, aber freundliche Frau bewundernd an, die ihm ein Zuhause, einen Herd und ein Bett gegeben hatte.

»Versprich mir, daß du es nie wieder tun wirst«, ermahnte Kathryn ihn.

Der Junge versprach es hoch und heilig, und als Kathryn sich umdrehte, um erneut an die Tür zu klopfen, streckte er der wütenden Thomasina die Zunge heraus.

Ehe ein neuer Streit ausbrechen konnte, wurde die Tür geöffnet. Zwei alte Damen mit zerfurchten Gesichtern und müden Augen standen ängstlich zitternd vor ihnen.

»Ach, wir haben Euch gehört, Mistress«, sagte Eleanor. »Es sind schreckliche Männer.«

»Habt keine Angst«, erwiderte Kathryn und betrat das Haus.

»Es wird alles gut werden.«

Die beiden Schwestern führten Kathryn und ihre Begleiter in den kleinen Sonnenraum. Kathryn blickte sich zufrieden um. Die Binsen auf dem Boden waren sauber und frisch. Die Wände waren mit einer Mischung aus Wasser und Kalk geschrubbt worden, und das Feuer im Herd sorgte für Wärme, ohne den Raum zu überheizen.

»Wir haben alles so gemacht, wie Ihr es uns gesagt habt«, sagte Maude. »Wir haben keine Ratten gesehen. Wir töten alle Fliegen, die noch da sind, und es sind nicht mehr viele. Wir schütten unseren Abfall weg und trinken nur frisches Wasser aus dem Brunnen, obwohl unser Faß wieder aufgefüllt werden muß.«

»Thomasina wird sich darum kümmern«, versicherte Kathryn ihr. »Wir werden später noch einmal wiederkommen. Noch wichtiger ist, daß Ihr nur frisches, weiches Brot eßt!«

Die beiden alten Damen nickten ernst.

Kathryn forderte Thomasina auf, in der Spülküche, der Kochküche und bei den Abtritten nach dem rechten zu sehen, während sie die beiden Frauen bat, Platz zu nehmen. Wuf stand neben ihr, lutschte am Daumen und betrachtete die beiden Alten aus neugierigen, großen Eulenaugen. Kathryn hatte ihm und Thomasina oft genug versichern müssen, daß dieses Haus keine Gefahr darstelle; auch jetzt wiederholte sie es, um die alten Damen zu beruhigen.

»Wißt Ihr«, begann sie, »es muß nicht sein, daß Eure Magd Miriam an Pest gestorben ist. Vielfach wird die Pest von denselben Symptomen wie der Pellagra begleitet, wie ich von meinem Vater weiß.«

»Meint Ihr die St. Antony-Krankheit?« stammelte Maude.

»Richtig«, sagte Kathryn. »Wie bei der Pest rötet sich die Haut, wird trocken und brüchig. Manchmal entstehen Blasen, Beulen und Geschwulste, man hat hohes Fieber, Blut im Urin, der Stuhlgang ist übelriechend, oder man hat Durchfall.«

»Genauso war es bei Miriam«, bestätigte Maude.

»Und uns erging es ganz ähnlich«, fügte Eleanor hinzu. »Aber jetzt ist es weg.«

»Ja«, erwiderte Kathryn besänftigend, »Ihr müßt bei Brot und anderen Dingen aus Getreide oder Hirse gut achtgeben. Vor allem bei Roggenbrot. Wenn Ihr Nahrung zu Euch nehmt, die infizierte Hirse oder Roggen enthält, werden dieselben Symptome wieder auftauchen. Es ist daher wichtig, daß Ihr gutes Brot eßt und diese schlechten Säfte mit frischem Quellwasser aus Eurem Körper schwemmt. Dann werdet Ihr gesund. Ihr müßt Eure Hände und Fingernägel sauberhalten. Dasselbe gilt für diesen Raum. Wechselt die Binsen alle zwei Tage.«

Die beiden alten Frauen nickten.

»Verbrennt die alten.«

»Oh, das tun wir gewiß«, meldete sich Eleanor. »Wir haben frische Binsengarben im Garten.«

»Und die Arznei, Mistress?« fragte Maude.

»Ja, ja.« Kathryn hob den Korb, den Thomasina getragen hatte, und entnahm ihm vier frische Brotlaibe, ein Leinentuch mit getrockneten Fleischstreifen, eine kleine Flasche Wein und einen kleinen Krug mit einem selbst zubereiteten Kräutertrank. Kathryn deutete darauf und sagte: »Nehmt einen Löffel voll jeden Abend vor dem Zubettgehen.«

»Warum? Werden wir davon kräftiger?«

»Natürlich«, sagte Kathryn, verschwieg jedoch, daß der Heiltrank auch ein leichtes Opiat enthielt, um den nervösen Gesamtzustand ihrer Patientinnen zu besänftigen.

Thomasina kehrte zurück und verkündete, das Wasserfaß sei nun wieder in Ordnung, ebenso Küche und Spülküche. Kathryn redete den beiden alten Damen noch einmal gut zu, nahm die paar Münzen entgegen, die sie ihr anboten, und trat wieder auf die Jewry Lane hinaus. Erst an der Ecke blieb sie stehen und stampfte mit dem Fuß auf.

»Himmel Herrgott!« raunte sie Thomasina zu. »Sobald einer auch nur Fieber, Blasen oder blutigen Stuhl hat, schreien gleich alle, es sei die Pest! Ich glaube manchmal, daß ebensoviele Menschen aus Furcht vor der Pest sterben wie an einer tatsächlichen Infektion.«

»Wozu Wasser?« fragte Wuf und hüpfte von einem Bein aufs andere. »Was ist daran so Besonderes, Mistress Kathryn?«

Kathryn tippte ihm mit dem Finger auf die Wange.

»Der Herr sei mein Zeuge, Kleiner, ich weiß es eigentlich nicht genau, aber ein hochberühmter Arzt aus Salerno ...«

»Wo ist das?«

»In Italien. Und bevor du weiterfragst, Wuf, Italien ist am Mittelmeer, auf halbem Wege nach Jerusalem.«

Der Junge öffnete erneut den Mund. Kathryn drückte ihm sanft den Finger auf die Lippen.

»Dieser Arzt«, fuhr sie fort, »hat festgestellt, daß abgestandenes oder brackiges Wasser Infektionen verbreitet. Er hat eine berühmte Abhandlung verfaßt, die mein Vater sorgfältig gelesen hat. Nun, und als wir nach Canterbury kamen, hat mein Vater, Gott habe ihn selig, festgestellt, daß die Mönche der Christchurch Priorei sehr selten krank waren. Er hat das auf zwei Dinge zurückgeführt.«

»Ernährung und Wasser«, unterbrach Thomasina triumphierend.

»Ja«, fuhr Kathryn fort. »Die Mönche essen frisches Fleisch, frisches Obst, und sie beziehen ihr Wasser über Ulmenholzrohre aus sauberen Quellen und Brunnen.«

»Priester leben immer länger«, sagte Wuf. »Als ich noch im Lager war, haben die Soldaten immer gesagt, daß sie, könnten sie noch einmal auf die Welt kommen, Priester sein wollten, um länger zu leben.«

Kathryn schmunzelte. »Vielleicht haben sie recht, aber ich habe dergleichen bei einigen meiner Patienten festgestellt. Erinnerst du dich an Bäcker Mollyns?«

»Ja, er stinkt.«

»Aber er steckt sich nur selten an. Ich habe ihn nach seiner Ernährung gefragt. Er ißt viele Äpfel und trinkt nur Wasser aus einer Quelle neben seiner Mühle.« Kathryn blickte über die Schulter in die Jewry Lane hinein. »Ich hoffe nur, daß unsere beiden alten Damen gesund werden. Diese Leichensammler, sie ...«

»Sie sind verdammte Schurken!« brach es aus Thomasina heraus.

»Nun ja.«

Kathryn trat aus der Jewry Lane, kam am St. Mary-Spital für Arme Priester vorbei und ging Richtung Ottemelle Lane. Zu beiden Seiten wanden sich schmale Gassen entweder hinauf nach Burgate oder hinab zur Burg. Kathryn setzte vorsichtig einen Fuß vor den anderen, denn der Rinnstein oder die Gosse in der Mitte der Straße waren jetzt randvoll mit stinkenden Abfällen, die der Regen am frühen Morgen über das Pflaster gespült hatte. Gleichzeitig hielt sie die Augen offen, denn die meisten Häuser an der Stour Street waren zwei oder drei Stockwerke hoch, und es war noch so früh, daß man Gefahr laufen mußte, von Schmutzwasser getroffen zu werden, das Mägde oder Küchenjungen schon aus dieser hinterhältigen Absicht aus den Fenstern kippten. Auf dem kleinen Markt weiter unten herrschte inzwischen geschäftiges Treiben: Bauern verkauften Butter, Eier, Korn, Wolle, Gemüse oder gerupfte Hühner, die sie auf ihren Handkarren hoch aufgestapelt hatten. Hausierer mit Seidenbändern, Litzen, Knöpfen und Schnallen auf ihrem Bauchladen schoben sich durch das Gedränge.

Hinter dem Markt befanden sich die eigentlichen Läden: Krämer, Gerber, Seidenhändler, Schneider, Glaser und andere. Kathryn blieb stehen, um sich die hübschen Lederhandschuhe anzusehen, die an einem Stand ausgestellt waren. Wuf entfernte sich schmatzend, um die Lehrburschen zu beobachten, die, in Segeltuch und Lederwams gekleidet, den Teig in den Bäckerläden kneteten. Kathryn holte ihn ein und kaufte ihm einen Lebkuchenmann. Der Junge biß in den süßen Kuchen, und Kathryn wollte ihren Weg fortsetzen, als sich plötzlich eine Gruppe Bettler durch die Menge schob. Ihr zerlumpter Anführer, der kühn einen Stab vor sich her schwang, ging mit langen Schritten zum alten Steinkreuz hinüber und stellte sich auf die obere Stufe. Seine Anhänger scharten sich um ihn. Dann setzte er zu einem leidenschaftlichen Appell an: Sie hätten für den guten König Edward gekämpft, und nun jagte man sie lediglich mit dem, was sie am Leibe trügen, über alle Berge.

»Oh, der Ärmste«, murmelte Wuf mit vollem Munde.

»Unsinn!« zischte Thomasina. »Er ist ein falscher Fuffziger.«

»Ein was?«

»Er ist ein Betrüger. Ein Falschspieler. Ich wette, er hat

noch nie in seinem Leben ein Schwert in der Hand gehalten.«

Unverhofft sprang einer der Gefolgsleute des Betrügers, ein abgerissener Bettler, unter Stöhnen und Kreischen auf, fiel hin und wand sich, als hätte er einen Anfall. Im Nu scharte sich eine Menschenmenge um ihn. Kathryn beobachtete, daß der Trickbetrüger rasch die Gürteltasche eines Schaulustigen abschnitt, während seine Kumpane ausschwärmten, um hier eine Gürteltasche zu ergattern oder dort eine Tasche leerzuräumen.

»Hört auf!« rief Kathryn und schritt auf sie zu.

Der Trickbetrüger und die anderen suchten das Weite. Kathryn schob sich durch die Menge und kniete neben dem sich windenden Bettler nieder. Arme und Beine waren merkwürdig verdreht, er rollte mit den Augen, und vor seinem Mund stand dicker weißer Schaum.

»Er hat einen Anfall!« rief einer der Umstehenden.

»Er ist so gesund wie Ihr und ich!« erwiderte Kathryn.

Unvermittelt schlug sie dem Bettler ins Gesicht. Das Winden und Stöhnen ließ nach, der Unterkiefer des Mannes fiel vor Überraschung nach unten. Kathryn langte ihm in den Mund. Der Bettler versuchte, sich zu wehren, doch Kathryn hielt ihm die Nase zu und zog ihm etwas Kleines, Weißes aus dem Mund. Sie hielt es hoch, damit alle es sehen konnten.

»Ein Stück Seife!« verkündete sie. »Der Mann ist ein Lügner, und seine Gefährten sind Taschendiebe.«

Kathryn warf die Seife auf den Boden. Marktaufseher packten den Bettler, der nicht wußte, wie ihm geschah, und die Zuschauer begannen, ihre Habseligkeiten auf Verluste hin zu überprüfen. Kathryn ging weiter, und als sie in die Ottemelle Lane einbog, stieß sie beinahe mit Witwe Gumple zusammen, der stattlichen, arroganten Matrone, die den Kirchengemeinderat von St. Mildred beherrschte. In den letzten Wochen war die Gumple Kathryn gegenüber sehr respektvoll aufgetreten; das weiße, teigige Gesicht der Witwe verzog sich rasch zu einem unterwürfigen Lächeln.

»Verzeiht«, hauchte sie. »Verzeiht, Mistress.«

»Guten Morgen, Witwe. Wie geht's?«

»Gut, gut«, flüsterte die Frau erregt. Rote Flecken traten ihr auf die Wangen. Mit einem Ruck hob sie ihre Röcke und beeilte sich weiterzukommen.

Kathryn blickte ihr nach.

»Du liebe Güte!« Kathryn schnappte nach Luft. »Was hat sie nur?«

Thomasina verbarg ihr Lächeln. Sie würde ihr Geheimnis bei sich behalten, und Witwe Gumple würde stillhalten und keine boshaften, anonymen Briefe über den Verbleib des Alexander Wyville mehr verschicken. Kathryn hob die Augenbrauen und sprang im nächsten Augenblick überrascht zur Seite, als ein junger Mann mit krausen blonden Locken und schweißgebadetem Gesicht aus einem Hauseingang stürzte.

»Guten Morgen, Mistress Swinbrooke.«

Kathryn blickte den Schreiber Goldere zornig und voller Verzweiflung an. Ihr Möchtegernfreier sah in dem enganliegenden braunen Wams, der strammsitzenden gelben Hose mit dem vollgestopften Hosenladen und den spitz zulaufenden Schuhen einfach lächerlich aus.

»Goldere, wie geht es Euch?«

Die wässrigen Augen des Mannes zwinkerten, und er fuhr sich mit einer Hand an den Hosenlatz. »Ich habe eine leichte Unpäßlichkeit, Mistress. Ein Jucken ...«

Kathryn seufzte verzweifelt; es war immer dasselbe mit Goldere. Sie ging an ihm vorbei.

»Sucht Euren Arzt auf!« murmelte sie.

Goldere hätte sie noch weiter belästigt, doch als er sich umdrehte, um Kathryn einzuholen, versetzte Thomasina ihm einen derben Stoß, mit dem sie ihn quer über die Straße schickte. Ehe er wieder zur Besinnung kam, waren Kathryn, Thomasina und Wuf in ihrem Haus verschwunden.

Der Schreiber kratzte sich den Kopf. Plötzlich erschien Wufs Kopf in der Tür, und er machte dem Schreiber mit ausgestrecktem Finger ein unflätiges Zeichen. Er hätte es wiederholt, wenn Kathryn ihn nicht am Schlafittchen gepackt und ins Haus gezogen hätte.

»Hör auf damit!« zischte Kathryn. »Goldere verdient eher Mitleid als Schimpf und Schande!«

Wuf entwand sich ihrem Griff und lief, sich vor Lachen ausschüttend, in den Garten. Er stieß die Magd Agnes zur Seite, die gerade völlig erhitzt hereinkam, um zu melden, daß Besucher da seien. Kathryn reichte Agnes den Mantel und ging in den stillen, leerstehenden Raum an der Vorderseite des Hauses, dessen hohe Fenster mit Brettern vernagelt waren. Sie warf einen Blick auf die leeren Ladentische, die Regale und Schränke an der Wand. Leer und verstaubt, dachte sie, wie meine Träume von früher, als Alexander Wyville, ein stattlicher Apotheker, mir den Hof machte. Sie wollten gemeinsam hier einen Laden aufmachen und Kräuter verkaufen – nicht nur selbst gezüchtete, sondern auch seltene und exotische, die sie aus dem Ausland importieren wollten. Kathryn klopfte sacht mit den Händen auf ihren Rock; innerhalb eines Jahres war alles zu einem Alptraum geworden. Alexander vereinte zwei Menschen in sich: den nüchternen Apotheker einerseits und den betrunkenen, gewalttätigen Gemahl andererseits. Der Riß in ihrer Beziehung wurde zu einem unüberwindlichen Abgrund.

»Wenn doch nur ...«, murmelte sie.

»Mistress.«

Kathryn zuckte zusammen. Thomasina stand im Türrahmen.

»Kathryn«, wiederholte sie. »Eure Patienten. Ich habe sie in den Garten geführt. Und dann ist noch jemand da, der Euch sprechen möchte.«

»Wer?«

»Der Arzt Roger Chaddedon.«

Kathryn wußte nicht, ob sie erfreut oder enttäuscht

sein sollte. Sie folgte Thomasina in die große, geräumige Küche. Chaddedon erhob sich, als sie eintrat, und schob den Stuhl am Tischende zurück. Seine weiche, schwermütige Miene hellte sich beim Anblick Kathryns sogleich auf. Sie bemerkte, daß sein schwarzes Haar sorgfältig gekämmt war und daß er ein kostbares blaues, hermelinbesetztes Gewand trug, mit einem Gürtel aus wertvollem glänzendem Leder um die Hüfte.

»Kathryn«, sagte er und streckte ihr beide Hände entgegen. »Habt Ihr meinen Brief erhalten?«

»Ja, gewiß«, stammelte Kathryn.

Chaddedon zuckte mit den Schultern. »Ihr seid verärgert?«

»Ich finde ihn seltsam«, erklärte Kathryn und lauschte mit halbem Ohr auf die Unterhaltung, die im Garten geführt wurde, wo Wuf die Patienten unterhielt.

»Ach, du liebe Zeit!« fuhr Kathryn fort, verärgert durch den verblüfften Ausdruck auf Chaddedons Gesicht. »Betrachtet doch einmal Eure Situation, Roger! Ihr seid Mitglied eines Kollegiums, einer Gruppe einflußreicher Ärzte in Queningate. Wie soll ich auf Eure Einladung reagieren, wenn ich dafür verantwortlich bin, daß der Schwiegervater einer dieser Ärzte als Giftmörder auf dem Schafott landete?«

»Das betrifft nicht mich«, konstatierte Chaddedon entschieden.

»Aber mich, Roger. Ich habe meine Patienten, meine Arbeit. Mein Gemahl ist verschwunden ...«

»Und den Iren«, fügte Chaddedon hinzu.

»Ja, Roger, da ist auch noch der Ire.«

»Wohnt er hier?«

»Nein, er übernachtet hier, weil das Herrenhaus in Kingsmead noch nicht bezugsfertig ist. Roger«, sagte sie leise und eindringlich, »das ist meine Sache.«

Das Strahlen auf dem Gesicht des Arztes verschwand. »Ihr solltet vorsichtig sein«, murmelte er.

»Darüber macht Euch keine Sorgen«, verkündete Thomasina, die aus dem Garten hereinkam. »Solange ich in ihrer Nähe bin, ist meine Herrin sogar vor dem König sicher!«

Chaddedon, der erkannte, daß die Begegnung unerquicklich zu werden drohte, lächelte und hob ein kleines Päckchen auf, das an einem der Tischbeine lehnte. Er überreichte es Kathryn.

»Ihr habt gesagt, daß Euch das hier interessiert. John Ardenes *Herbarium*!«

Kathryn berührte es sacht mit den Fingern. Sie wußte, Chaddedon erwartete, daß sie es zurückbrächte.

»Ich danke Euch«, erwiderte sie leichthin. »Ich werde es sorgfältig lesen und dafür sorgen, daß es unbeschadet zu seinem Besitzer zurückfindet.«

Chaddedon nahm den Mantel. »Sagt nicht, daß ich so lange warten muß, bis ich Euch wiedersehe.«

Kathryn schenkte ihm ein verbindliches Lächeln. Sie begleitete Chaddedon durch den Korridor zur Tür und schloß sie hinter sich, verwirrt über diesen linkischen Abschied.

»Er ist ein guter Mann«, rief Thomasina ihr aus der Küche heraus zu. »Er ist Witwer, ein vornehmer Arzt.«

»Oh, halt den Mund, Thomasina!« murmelte Kathryn und rieb sich eine Wange. Sie mochte Chaddedon, aber …

»Aber was?« flüsterte sie in den leeren Korridor.

Sie dachte an den Iren und wußte, was fehlte: Chaddedon war solide, sicher und etabliert, Mitglied einer mächtigen Vereinigung. Colum indes war anders; er flößte ihr ein wenig Angst ein, doch seine Anwesenheit bot die Gewähr, daß ihr Leben sich von Grund auf ändern würde.

»Ihr solltet nicht so undankbar sein.« Thomasina tauchte am Ende des Korridors auf.

»Thomasina!« sagte Kathryn mit warnendem Unterton.

»Schon gut«, erwiderte Thomasina mit säuselnder

Stimme. »Ich vermute, Chaddedon hat recht, immer ist der Ire da.«

Kathryn rauschte an ihr vorbei in die Küche und versuchte, Wufs wildes Geschrei aus dem Garten zu überhören.

»Wer ist draußen?«

»Rawnose mit dem Sackmacher Henry.«

»Was hat er?«

»Er hat sich eine schmutzige Nadel geradewegs durch den Finger gestochen.«

»Und wer noch?«

»Edith, Gerber Fulkes Tochter«, antwortete Thomasina. »Nichts Ernstes. Wehwehchen.«

»Gut, dann wollen wir Verbände richten, eine Schüssel heißen Wassers, eine Kerze anzünden, Körbe mit Salben und Kräutern.« Kathryn packte das Buch aus, das Chaddedon mitgebracht hatte. »Wer weiß, Thomasina, vielleicht entdecken wir hier noch etwas, das Rawnoses Schwatzhaftigkeit zum Stillstand bringt!«

Fünf

Kathryn wurde schnell mit dem Andrang ihrer Patienten fertig; Sackmacher Henry kam mit einer kleinen klaffenden Wunde, die sie zunächst verätzte und dann mit Wein reinigte. Zum Schluß trug sie eine Salbe aus getrockneten Schlüsselblumen auf. Edith, die Tochter des Gerbers Fulke, trat mit leichenblassem Gesicht ein und hatte die Arme krampfhaft über dem Bauch verschränkt. In höchster Not verkündete sie, ihr Bauch blute aus. Kathryn, die eine innere Verletzung befürchtete, untersuchte sie mit größter Sorgfalt. Sie mußte ein Lächeln unterdrücken, als feststand, daß Ediths Problem eine ganz natürliche Ursache hatte – sie hatte ihre erste Menstruation bekommen. Kathryn setzte das Mädchen vor sich auf einen Hocker und erklärte ihr ausführlich, was das bedeutete: Wie wichtig es sei, sich regelmäßig zu waschen und während der Menstruation Leinentücher zu benutzen, die Kathryn ihr mitgeben würde.

Edith war jedoch nicht zufrieden.

»Es tut aber so weh«, klagte sie und warf Kathryn einen vorwurfsvollen Blick aus dunklen Augen zu. »Ich habe Schmerzen im Bauch und im Rücken!«

Kathryn reichte ihr einen kleinen Flakon mit einem Heiltrank aus Rosenwasser und zerstoßener Engelwurz.

»Das wird den Schmerz lösen«, versicherte sie ihr.

Das Mädchen war froh und trottete davon.

Schuster Clem war der nächste. Er klagte über Husten.

»Abends wird es schlimmer«, jammerte er.

Kathryn hörte ihm aufmerksam zu. Sie erinnerte sich, daß ihr Vater sie einmal in die staubige Werkstatt des Handwerkers mitgenommen hatte.

»Clem, Ihr müßt Eure Werkstatt regelmäßiger säubern und für gute Durchlüftung sorgen«, erklärte sie ihm.

»Und das soll alles sein?« rief er verwundert.

Kathryn schob ihm einen kleinen Krug hin, den Thomasina vorbereitet hatte.

Sofort zog der Schuster ein langes Gesicht. »Was ist das? Wie teuer ist es?«

»Clem! Clem!« sagte Kathryn und hob mahnend den Zeigefinger. »Seht, Ihr macht Geschäfte genau wie ich. Ihr seid einer der besten Schuster in Canterbury. Das weiß ich, weil ich ein Paar von Euren Schuhen trage. Ich verlange lediglich zwei Schillinge von Euch.«

Die Miene des Schusters hellte sich auf.

»Geizkragen!« murmelte Thomasina.

Das kränkte den Schuster. »Vergeßt das Geld!« sagte er hochtrabend. »Ich werde Euch ein Paar Stiefel herstellen, Mistress, ein Paar Schnürstiefel, und für den Jungen ein Paar feine Ledersandalen.«

»Einverstanden.« Kathryn lächelte und schüttelte dem Schuster die Hand.

»Und was ist mit mir?« sagte Thomasina.

»So viel Leder, das um Eure Knöchel paßt, habe ich nicht«, gab Clem bissig zurück. Geschickt wich er Thomasinas Hieb aus und ergriff den Krug auf dem Tisch. »Was ist das?«

»Eine Mischung aus Salbeigamander, Gartenraute, Kreuzkümmel und Pfeffer«, erwiderte Kathryn. »Ihr müßt sie mit Honig aufkochen. Nehmt jeden Morgen und jeden Abend einen Hornlöffel voll davon ein. In einer Woche sollte es Euch besser gehen. Wenn nicht, kommt wieder her.«

Es folgten weitere Patienten, und schließlich kam Rawnose an die Reihe, der schwatzhafteste Mann in ganz Canterbury; sein entstelltes Gesicht – die eingeschnittene Nase und die Narbe an der Stelle, wo ein Ohr fehlte – platzte fast vor Neuigkeiten.

»Nun, Rawnose, was gibt's?«

»Faunte wurde in Blean Wood gesehen«, sagte Rawnose. »Und Ihr habt gewiß von dem Mord an einem Priester in Rye gehört? Drei Mitglieder seiner Gemeinde von der übelsten Sorte haben sich in einer grausamen Verschwörung gegen ihn verbündet. Der Gute wollte gerade in die Kirche gehen und eine Messe abhalten, als diese Gesandten des Teufels, angestachelt von unbändigem Haß, in die Sakristei eindrangen und ihn baten, auf den Friedhof zu kommen. Sie legten ihm einen Strick um den Hals und ...«

»Rawnose!« schimpfte Kathryn.

Der Bettler blinzelte. »Man hat Geister gesehen«, fuhr er fort und wechselte dramatisch das Thema. »Ein gar garstiges, grünes Licht bei der Priorei St. Gregory, fünf Fuß hoch und einen Schritt breit.«

»Rawnose!« mahnte Thomasina.

»Ein Schneider in Chatham hat mit dem Teufel gewürfelt. Sie haben sich auf dem Kirchhof getroffen.«

»Rawnose, jetzt halt aber den Mund!« donnerte Thomasina.

»Ach, und ein Ire hat nach Euch gefragt, Mistress.«

»Sei nicht albern. Warum sollte Colum mit Euch über mich reden?«

»Oh nein, Mistress, es war ein anderer. Rothaarig, mit einer Augenklappe«, verkündete Rawnose, dem es sichtlich Freude bereitete, daß Kathryn ihm jetzt ihre ungeteilte Aufmerksamkeit schenkte. »Groß und breit war er.«

Kathryn hockte sich vor den Bettler. »Rawnose, was genau hat er gesagt?«

»Oh, er hat sich nach Euch und Master Murtagh erkundigt. Wo der Ire wohnt, was er macht.«

»Und Ihr habt ihm gesagt, was Ihr wißt?«

»Ja natürlich, Mistress, immerhin hat er mir ein Sixpencestück gegeben.«

Kathryn erhob sich und trat an die Küchentür. Sie fuhr sich mit der Hand an den Hals und versuchte, das ängstliche Zittern zu unterdrücken. Die Bluthunde von Ulster waren in Canterbury, und sie jagten Colum.

»Oh!« rief Rawnose, der über seine aufmerksamen Zuhörerinnen begeistert war. »Und am Rande von Canterbury wurden Phantome gesehen. Körperlose Stimmen schwebten um den Galgen an der Wegkreuzung, und eine rothaarige Hexe war auch dabei.«

»Schsch!« unterbrach Kathryn seinen Redeschwall und kam wieder an den Tisch. »So, Rawnose, was führt Euch denn zu mir?«

»Leichtes Fieber und eine Erkältung am Kopf.«

Kathryn seufzte und bat Thomasina um Schafgarbe, etwas Kamille und Thymian, ein wenig Honig und einen Löffel voll Senf. Sie gab alles in einen kleinen Topf, den sie über das Feuer stellte, goß ein wenig Wasser hinzu und sagte Rawnose, er solle noch einmal wiederkommen und sich die Arznei abholen. Sie wies den Penny, den er ihr zuwarf, gnädig zurück und führte ihn, der noch immer wie ein Eichhörnchen keckerte, aus dem Haus. Sie kam zurück in die Küche, wo Thomasina sich gerade über das Feuer beugte.

»Der Ire ist in Gefahr, nicht wahr, Mistress?«

»Ja, ja, Thomasina, doch laß mich überlegen.«

Kathryn wusch sich die Hände in einer Schüssel Rosenwasser, trocknete sie an einem Mundtuch ab und ging in ihre kleine Schreibkammer. Sie setzte sich an den Schreibtisch des Vaters und starrte die leere Wand an. Ihre Gedanken wirbelten wild durcheinander, Panik kam in ihr auf.

»Um Himmels willen, Frau!« murmelte sie. »Reiß dich zusammen.«

Sie nahm eine Pergamentrolle zur Hand, strich sie glatt und atmete tief durch. Sie spitzte einen Federkiel an und knabberte am Federende.

»Ich will alles niederschreiben«, flüsterte sie vor sich hin und schloß die Augen. Sie versuchte, sich alles ins Gedächtnis zu rufen, was sie und Colum erfahren hatten. Die Neuigkeiten, die Rawnose mitgebracht hatte, ließen ihr keine Ruhe, doch wenn sie schrieb und sich beschäftigte, vermochte sie das Problem vielleicht zu unterdrücken – zumindest so lange, bis Colum aus Kingsmead zurückkehrte.

Primo – [Sie begann in großen, schwungvollen Schriftzügen, dann lehnte sie sich zurück und beobachtete, wie schnell die blaugrüne Tinte ins Pergament einzog.] Am vierzehnten April 1471 wurde Richard Neville, Graf von Warwick, in Barnet ermordet. Als Colum ihn vor der Schlacht traf, trug der Graf das goldene Amulett mit einem Saphir, dem *Auge Gottes*. Nach der Schlacht hingegen, als Neville bereits tot war, war das Amulett mitsamt Saphir verschwunden.

Secundo – Das Amulett ist keltischen Ursprungs. Wahrscheinlich hat es Richard, Herzog von York, der Vater des jetzigen Königs, aus der Kathedrale in Dublin entwendet und dem Grafen von Warwick als Unterpfand der Freundschaft geschenkt.

Tertio – Neville hat das Amulett aller Wahrscheinlichkeit noch Brandon gegeben, seinem Knappen, der am achtundzwanzigsten April nördlich von Canterbury gefangengenommen wurde. Doch man hat keine Spur des Saphirs bei ihm gefunden. Wo hat sich Brandon zwischen der Schlacht bei Barnet und dem Tag seiner Festnahme aufgehalten? Was ist mit seinen Kameraden geschehen? Auf welche Weise ist Moresby, der Hauptmann von Nevilles Garde, getötet worden? Warum hat Brandon seinen Kerkermeistern in der Burg von Canterbury nichts gesagt? Hat er mit Sparrow geredet? Wie starb Brandon? Hat die Flucht des Mörders Sparrow irgend etwas mit dem *Auge Gottes* zu tun?

Quarto – Wo ist das *Auge Gottes*? Trug Brandon es am Körper, oder hat er es irgendwo versteckt? Sind die Bluthunde von Ulster an dem Amulett ebenso interessiert wie an Colums Tod?

Neue Patienten kamen, und Kathryn mußte ihre Notizen unterbrechen. Sie ging wieder in die Küche und achtete nicht weiter auf Thomasinas Geschwätz, als sie rasch Weißen Andorn austeilte gegen Halsschmerzen, einen Salbeitrank gegen entzündetes Zahnfleisch, Umschläge und Salben auf Schnitte und tiefe Wunden legte. Anschließend ging sie in ihre Kammer zurück und fuhr mit ihren Notizen fort.

Quinto – Das Amulett und das *Auge Gottes* sind ohne Zweifel wertvoll. Aber warum besteht der König so hartnäckig darauf, sie zurückzubekommen?

Kathryn erinnerte sich an die Begegnung mit dem König im Tower und die totenähnliche Stille im Haus des Verborgenen Wissens.

Sexto – Gibt es in der Burg von Canterbury jemanden, der etwas über das *Auge Gottes* weiß? Webster machte einen besorgten Eindruck; und dann der seltsame Ablaßprediger, der Ehrsame, spielte er eine Rolle?

Septimo – Und meine eigenen Probleme? Alexander Wyville ist definitiv aus Canterbury entkommen, aber lebt er noch?

Octavo – Colum Murtagh. Was halte ich wirklich von ihm?

Kathryn nahm den Federkiel wieder auf, strich die letzte Frage durch und nahm sich noch einmal die vorangegangenen vor.

Thomasina brachte einen Krug Ale und eine Platte mit

Brot und Käse herein. Kathryn dankte ihr und begann gedankenverloren zu essen und zu trinken. Sie ließ ihren Gedanken freien Lauf und versuchte, sich an den Gewißheiten festzuhalten und die Fragen, die sie nicht beantworten konnte, beiseite zu lassen. Sie kam zu dem festen Schluß, daß Brandons Tod mysteriös war; es sah zu sehr nach Zufall aus. Ein junger, tatkräftiger Knappe in guter Obhut starb urplötzlich an Kerkerfieber! Unzählige Möglichkeiten schossen ihr durch den Kopf. War Brandon ermordet worden? War er überhaupt tot? Und dann diese merkwürdige Flucht des Mörders Sparrow ... Kathryn hielt die Schreibfeder ans Gesicht und genoß die Berührung der weichen Flaumfedern. Lautes Klopfen an der Tür ließ sie auffahren. Sie rollte das Pergament rasch zusammen, steckte den Federkiel in den Halter und schloß das Tintengefäß aus Horn. Aus der Küche drangen erregte Stimmen an ihr Ohr, unterbrochen von Thomasinas scharfzüngigen Antworten. Kathryn stand auf, strich ihr Kleid glatt und ging durch den Korridor zurück in die Küche, wo Gabele und Fletcher mit schuldbewußter Miene standen.

»Was gibt es?« fragte sie und ging zur Tür, die in den Garten hinausführte, um sie zu schließen.

»Sir William Webster, Mistress«, erwiderte Fletcher. »Er hat sich das Genick gebrochen. Tot. Er stürzte vom Turm des Bergfrieds.«

»Wann ist das passiert?«

»Heute früh, Mistress, in der Morgendämmerung«, erklärte Gabele. »Ein Wächter hat ihn auf dem Turm gesehen, wo er seinen üblichen Morgenspaziergang machte. Sir William betrachtete gern den Sonnenaufgang. Er behauptete, er könne dann klarer denken.«

»War er allein?«

»Ja, wie immer. Sir William bestand darauf. Die Wächter auf dem Umlauf darunter sahen ihn immer dort, bei Regen oder Sonnenschein.«

»Und was ist geschehen?«

»Wie ich schon sagte, gerade war er noch dort oben, dann hörte der nächststehende Wächter plötzlich einen Schrei, drehte sich um, und sah gerade noch Sir William hinabfallen.«

»Zum Teufel auch!« keuchte Fletcher. »So ein Elend. Sir Williams Gesicht kann man fast nicht erkennen.«

»Wie konnte das passieren?« fragte Kathryn und erinnerte sich an die mächtige, zinnenbewehrte Mauer oben auf dem Turm. »Ich meine, Sir William ist wohl kaum ausgerutscht, und er war zu vernünftig, um zwischen die Zinnen zu treten.«

Fletcher blickte zu Boden.

»Es kann auch Selbstmord gewesen sein«, meldete sich Gabele.

»Selbstmord? Warum?«

»Sparrows Entkommen und Brandons Tod belasteten Sir William sehr und in erhöhtem Maße, seitdem er wußte, daß Brandon ein Geheimnis hütete, das der König für sein Leben gern besessen hätte.«

Kathryn wandte ihnen den Rücken zu und betrachtete den kleinen Zwiebelsack, der an den Dachsparren neben einer Speckseite hing. Selbstmord? überlegte sie. Oh nein! Das ist Mord! Zu viele Tote in der Burg von Canterbury, zu viele Geheimnisse, zu viele unerklärliche Zufälle. Sie drehte sich um.

»Master Gabele, wie war das Befinden Sir Williams gestern?«

»Er war ein wenig in sich gekehrt, beinahe ängstlich, doch er ging seinen Pflichten in der Burg nach.«

»Und Ihr seid sicher, daß er allein auf dem Turm war?«

Gabele fuhr sich mit der Zunge über die trockenen Lippen. »Ja, Mistress Swinbrooke, ganz sicher. Auf den Turm führt eine Falltür. Sir William hat sie stets hinter sich verriegelt.«

»Und Ihr seid bis jetzt noch nicht oben gewesen?«

»Nein, wir dachten, es sei besser, wenn Master Murtagh den Befehl erteilt, die Falltür zu öffnen. Ich weiß, was Ihr denkt, Mistress – Sir Williams Tod könnte eher das Ergebnis eines Ränkespiels sein als ein Unfall oder Todeswunsch, und der Turm wird es an den Tag bringen.« Er hob eine Hand, um ihre Fragen zu unterbinden. »Sir William war stets vorsichtig. Die Turmspitze ist aus massivem Stein, glatt und eben wie ein zugefrorener Teich. Webster hat eine mindestens drei Finger breite Sandschicht darauf verteilt.« Er räusperte sich. »Ich habe eine Wache an der Treppe aufgestellt.«

Kathryn nickte. Sie schickte sich an, die beiden Männer noch weiter zu befragen, als die Tür zum Garten aufgerissen wurde und Wuf hereinstürmte.

»Ich hab' eine Schnecke!« rief er. »Schau, Thomasina!«

Er lief zu der Amme hinüber, die ruhig am Herd stand, ein Auge auf den brodelnden Topf, das andere auf Kathryns zwei Besucher gerichtet. Thomasina gab dem Jungen einen zärtlichen Klaps auf den Kopf, während sie gegen aufsteigende Tränen ankämpfen mußte. Der stürmische Auftritt des Kleinen war wie eine exakte Spiegelung der Vergangenheit. Konnte es sein, daß zweimal dasselbe geschah? fragte sich Thomasina. Vor einer halben Ewigkeit, in der ersten ihrer drei Ehen, war ihr eigenes Kind, Thomas, hereingeplatzt und hatte ihr eine Schnirkelschnecke hingehalten. Zwei Wochen später war er an Schweißfieber gestorben. Thomasina schluckte, hockte sich vor den Jungen und hatte ihre Herrin und die beiden Besucher völlig vergessen. Ich werde alt, dachte sie, mein Verstand läßt nach. Im stillen verfluchte sie die Tränen, die ihr in den Augen brannten.

»Komm mit, Wuft« sagte sie.

Sie nahm den Jungen bei der Hand und hastete geschäftig mit ihm in den Garten hinaus, um noch mehr Schnecken zu suchen.

Die beiden Männer, die durch Thomasinas plötzliches

Verschwinden und Kathryns knappe Fragen verwirrt. waren, traten unruhig von einem Bein auf das andere.

»Mistress«, meldete sich Gabele, »ich habe Euch gesagt, was wir wissen. Websters Leiche ist bereits eingesargt. Wir hielten es für das Beste, Master Murtagh zu suchen.«

»Er ist in Kingsmead.« Kathryn schritt durch den Raum und nahm einen Mantel vom Haken an der Wand. »Ich werde Euch begleiten«, fuhr sie fort. »Murtagh würde darauf bestehen.«

Kathryn ging in den Garten und teilte Thomasina kurz mit, wohin sie gehen wollte. Die Amme, die auf einer kleinen Holzbank saß und Wuf zusah, nickte nur und wandte das Gesicht ab, damit Kathryn die Tränen nicht sah, die in ihren Augen schimmerten.

»Thomasina, ist alles in Ordnung?«

»Ja, schon gut, Mistress.« Thomasina zwang sich zu einem Lächeln und zeigte auf Wuf. »Nur ein Sonnenstrahl aus der Vergangenheit.«

Kathryn kam in Begleitung von Gabele und Fletcher auf das Gelände von Kingsmead. Sie ritten über den schlammigen Pfad, der sich zwischen den großen Pferchen und Weiden hindurchwand und auf die Gruppe Herrenhäuser hinter einer Baumgruppe zuführte. Kathryn konnte schon aus der Ferne das Hämmern und Sägen der Zimmermänner und Bauleute vernehmen, und die Felder, an denen sie entlangritten, trugen bereits Spuren von Colums Anwesenheit. Neue Zäune waren errichtet worden, Hecken gepflanzt, Gräben gezogen und Tore wieder eingehängt. Unter der Baumgruppe hielt Kathryn an und betrachtete das alte Herrenhaus, das noch immer unbewohnbar war, obwohl der Wiederaufbau sichtbare Fortschritte machte. Maurer und Steinmetze nahmen sich der Wände an. Die Dächer waren abgedeckt worden; Zimmerleute ersetzten Balken und Träger, während ein

Dachdecker mit seinem Lehrburschen damit beschäftigt war, Stapel roter Ziegel von einem Karren zu laden und sie sorgfältig auf Holzlatten zu legen. Der Ort war betriebsam wie ein Bienenstock zur Sommerzeit. Soldaten, die Holbech angeheuert hatte, übten sich auf einer Wiese vor dem Haus im Bogenschießen. Weiter unten, bei ihren Zelten und Hütten, schürten die Frauensleute der Soldaten die Feuer an den Kochstellen, während Kinder mit verschmutzten Gesichtern schreiend umherrannten, kläffende Hunde jagten und den Tumult nur noch vergrößerten. Kathryn und ihre Begleiter stiegen vom Pferd. Ein Stallknecht, der Kathryn erkannt hatte, eilte herbei, um die Zügel entgegenzunehmen. Sergeant Holbech tauchte auf; seine Frau Megan, die rothaarige Irin, klebte wie ein Blutegel an seinem Arm. Der bullige Soldat schlenderte auf Kathryn und ihre Begleiter zu und verbeugte sich.

»Mistress, ist was nicht in Ordnung?« Seine gutturale Aussprache verriet, daß er aus Yorkshire stammte. Fletcher überging er mit kurzem Aufblitzen der Augen, Gabele hingegen betrachtete er eingehender. »Mit wem habe ich das Vergnügen?« Er deutete mit seinem dicken Finger auf ihn.

»Simon Gabele, Waffenmeister in der Burg von Canterbury.«

Holbech grinste breit und streckte eine Hand aus. »Holbech ist mein Name. Ich habe bei Towton an Eurer Seite gekämpft.«

»Eine blutige Schlacht, Master Holbech.«

»Kann man wohl sagen, und ein paar gute Männer sind damals draufgegangen. Mistress Swinbrooke« – Holbech wandte sich wieder an Kathryn –, »Master Murtagh ist in den Ställen.«

Kathryn hatte die Frau mit dem zerzausten Haar betrachtet, die ihren Blick ebenso kühl erwiderte. Kathryn war von Megan fasziniert. Nie zuvor hatte sie so üppiges, hübsches Haar gesehen; es fiel der jungen Frau in dicken

Zöpfen auf die Hüfte. Die Haare umrahmten ihr Gesicht, das in bemerkenswertem Kontrast dazu stand – Alabasterhaut und grüne, leicht schräg stehende Augen. Insgeheim bewunderte Kathryn Megans unbändigen Stolz und ihr wildes Gebaren, obwohl ihr auch Colums Klagen über sie einfielen.

»Megan ist eine verdammte Nervensäge!« hatte er einmal gesagt. »Sie liebt einen Mann bis zur Raserei, und dann, wenn ihr Auge auf einen anderen fällt, läßt sie ihn wie eine heiße Kartoffel fallen und rennt hinter dem anderen her.«

»Fragt sich nur, ob sie auch Colum eingefangen hat«, dachte Kathryn geziert, als Holbech sie um die Ecke zu den Ställen führte.

»Wie gefällt Euch mein Ring, Mistress?« Megan streckte Kathryn eine Hand hin und zeigte ihr einen in Silber eingefaßten Perlenring an ihrem weißen, schlanken Finger.

»Wunderschön«, murmelte Kathryn. »Er steht Euch gut, Megan.«

»Ich habe ihn mir auch verdient«, verkündete die junge Frau, warf die roten Haare zurück und drückte Holbechs Arm. »Nicht wahr?«

Der diensthabende Sergeant konnte nur verlegen schlucken und begann, nach Murtagh zu rufen, noch ehe sie den gepflasterten Hof erreicht hatten. Colum tauchte in der Stalltür auf und führte einen hübschen Rotschimmel heraus. Allem Anschein nach hatte das Pferd große Schmerzen, denn es hob den rechten Vorderlauf und konnte nur vorwärtshumpeln.

»Kathryn.«

Colum warf Holbech die Zügel zu. Sein Lächeln verschwand, als er Gabele und Fletcher erblickte.

»Stimmt was nicht?«

Gabele unterrichtete ihn in kurzen, knappen Sätzen über den Vorfall in der Burg. Colum nickte und stellte dieselben Fragen wie Kathryn zuvor. Er wollte schon fortfahren, als er bemerkte, daß Megan, die sich auf Holbechs Arm stützte, interessiert zuhörte.

»Holbech«, sagte er leise, »wirf ein Auge auf die Arbeiter. Ich glaube, einer der Zimmerleute ist total betrunken.«

Er wartete, bis die beiden außer Hörweite waren.

»So, so, Sir Webster ist tot.« Colum spielte mit den Zügeln des Pferdes, drehte sich um, streichelte das Pferd und flüsterte ihm Koseworte ins Ohr. »Ich glaube, ich komme am besten gleich mit. Allerdings« – er strich über die Flanken des Pferdes –, »Pulcher hat entsetzliche Schmerzen.«

Kathryn sah in die freundlichen, klaren Augen des Pferdes.

»Was fehlt ihm?« fragte sie.

»Ich weiß nicht. Er ist gestern beschlagen worden, und dabei ist was schiefgegangen.«

»Laßt mich sehen.«

Colum, der dem Pferd auf gälisch gut zuredete, hob sanft dessen schmerzendes Bein. Kathryn ging in die Hocke und sah die Schwellung direkt über dem Huf. Sie betrachtete das Hufeisen eingehender.

»Ein Nagel ist zu weit innen eingeschlagen worden«, erklärte Colum. »Er hat das Fleisch verletzt, aber warum ist das so schmerzhaft?«

»Ich glaube nicht, daß es daran liegt«, erwiderte Kathryn. »Wahrscheinlich war der Huf schon vor dem Beschlagen entzündet, und der Nagel hat es verschlimmert.«

»Ich werde die Hufnägel entfernen lassen.« Colum war sichtlich verärgert; Beinverletzungen dieser Art konnten ein Pferd zum Krüppel machen. »Und dann?« fragte er.

»Legt einen Verband mit frischem Moossaft an, wickelt ihn um den Huf und wechselt ihn zweimal täglich.«

»Seid Ihr sicher, daß es wieder ausheilt?« fragte Colum.

Kathryn schmunzelte und stand auf. »Wenn nicht, dürft Ihr den lieben langen Tag in meiner Gegenwart Chaucer zitieren.«

Colum warf einen Blick auf das Hufeisen, um das es ging. »Der Schmied hätte sich das ansehen sollen«, murmelte er. Er ging zum Eingang des Hofes, das Gesicht weiß vor Wut. »Holbech!« brüllte er. »Holbech, wo zum Teufel steckst du?«

Sein Waffenmeister bog um die Ecke, Megan mit wippenden roten Zöpfen im Schlepptau.

»Hol den verdammten Schmied her!« rief Colum. »Tritt ihn in den Arsch! Er darf einen Monat lang keinen Wein trinken. Er hat Pulcher lahm gemacht. Er soll die Hufeisen alle wieder entfernen und zweimal am Tag Moosverbände anlegen. Wenn es dem Pferd binnen einer Woche nicht besser geht, werde ich den Bastard aufhängen!«

Colum ging zum Brunnen und wusch sich. Er sattelte ein Pferd und galoppierte mit Kathryn und ihren beiden Gefährten nach Canterbury. Gabele und Fletcher ritten als letzte, denn sie fürchteten sich ein wenig vor Colums hitzigem Temperament. Eine Zeitlang ließ Kathryn Colum gewähren, der zunächst auf englisch, dann auf gälisch heilige Eide schwor, was er dem Schmied alles antun wollte.

Sie nahmen die Abkürzung quer über die Felder, kamen vorbei an den qualmenden, stinkenden Gerbereien in der Noth Lane und überquerten Saint Dunstan's Street. Von Westgate aus sahen sie die hoch aufragenden Turmspitzen der Heiligkreuzkirche, wandten sich dann nach links und ritten durch London Gate nach Canterbury hinein. Colum war noch immer mürrisch und hörte Kathryns Mutmaßungen über Websters Tod nur mit halbem Ohr zu. Am Ende, kurz bevor sie in die Castle Row einbogen, zügelte Kathryn ihr Pferd. Sie warf einen Blick auf die vielen Menschen, die wie ein Bienenschwarm um

Stände und Marktbuden herumwuselten, beugte sich zu Colum hinüber und griff nach seiner Hand.

»He, Ire, ich habe noch andere Neuigkeiten.«

Colum hörte ihr noch immer nicht richtig zu.

»Ire«, sagte Kathryn eindringlich. »Die Bluthunde von Ulster sind in Canterbury; Fitzroy hat nach Euch gefragt.«

Colums Hand fuhr an den Griff seines Schwertes, das an seinem Sattelknauf hing.

»Woher wißt Ihr das?«

Kathryn wiederholte, was sie von Rawnose erfahren hatte.

»Padraig Fitzroy«, erwiderte Colum. »Also ist der Bastard am Ende doch noch gekommen.«

»Fürchtet Ihr ihn?«

»Ja und nein. Auf freiem Feld, von Angesicht zu Angesicht, mit Schwert und Schild, könnte ich Fitzroy töten.«

Colum blickte sich um. Er betrachtete die verhüllten Bettlergestalten, die Mönche in ihren Kutten, die Händler mit Biberhüten, die Reichen und Mächtigen, die sich mit den Taschendieben und Schurken der Stadt vermischten. So viele Menschen, dachte Colum – überall, an der Tür von Wirtshäusern oder an Straßenecken; Pilger, allesamt fremd in der Stadt, in merkwürdigen, behelfsmäßigen Gewändern, drängten sich in den Straßen.

»Fitzroy tritt mir nicht auf offenem Feld entgegen«, murmelte er. »Er ist ein Meuchelmörder, er könnte dort in der Menge sein und uns beobachten. Nein, wenn er zuschlägt, wird er es wie ein Dieb in der Nacht tun, plötzlich und unerwartet.« Colum spürte, wie ihm ein Schauder zwischen den Schulterblättern hinabrann. Er trieb sein Pferd an. »Kathryn«, warnte er sie, »ich sage es Euch ohne Umschweife: Öffnet keinem Fremden die Tür. Ein Menschenleben ist Fitzroy nicht viel wert.«

Sechs

Kaum waren sie in der Burg, führten Gabele und Fletcher sie durch ein Gewirr von Korridoren eine Treppe hinauf in die kleine Kapelle. Auf einem Gestell vor dem schlichten Steinaltar stand ein polierter Holzsarg, umringt von violetten Kerzen. Kathryn stieg der für ein Totenhaus typische Gestank von Fäulnis und Verwesung in die Nase. Gabele hob den Sargdeckel.

»Ich habe ihn nicht zugenagelt«, sagte er mit einem schnellen Blick auf Kathryn. »Ich dachte, Ihr würdet wohl einen Blick auf ihn werfen wollen.«

Kathryn schaute in den Sarg und wandte sich ab. Websters Leiche war nicht zurechtgemacht worden. Er trug noch die Kleider, in denen er gestorben war. Der obere Teil des Körpers sah entstellt aus, der zertrümmerte Kopf war beinahe zwischen die Schultern geschoben. Kathryn schluckte und trat noch einmal an den Sarg, um den Körper genauer zu untersuchen, der Worte ihres Vaters eingedenk.

»Hab keine Angst vor einer Leiche, Kathryn. Es ist nur die Hülle, aus der die Seele entschwunden ist. Geh sanft vor und denke daran, es gibt nichts zu fürchten.«

Sie bat Gabele, den Deckel ganz zu entfernen. Dann nahm sie Websters Kopf in beide Hände und drehte ihn um.

»Die eine Seite des Gesichtes ist zerschmettert.« Sie sprach deutlich und sachlich. »Der Sturz geschah aus großer Höhe, Genick und Schulterknochen sind gebrochen.« Sie zeigte auf die linke Gesichtshälfte. »Damit ist er unten aufgeschlagen.« Sie blickte auf, doch alle drei Männer hatten sich abgewandt. »Herrgott im Himmel!« flüsterte sie. »Nun tut nicht so, als hättet Ihr noch nie Leichen gesehen!«

Colum trat zu ihr.

»Bitte«, sagte sie, »dreht den Leichnam um.«

Colum tat, wie ihm geheißen, und Kathryn untersuchte sorgfältig den zerschmetterten Kopf. Sie wollte schon die Hand fortziehen, da spürte sie noch etwas direkt hinter dem rechten Ohr. Dann trat sie zurück.

»Merkwürdig«, murmelte sie.

»Was gibt's?« fragte Gabele.

»Nun«, sagte Kathryn. »Sir William ist von der Mauer gefallen.« Sie nahm eine Hand zur Hilfe, um es deutlich zu machen. »In der Regel würde der Körper wie ein Stein durch die Luft trudeln. Gut, Sir William fiel, als er auf dem Boden aufschlug, auf die linke Seite. Daher die Verletzungen auf dieser Gesichtshälfte und Kopfseite. Er hat das Mauerwerk im Fall nicht gestreift, deshalb ist die rechte Gesichts- und Kopfhälfte relativ unverletzt.«

»Und weiter?« fragte Colum.

»Warum hat er dann aber eine Beule hinter dem rechten Ohr?« erwiderte Kathryn. »Um Eure Fragen offen zu beantworten Sir William wurde, bevor er vom Turm fiel, auf den Hinterkopf geschlagen.«

»Heißt das«, fragte Fletcher, »daß noch jemand außer ihm auf dem Turm war?«

»Ja, so sieht es aus.«

»Aber das geht nicht«, versicherte Gabele. »Sir William verriegelte die Falltür hinter sich, und die Wachen auf dem Umlauf darunter sahen nur Sir William.«

»Jemand hätte ja auch auf dem Turm auf Sir William warten können«, vermutete Colum.

»Unmöglich!« erwiderte Gabele. »Da oben kann man sich nicht verstecken. Hinzu kommt, daß Sir William eine Zeitlang da oben hin und her ging, bevor er fiel. Bestimmt hätte er etwas bemerkt und Alarm geschlagen.«

»Es hat keinen Zweck zu spekulieren«, mischte Kathryn sich ein. »Master Gabele, Ihr sagtet, der Turm ist noch immer mit einem Vorhängeschloß versehen?«

»Ja.«

»Dann sollten wir doch einmal dort hinaufgehen, oder?«

Gabele schickte nach den Wachen, drei Bauernburschen, die auf dem Umlauf unter der Turmspitze Wachdienst hatten. Sie sagten übereinstimmend aus, daß sie Sir William gesehen hätten.

»Oh ja, gewiß«, sagte einer von ihnen, ein Kerl mit einer Zahnlücke. »Er ging immer da hinauf, Gott hab ihn selig, und trug seinen Biberhut und hatte sich dick in seinen Militärmantel gepackt. Ich winkte ihm zu, und er winkte zurück.«

»Habt Ihr noch jemanden dort gesehen?« fragte Kathryn.

»Vergeßt nicht, Mistress, daß wir auf dem Umlauf standen und immerhin sechzig Fuß nach oben schauen mußten! Trotzdem haben wir niemanden außer ihm gesehen. Das einzige, was wir gesehen haben, waren die Flammen aus dem Kohlebecken, das Sir William stets anzündete, um sich warm zu halten.«

»Und das habt Ihr heute morgen gesehen?«

»Ja, gewiß.«

»Und welchen Eindruck hattet Ihr von Sir William?«

»Wie ich schon sagte«, antwortete der Bursche mit der Zahnlücke, »ich habe ihm zugewunken. Er winkte zurück und rief mir einen Gruß zu. Ich war zu weit entfernt, um genau verstehen zu können, was er rief.«

»Und Euch ist nichts Ungewöhnliches aufgefallen?«

»Nein«, sagten sie wie aus einem Munde.

»Und Ihr habt gesehen, wie Sir William fiel?«

»Nun ja, Mistress, wir sind auf und ab gegangen«, erwiderte einer von ihnen. »Haben über die Mauern in die Stadt geschaut. Waren ja schon stundenlang da. Plötzlich höre ich einen Schrei. Ich drehe mich um und sehe gerade noch einen Farbklecks. Ich höre einen Aufprall, und als ich hinunterschaue, sehe ich Sir Williams Körper flach auf dem Gefängnishof liegen.«

»Ihr habt einen Schrei gehört?« hakte Colum nach.

»So ist es.«

Colum schüttelte verblüfft den Kopf. »Master Gabele ...« Er legte eine Geldmünze auf den Tisch. »Gebt diesen drei tapferen Veteranen einen Schluck auf meine Kosten, doch zuvor laßt uns die Falltür aufbrechen.«

Gabele, Fletcher und die drei emsigen Soldaten gingen voraus und führten Kathryn und Colum durch weitere Korridore. Am Ende stiegen sie die düstere Wendeltreppe zur Turmspitze hinauf. Die Treppe war schmal und steil, und sie mußten anhalten, um Atem zu schöpfen, bevor sie weitergehen konnten. Schließlich hörten die Steinstufen an einer großen, hölzernen Falltür auf, die auf das Dach hinaus führte. Zu ihrer Rechten erblickte Kathryn eine etwa mannshohe Fensterleibung, deren große Fensterläden mit einem dicken Holzbalken fest verriegelt waren.

»Das liegt genau unter dem Turm«, bemerkte sie.

»Ja, Mistress.«

»Und wozu dient es?«

»Eine kleine Rückzugspforte«, erklärte Colum. »Bei einem Angriff würden die Eroberer Leitern an den Turm stellen oder Belagerungstürme heranschieben. Die Verteidiger könnten dann diese Türen öffnen und die Leitern wegstoßen oder die Eroberungstürme in Brand setzen.«

»Könnten Eroberer nicht durch die Tür eindringen?« fragte Kathryn.

Gabele lächelte. »Nein, in dem Falle würde sie verstärkt, und zwei gute Bogenschützen könnten sie bis zum Sankt-Nimmerleins-Tag verteidigen.«

Kathryn betrachtete die hölzernen Fensterläden.

»Was ist?« spottete Fletcher. »Ihr glaubt doch wohl

nicht, daß Sir William dort hinausgeworfen wurde, oder?« Als Kathryn ihm daraufhin einen zornigen Blick zuwarf, wurde er rot. »Ich meine ja nur, Mistress – er war auf dem Turm, und die Falltür war verriegelt!«

Colum beschloß, der Verlegenheit des Stellvertretenden Festungskommandanten ein Ende zu bereiten, und befahl den Soldaten, den schweren Baumstamm einzusetzen, den sie aus dem Burghof mitgebracht hatten. Schwitzend und fluchend begannen sie, die Falltür einzurammen. Endlich hatten sie Erfolg, Holz splitterte, die Falltür bebte. Colum bat sie zurückzutreten. Er stieß die Falltür auf und stieg hinaus. Kathryn folgte ihm und schnappte nach Luft. Ein stürmischer Wind nahm ihr den Atem und fuhr ihr in die Haare. Sie sah, daß die Riegel und Schließen der Falltür jetzt sowohl innen als auch außen lose waren. Mit vorsichtigen Schritten trat sie an die Zinnen, schaute hinüber und wandte sich schnell ab, denn ihr wurde schwindlig beim Anblick der ungeheuren Falltiefe. Gabele streckte den Kopf durch die Öffnung der Falltür, doch Colum bat ihn, unten zu bleiben, da er das Dach des Turmes untersuchen wollte. Das Holzkohlebecken in einer geschützten Ecke enthielt nur noch einen Haufen weißer Asche. Colum kniete nieder und nahm die Fußstapfen auf der dünnen Sandschicht in Augenschein, mit der die Oberfläche des Turms bedeckt war.

»Tod und Teufel!« flüsterte er. »Kathryn, kommt und seht Euch das an!«

Vorsichtig trat sie zu ihm. Colum deutete auf die Fußspuren. »Es sind Websters!« erklärte er. »Derselbe Abdruck überall. Keinerlei Anzeichen dafür, daß außer Webster noch jemand hier oben auf dem Turm war.« Er blickte sich um und wischte sich den Sand von den Händen. »Mistress, seid Ihr sicher, daß man Webster auf den Hinterkopf geschlagen hat? Wenn das stimmt, dann ist die ganze Sache äußerst mysteriös. Da ist ein Mann, der auf das Dach des Turmes steigt und die Falltür hinter sich verriegelt. Er bleibt eine Zeitlang hier, was die Wachen bezeugen. Der Sand zeigt, daß sich niemand hier versteckt hat; außerdem gibt es hier kein Versteck. Wie ist also der Mörder durch eine verschlossene Falltür gekommen, über den Sand gegangen, ohne einen Fußabdruck zu hinterlassen, wie hat er den Festungskommandanten kampflos überwältigt, ihm auf den Kopf geschlagen und ihn über die Zinnen geworfen, ohne von den Wachen bemerkt zu werden? Und wie hat er dann« – Colum seufzte – »den Turm verlassen und es irgendwie fertiggebracht, ihn von innen zu verschließen?«

Kathryn schüttelte unmutig den Kopf und trat wieder an die Zinnen. Sie schaute hinab. Direkt unter ihr befand sich der Burghof, eingeschlossen von einer Wehrmauer. Wachen patroullierten über den Umlauf. Kathryn schüttelte erneut den Kopf und kam zurück.

»Ich habe genug gesehen«, raunte sie Colum zu.

Diejenigen, die unten auf der Treppe standen, wichen zurück, damit Colum und Kathryn wieder in den Turm hinabsteigen konnten. Dann gingen alle miteinander die Treppe hinab. Die Wachen wurden entlassen. Gabele sollte Kaplan Peter und Schreiber Fitz-Steven holen. Man traf sich in der großen, düsteren Halle und nahm auf unbequemen Bänken unterhalb der Estrade Platz. Colum begann mit der Verhandlung.

»Wir stehen vor einem Rätsel«, verkündete er.

Er hielt inne, als Margotta in die Halle trat. Sie lächelte ihn an wie ein junges Mädchen und setzte sich neben ihren Vater Gabele.

Kathryn hob die Hand. »Master Murtagh. Es fehlt jemand. Wo ist unser Freund, der Ehrsame, der Ablaßprediger?«

»Er ist in die Stadt gegangen«, erklärte Kaplan Peter. »Die Pilgersaison ist auf dem Höhepunkt, und der Mann ist wahrscheinlich auf der Suche nach lukrativen Geschäften.«

»War er in der Burg, als Webster getötet wurde?« fragte Kathryn.

»Oh ja«, meldete sich Schreiber Fitz-Steven zu Wort. »Er ging fort, kurz bevor Ihr eingetroffen seid. Doch was hat das alles hier zu bedeuten? Ich dachte, Sir William sei entweder gestürzt oder hätte Selbstmord begangen.«

»Das dachten wir auch«, murmelte Fletcher.« Doch Mistress Swinbrooke ist der Meinung, daß Sir William möglicherweise einen Schlag auf den Kopf erhalten hat und hinabgestoßen wurde.«

»Unsinn!« verkündete Fitz-Steven selbstherrlich. »Wer sollte Sir William töten und warum? Welchen Beweis habt Ihr dafür?« Er warf Kathryn einen verächtlichen Blick zu. »Sir William war ein einsamer, ziemlich ruhiger Mann. Er hatte keine Feinde.«

»Ich kann Eure Fragen nicht beantworten, Master Schreiber«, erwiderte Kathryn. »Wenn ich es könnte, gäbe es für mich auf dieser Welt keine Rätsel. Ich habe auch nicht gesagt, daß Sir William Feinde hatte. Vielleicht hatte er den Verdacht, daß etwas nicht stimmte.«

»Und womit?«

»Nun, mit Sparrows Flucht zum Beispiel. Oder mit Brandons Tod. Oder er hatte vielleicht sogar eine Vermutung über den Verbleib des Amuletts.«

»Dummes Zeug!« entgegnete der Kaplan.

»Gewiß, dummes Zeug. So dumm immerhin«, entgegnete Kathryn aufgebracht, »daß es Sir William an der rechten Kopfhälfte hinter dem Ohr traf. Und ich habe eine Frage an Euch alle. Hat einer vor Euch Sir William auf den Turm begleitet?«

Fitz-Steven sprang auf. »Ich muß diese Fragen nicht beantworten, schon gar nicht einer Frau.«

»Immerhin haben Eure Mutter und ich in diesem Fall vieles gemeinsam!« fauchte Kathryn.

Fitz-Steven trat so nah an sie heran, daß sie seinen Atem spüren konnte.

»Ich habe von Euch gehört, Swinbrooke«, zischte er, ein boshaftes Lächeln auf dem schmutzigen, verschwitzten Gesicht. »Oh ja, Ihr mit Eurem vornehmen Getue, Euren Kenntnissen in Heilkunde, mit Eurer Ernennung bei der Ratsversammlung oder bei dem, was davon übriggeblieben ist.«

»Habt Ihr auch von mir gehört?« fragte Colum, stand auf und packte Fitz-Steven an der Schulter. »Glaubt mir, Wertester, ich bin weder für mein gutes Aussehen noch für meine Geduld berühmt, und letztere stellt Ihr auf eine harte Probe. Ich bin der Sonderbeauftragte des Königs in dieser Angelegenheit, und wenn Ihr Euch nicht zurückhaltet, werde ich Euch eine kurze Lektion in Höflichkeit gegenüber einer Dame erteilen.«

Kathryn hob die Hand, als Fitz-Steven den Mund öffnete, um mit weiteren Beleidigungen zu protestieren.

»Bitte, Sir, ich bitte Euch, setzt Euch«, sagte sie und zwang sich zu einem Lächeln. »Meine Fragen sind wohlmeinend.«

Der Schreiber ließ sich auf die Bank fallen. »Na schön, und um Eure Frage gleich zu beantworten, Mistress, ich habe mich dem Turm nicht genähert. Und ich habe im Benehmen Websters nichts Ungewöhnliches entdeckt.« Er hustete. »Kann sein, daß er ein wenig niedergedrückt war, weil er befürchtete, er könnte das Vertrauen des Königs mißbraucht haben, aber sonst nichts.«

Die anderen stimmten ihm zu.

»Seid Ihr sicher?« fragte Colum.

»Nein, es stimmt nicht ganz«, sagte Kaplan Peter. »Wenn ihn etwas bedrückte, dann war es nicht Brandons Tod – den betrachtete er als einen Akt Gottes.« Der Priester hielt kurz inne. »Viel mehr interessierte ihn Sparrows Flucht. Gestern abend, kurz vor Sonnenuntergang, bat er mich, mit ihm auf die Rasenfläche vor dem Bergfried zu kommen. Er spielte einen merkwürdigen Mummenschanz und bat mich, so zu tun, als sei ich Sparrow, während er der arme Wärter war, der getötet wurde.«

»Warum hat er das getan?«

»Ich weiß es nicht. Er ließ mich in die Mitte der Rasenfläche gehen.«

»Ach ja«, unterbrach Gabele. »Ich habe mich schon gewundert, was Ihr dort zu suchen hattet.«

»Nun, ich habe getan, worum er mich gebeten hatte. Sir William gab vor, der Wärter zu sein, der getötet wurde. Wir versuchten, die Umstände von Sparrows Flucht zu rekonstruieren. Ich ging in eine Nische, Sir William folgte mir, dann schüttelte er plötzlich den Kopf und ging fort. Das war alles.«

»Er war gestern abend sehr still«, meldete sich Margotta. »Bei Tisch stocherte er nur im Essen rum und zog sich früh zurück. Er murmelte etwas von Euch, Colum. Er sagte, er müsse Euch treffen.«

»Gibt es noch etwas?« fragte Kathryn ruhig.

Sie schüttelten den Kopf. Colum verkündete, er sei fertig. Er lehnte die von Gabele angebotene Erfrischung ab und sagte, sie würden ihren Weg aus der Burg schon finden. Dann allerdings wartete Colum, bis die anderen die Halle verlassen hatten.

»Kathryn, seid Ihr sicher, daß Webster einen Schlag erhielt, bevor er stürzte?«

»Ja, ganz sicher. Und wißt Ihr was, Colum? Ich glaube nicht, daß die Wachen Webster schreien gehört haben. Das war ein anderer. Für mich steht ziemlich fest, daß der arme Festungskommandant bewußtlos geschlagen wurde, bevor man ihn ins Jenseits beförderte. Er wurde umgebracht, weil er etwas wußte, was mit Sparrows Flucht zu tun hatte.«

Sie verließen die Halle, blieben eine Weile auf der kleinen Rasenfläche stehen und gingen dann zu der schattigen Nische in der Burgmauer hinüber, wo Sparrow und der glücklose Wärter ihr grausiges Zusammentreffen hatten. Colum schüttelte den Kopf.

»Der Herrgott mag wissen, was Webster zu entdecken hoffte. Vielleicht wird es uns mit der Zeit einfallen.«

Sie holten ihre Pferde und ritten zurück in die Stadt. Kathryn fragte Colum, ob er sie begleiten wollte, denn sie mußte im Spital für Arme Priester noch Besuche machen. Der Ire war einverstanden, und so ritten sie die Bullock Lane hinunter in die Steward Street. Die Sonne hatte die Leute in Scharen nach draußen gelockt. Pilger hatten sich von ihren Herbergen aufgemacht, um Beckets Schrein in der großen Kathedrale die Ehre zu erweisen. Die Straßen waren von lärmenden Menschen so vollgestopft, daß sie absteigen und die Pferde am Zügel führen mußten. Als sie an der Crocchere's Lane vorbeikamen, hörte Kathryn, wie jemand nach ihr rief. Sie stöhnte, als sie ihren Vormund Joscelyn in Begleitung seiner Frau erblickte. Sie schoben sich durch die Menge zu ihr hin.

»Einen schönen guten Morgen, Kathryn. Und auch Euch, Master Murtagh.« Joscelyns schmales Gesicht verzog sich zu einem falschen Lächeln.

Scheinheiliger Patron, dachte Kathryn; sie betrachtete die Pedantenmiene ihres Vormunds und versuchte, den Ausdruck selbstgerechter Verachtung auf dem Wespengesicht seiner Frau zu übersehen. Joscelyn, ein Vetter ihres Vaters, war Gewürzhändler. Trotz seiner vorgetäuschten Gutmütigkeit war er Kathryn nicht gerade gewogen. Eine Zeitlang tauschten sie Artigkeiten aus. Joscelyns Frau starrte Colum unentwegt an und schnaubte herablassend, bis der Ire ihr schließlich einen Schreck einjagte und ihr den grimmigsten Blick zuwarf, zu dem er fähig war.

»Ich habe zu tun«, sagte Kathryn lächelnd und nahm ihr Pferd wieder an die Zügel. »Ich bin auf dem Weg ins Spital.«

»Ja, gewiß doch, liebste Kusine, doch sagt, wie steht es mit Eurer Bewerbung um eine Lizenz?«

»Sie geht an die Gilde, doch ich kaufe bereits Vorräte ein. Ein Händler in London, Richard von Swinforfield, hat mir versprochen, Gewürznelken, Muskatblüte, Safran, Zucker, Zimt, Ingwer zu schicken – oh ja, und etwas Koriander, Anissamen und Buchweizen.« Kathryn verbarg ihr Schmunzeln. »Übrigens habe ich auch Kassiazimt bestellt, Kalmus und Aloe, die aus dem Ausland importiert werden.«

»Die wollt Ihr doch nicht etwa in Eurem Laden verkaufen?« Joscelyns aufgesetzte Gutmütigkeit wich blankem Entsetzen.

»Warum nicht? Jetzt, nachdem der Krieg zu Ende ist, herrscht große Nachfrage, besonders nach Gartenraute, mit der man die Binsen auf dem Boden frisch und frei von Infektionen halten kann.« Kathryn zuckte mit den Schultern, denn sie genoß die Situation inzwischen. »Wie Ihr ja wißt, Joscelyn, benötige ich sie auch für meine Arzneien. Habt Ihr einmal Theophrastus gelesen?«

Joscelyn schüttelte betrübt den Kopf.

»Nach seinen Erkenntnissen«, antwortete Kathryn, »sind diese Gewürze ein Segen für die Medizin. Oder, wie Hippokrates es noch deutlicher formulierte: ›Laßt Nahrung Eure Arznei sein und Arznei Eure Nahrung‹.«

»Ja, ja, genau.« Joscelyn trat zurück und fuchtelte aufgeregt mit der Hand in der Luft herum. »Wenn dem so ist, Kusine, hoffe ich nur, daß Euer Gesuch Erfolg hat.«

Mit diesen Worten nahm er den Arm seiner griesgrämigen Frau und tauchte in der Menge unter. Kathryn schüttete sich aus vor Lachen.

»Er mag Euch nicht«, kommentierte Colum. »Und Ihr könnt ihn nicht ausstehen. Wo ist da der Grund zur Freude?«

Kathryn wischte sich die Tränen aus den Augen. »Oh, Colum, versteht Ihr denn nicht? Wenn es nach Vetter

Joscelyn gegangen wäre, hätte man mich an einen langweiligen Händler verheiratet, damit ich endlich weiß, wo ich hingehöre. Statt dessen übe ich den Beruf einer Ärztin aus und beabsichtige jetzt auch noch, in Konkurrenz zu ihm zu treten und Gewürze zu verkaufen. Joscelyn gefällt das ganz und gar nicht. Was der gute alte Chaucer über den Arzt geschrieben hat, trifft auf Vetter Joscelyn ganz bestimmt zu.« Sie lächelte freudlos. »Und vielleicht auch auf mich. Wie heißt es noch? ›Da Gold als Arznei die Herzen stärkt, galt dem Golde vor allem sein Augenmerk‹.«

»Das glaube ich nicht«, murmelte Colum kaum hörbar.

»Was glaubt Ihr nicht? Und sprecht deutlicher!«

»Ich glaube nicht, daß Ihr hinter Geld her seid.« Colum zupfte sorgsam einen losen Faden von Kathryns Kleid. »Und wenn, welche Hoffnung bliebe dann den anderen? Wie der Dichter schon sagt: ›Wenn Gold rostet, was soll dann Eisen tun?‹«

Unter Lachen und Scherzen folgten sie der Steward Street. Gegenüber der Hawks Lane blieb Kathryn vor dem Spital für Arme Priester stehen. Während Colum die Pferde hielt, ging sie hinein, um Vater Cuthbert, den Kustos, zu sprechen. Der alte Priester war jedoch nicht anwesend, und so setzten sie ihren Weg durch das Gedränge fort zur Hethenman Lane und bogen von dort ab in die High Street.

»Wohin wollt Ihr jetzt?« fragte Colum.

»Wohin würdet Ihr gehen, wenn Ihr ein Ablaßprediger wärt?« antwortete sie mit einer Gegenfrage.

Colum lächelte nur und nickte.

Sie waren gerade am Rathaus vorbeigegangen und hatten ihre liebe Not, durch das Gedränge vor dem »Schachbrett« zu finden, dem größten Wirtshaus in Canterbury und Zentrum des Pilgerwesens, als Luberon sie mit hochrotem, verschwitztem Gesicht einholte. Zunächst verstanden sie nicht, was er ihnen mitteilen wollte. Luberon plapperte so schnell daher und versuchte gleichzeitig, wieder zu Atem zu kommen. Colum bat ihn, er möge sich erst einmal beruhigen.

»Schön, schön«, japste Luberon; der Schreiber holte tief Luft und senkte die Stimme. »Ihr müßt unbedingt mitkommen!« sagte er. »Man hat eine Leiche aus dem Fluß gezogen!«

Kathryn schloß die Augen und stöhnte.

»Oh ja«, sagte Luberon beharrlich. »Master Murtagh, Ihr seid der Sonderbeauftragte des Königs und zuständige Beamte für diese Angelegenheiten, und Mistress Swinbrooke, Ihr seid seine Ärztin.«

Sieben

Luberon ging ihnen voran zurück über die High Street und erklärte ihnen, man habe die Leiche ins Totenhaus der Gemeinde All Saints gebracht, einen niedrigen, baufälligen Schuppen in der entlegenen Ecke eines verwahrlosten Friedhofs. Als sie dort ankamen, legte Luberon eine Hand auf die Klinke und hielt kurz inne.

»Ich dachte mir, daß Ihr sie Euch vielleicht ansehen wollt«, erklärte er. »Zunächst einmal muß jemand gemäß Stadtverordnung über die Leiche verfügen. Zweitens ist niemand, und das ist das Merkwürdige an der Sache, als vermißt gemeldet worden, obwohl es sich um die Leiche eines wohlgenährten, starken und kräftigen Menschen handelt. Drittens« – er lächelte Colum an – »habe ich mich gefragt, ob sie etwas mit den derzeitigen Nachkriegsunruhen zu tun hat.«

Luberon schwätzte munter weiter, während er ihnen voran in die Dunkelheit trat, in der es durchdringend nach Fisch und abgestandenem Wasser roch. Er zündete eine Fackel an und hob den Deckel des provisorischen Sarges hoch. Kathryn versuchte, nicht an die Stelle zu schauen, wo der Kopf hätte sitzen müssen. Ein unheimliches Gefühl des Grauens überkam sie; ihr wurde schwindlig, und sie suchte Halt an der Tischkante, auf der der Sarg stand.

»Der Tote hat längere Zeit im Wasser gelegen«, stellte Colum fest.

Kathryn starrte auf das aufgedunsene, bläuliche Fleisch, das sich mit Flußwasser vollgesogen hatte und an manchen Stellen ganz offensichtlich von Fischen angefressen war; den durchgetrennten Hals bedeckte eine trockene Blutkruste.

»Wo hat man ihn gefunden?« fragte Kathryn.

»Unter den Bögen der alten Stadtmauer, dort, wo sie sich über den Fluß spannt. Zwei Jungen, die dort spielten, sahen die Leiche im Röhricht. Gerichtsdiener wurden alarmiert, und man brachte die Leiche hierher. Jeder Fremde, der in Canterbury stirbt, kommt in All Saints auf den Friedhof, wenn der Tote nicht angefordert wird.«

Colum nahm die Fackel und hielt sie näher an die Leiche. Herabtropfendes Pech zischte auf dem wasserdurchtränkten Körper.

»Kathryn, was haltet Ihr davon?«

Der Heilerin, die sich inzwischen ein wenig erholt hatte, gelang es, den Brechreiz zu unterdrücken.

»Es ist ein junger Mann«, erwiderte sie. »Gut gebaut und kräftig.«

»Glaubt Ihr, es könnte etwas mit den Ereignissen in der Burg zu tun haben?«

»Ihr meint Sparrow?«

»Ja. Schließlich war er fremd in Canterbury, sein Tod fände keinerlei Beachtung«, sagte Colum.

»Wenn das der Fall wäre«, fragte Kathryn, »warum sollte ihm jemand gleich den Kopf abschlagen? Glaubt mir, das hier ist Mord!« Sie deutete mit unbestimmten Handbewegungen auf den Hals der Leiche. »Die Wunde ist alt. Dieser Mann hat seinen Kopf durch einen Hieb mit Axt oder Schwert verloren, nicht im Fluß.« Sie lächelte Luberon dünn an. »Master Schreiber, ich glaube, wir haben genug gesehen.«

Luberon klappte den Deckel zu, und Kathryn ging erleichtert hinaus an die frische Luft.

»Was ist denn in der Burg los?« fragte Luberon, der hinter ihnen her kam. »Ich habe von Websters Sturz gehört.«

Kathryn sah Colum fragend an, der ihr zunickte.

»Er ist Stadtschreiber«, erläuterte Colum und klopfte

dem kleinen, dicken Mann auf die Schulter. »Und wenn wir Master Luberon nicht Bericht erstatten, wird er vor Neugier platzen.«

Sie verließen All Saints und betraten ein Wirtshaus auf der Best Lane, wo Kathryn, nachdem sie Luberon das Versprechen abgenommen hatte, Stillschweigen zu bewahren, in Kürze die Ereignisse in der Burg beschrieb.

»Also habt Ihr einen Gefangenen, der aus heiterem Himmel starb«, hauchte Luberon. »Einen anderen, der ebenso überraschend entkam und einen Festungskommandanten, dem man einen Schlag auf den Hinterkopf versetzt und vom Turm geworfen hat?« Er schlürfte an seinem Wein. »Soweit ich das beurteilen kann, habt Ihr nur wenig Beweise, auf die Ihr Euch stützen könnt, Mistress Kathryn. Brandon ist mausetot. Websters Tod ist ein völliges Rätsel. Ich kenne den Turm in der Burg von Canterbury und weiß, wie gern Webster dort oben allein umherging. Und was diese kopflose Leiche betrifft«, Luberon verzog das Gesicht, »warum sollte Sparrow entkommen, sich so einfach wieder gefangennehmen lassen – immer vorausgesetzt, daß er ja ein Gewalttäter war – und dann enthauptet werden?«

»*Wenn* es Sparrow war.« Kathryn fuhr mit dem Finger über den Rand ihres Trinkbechers und betrachtete eine Gruppe Höker, die in der Ecke eifrig würfelten. »Die Leiche, die wir uns gerade angesehen haben, war wohlgenährt. Sie sah nicht gerade aus wie die eines Gefangenen, der in der Burg von Canterbury unter verschärften Bedingungen einsaß. Zweitens, Master Luberon, und hier könnt Ihr uns helfen: Gefangene werden an Händen und Füßen gefesselt. Stimmt's?«

»Stimmt, Mistress, und zwischen Handfesseln und Fußeisen gibt es eine stabile Kette.«

»Nun«, überlegte Kathryn, »die Leiche, die wir gesehen haben, trug weder an Händen noch Füßen Spuren von Fesseln. Demnach solltet Ihr berichten, Master

Schreiber, daß es sich um die Leiche eines Fremden handelt, und dafür sorgen, daß den Überresten ein angemessenes Begräbnis zuteil wird.«

»Falls Ihr den Kopf findet«, bemerkte Colum trocken und leerte seinen Becher, »laßt es uns bitte wissen.«

»Nein, wartet!« Luberon bedeutete Colum, sich zu setzen. »Dieser Brandon, der hat doch möglicherweise ein wertvolles Amulett bei sich getragen und wurde im Nordwesten der Stadt aufgegriffen?«

»So hat man es uns gesagt. Warum?«

»Nun, überlegt mal, Master Murtagh. Der Graf von Warwick wußte, daß er sterben mußte. Er wußte auch, daß das Amulett heilig war. Nun ...« Luberon rieb sich das Kinn. »Wenn Ihr Warwick gewesen wärt, Master Murtagh oder Mistress Swinbrooke, was hättet Ihr angesichts Eures nahen Todes mit einem solchen Juwel gemacht?«

Kathryn schmunzelte, beugte sich über den Tisch und gab Luberon einen Kuß auf die Stirn. Der Schreiber wurde vor Verlegenheit puterrot.

»Natürlich, spitzfindigster aller Schreiber, ich hätte ihn einer Kirche oder einem Schrein anvertraut. Und der größte Schrein von England ist der des Heiligen Thomas von Canterbury!«

Colum klopfte mit der Hand auf den Tisch.

»Also hat man Brandon möglicherweise nicht aufgegriffen, als er nach Canterbury kam, sondern ... als er es verließ? Die Mönche von Christchurch würden doch gewiß dem König von einem solchen Geschenk Meldung machen?«

»Nicht unbedingt«, gab Luberon ebenso ironisch zurück. »Unsere klugen Mönche würden das Amulett behalten und die Angelegenheit erst aufdecken, wenn es schon etliche Jahre in ihrem Besitz wäre.« Luberon leerte seinen Becher und sprang auf. »Habt Ihr noch in Canterbury zu tun?« fragte er.

»Wir suchen einen Ablaßprediger.«

»Einen Mann mit gelbgefärbtem Haar und schwarzer Kleidung, der sich selbst der Ehrsame nennt?«

Kathryn nickte.

»Er ist am Hetzpfahl auf dem Buttermarkt. Gut«, fuhr Luberon fort und blickte flüchtig zur Stundenkerze auf einem eisernen Zapfen in einer Ecke des Raumes, »Ihr sucht Euren Ablaßprediger, und ich treffe Euch in einer Stunde am Grab des Schwarzen Prinzen in der Kathedrale. Laßt mich nachforschen. Wenn unsere guten Mönche eine solche Reliquie besitzen«, – er tippte sich an den Nasenflügel – »werden sie es mir sagen.«

Luberon wuselte geschäftig hinaus. Kathryn und Colum folgten. Sie gingen die Best Lane wieder entlang zur High Street. Auf der Hauptverkehrsstraße wimmelte es von Pilgern, Händlern, Gaunern und Bettlern. Über die Mercery gelangten sie zum Buttermarkt. Vor der »Sonne« in Burgate hatte sich eine Menschenmenge um einen Quacksalber versammelt, dessen Kleider in Grün, Rot und Violett leuchteten. Der Mann saß auf einem Pferd, an dem nichts Auffälliges zu entdecken war; jedem, der das Pferd reiten könne, versprach er ein Silberstück. Fiele der Reiter jedoch herunter, dann bekäme er, Saladin, einst Stallmeister in den kaiserlichen Ställen zu Köln, einen Sixpence. Die Menge lachte und spottete, und einige hoben die Hand, um die Wette anzunehmen. Kathryn betrachtete das freundliche, kleine Pferd mit der kräftigen Hinterhand, dem weichen Maul und den klaren braunen Augen.

»Es sieht ziemlich ruhig aus«, flüsterte Kathryn.

Colum schüttelte den Kopf und grinste. »Ich kenne den Kerl«, sagte er. »Schaut es Euch nur an, Kathryn.«

Saladin war inzwischen abgestiegen; die kleinen Silberglöckchen an seiner bunten Tunika klingelten fröhlich bei der kleinsten Bewegung. Ein junger Kaufmann, dessen Gesicht Arroganz ausstrahlte, bestieg das Pferd und trieb es sanft an. Das Gejohle der Menge wuchs an. Das Pferd trottete wie eine müde Schindmähre davon, dann, als der Kaufmann die Zügel fallenließ und mit ausgebreiteten Armen weiterritt, rief der Quacksalber: »Flectamus Genua. Laßt uns die Knie beugen!«

Im Nu knickte das Pferd mit allen Vieren ein, und der Kaufmann rollte herunter. Die Spötteleien der Schaulustigen verstummten.

»Levate et vade!« rief der Quacksalber. »Steh auf und geh!«

Das Pferd stand auf, drehte sich um und trottete zu seinem Herrn zurück, der es mit einem gezuckerten Apfel belohnte. Der junge Kaufmann, dessen elegante Kleidung schlammverschmiert war, rappelte sich auf. Er kochte vor Wut. Das launenhafte Publikum hatte sich indessen auf die Seite des Quacksalbers geschlagen, und der junge Mann wurde verspottet, bis er zähneknirschend nachgab und die Wette bezahlte.

Colum nahm Kathryn beim Ellbogen und schob sie weiter.

»Ich habe ihn schon in vielen Orten mit diesem Trick auftreten sehen«, erklärte er. »Und selbst dann, wenn die Leute es mit eigenen Augen sehen, glauben sie immer noch, daß man sie nicht übertölpeln kann.«

Kathryn warf einen Blick über die Schulter zurück, wo die Schaulustigen in zustimmendes Gebrüll ausbrachen, als ein neues glückloses Opfer die Wette des Quacksalbers annahm. Schließlich hatten sie sich durch die Menge gekämpft und überquerten den Buttermarkt, als Kathryn den Ehrsamen entdeckte. Er stand oben auf den Stufen des Marktkreuzes und forderte unablässig mit schriller Stimme Passanten auf, ihm zuzuhören.

»Freunde, Brüder in Christi.« Der Ehrsame ließ den Blick wachsam über die Menge schweifen. »Ich bin zu Wasser und zu Lande gereist, habe im Dienste unseres Herrn, Jesus Christus, viele Mühen auf mich genommen und Euch das hier mitgebracht!« Er hielt eine Pergamentrolle hoch, die an einem Ende mit einem Wachspfropfen versiegelt war. »Versehen mit dem persönlichen Siegel des Heiligen Vaters in Rom. Diese Bulle, dieser Papstbrief, wird Euch von allen Sünden erlösen oder, falls Ihr gerade losgesprochen seid, vor Tausenden Jahren Fegefeuer bewahren! Mehr noch ...« Der Ablaßprediger hielt ausgebeulte Satteltaschen hoch. »Ich habe hier Reliquien, verbürgt vom Erzbischof von Bordeaux, dem Bischof von Clearmont und Kardinal Humbert von Sankt Priscilla ohne die Mauern, heilige Objekte, als da sind: Holz vom Boot des Heiligen Petrus, eine Gürteltasche, die der Heilige Joseph einst benutzt hat, ein Fetzen aus dem Schleier der Jungfrau und ein Stück Seil, das Aaron benutzte, als er sich mit den Zauberern des Pharao anlegte!«

Kathryn und Colum, die in den hinteren Reihen der Menge standen, konnten es kaum glauben – weder den kunterbunten Unsinn des Ablaßpredigers noch den törichten Unglauben seines Publikums. Viele Menschen kramten bereits in ihren Geldbörsen und streckten die Hände aus, um mitzubieten.

»Beim Lichte Gottes!« sagte Kathryn. »Er ist ein Betrüger und Scharlatan.«

»›Dieser Ablaßprediger«, zitierte Colum, »hatte Haare wie Wachs, und sie hingen herab wie eine Garbe aus Flachs. Die Gürteltasche«, setzte Colum das Zitat aus Chaucer fort, »war voll mit Ablaßbriefen aus Rom.‹ Merkwürdig«, sann er nach.

»Was?«

»Die Ähnlichkeiten zwischen diesem Scharlatan hier und Chaucers Ablaßprediger.«

Schließlich war die Schmierenkomödie des Ehrsamen zu Ende. Die Menge zerstreute sich, und er nahm seine Taschen an sich und kam direkt auf Kathryn und Colum zu. Kathryn wußte, daß er sie während seiner Predigt bereits gesehen hatte. Von nahem sah der Ablaßprediger noch gräßlicher aus als in der Burg. Die Haare waren noch immer auffallend gelb gefärbt, und Kathryn hatte den Verdacht, daß auf dem teigigen Gesicht eine dicke Schicht Puder lag.

»Schenkt uns kurz Eure Aufmerksamkeit, Master Ablaßprediger. Es geht nicht um Eure Reliquien.«

Der Ehrsame lächelte. »Ich habe mich schon gefragt, wann Ihr kommen würdet. Ich habe die Neuigkeiten vernommen. Webster ist tot und seine Seele verschwunden, und nein, Master Murtagh, ich weiß nicht, wie und warum es geschehen sein könnte.«

»Geschickt ausgedrückt«, erwiderte Colum. »Wie lange beabsichtigt Ihr, in Canterbury zu bleiben, Master Ablaßprediger?«

»Zeit ist relativ«, gab dieser zurück, nahm seine Taschen auf und schickte sich an fortzugehen.

»Master Ablaßprediger, wohin Ihr geht und wo Ihr bleibt, ist Eure Sache«, verkündete Colum. »Doch wenn Ihr Canterbury ohne meine Erlaubnis verlaßt, werde ich Euch zum Freiwild erklären lassen.«

Wortlos schlug der Ablaßprediger das Kreuz über ihnen und ging davon. Für Colums Warnung hatte er nichts als ein Achselzucken übrig.

»Wir sollten gehen«, drängte Kathryn. »Luberon wartet auf uns.«

Colum blickte dem Ablaßprediger nach. »Zwei Dinge sind merkwürdig«, murmelte er. »Erstens, warum gleicht unser Ablaßprediger aufs Haar dem Ablaßprediger bei Chaucer? Und zweitens, warum um Himmels willen ist er in die Burg von Canterbury gekommen?«

»Seid Ihr sicher, daß es nicht einer der Bluthunde von Ulster ist?« erwiderte Kathryn. »Wenn der Mörder zuschlägt, Colum, tut er es heimlich oder in Gestalt eines Menschen, der er nicht ist.«

»Nein, nein. Und nun wollen wir uns Luberon zuwenden.«

Sie passierten die »Sonne«, kamen durch das Tor von Christchurch und betraten die große Kathedrale durch das Südportal. Im Mittelschiff drängten sich Pilger, die leise miteinander schwätzten, während sie darauf warteten, zum Schrein vorgelassen zu werden. Colum und Kathryn schoben sich durch die Menge zu einem Querschiff vor, in dem sich das Grabmal des Schwarzen Prinzen befand. Luberon erwartete sie bereits.

»Ich stehe schon geraume Zeit hier«, sagte er gereizt.

Kathryn bat um Vergebung.

»Nicht, daß ich etwas dagegen hätte, gerade hier zu warten«, gestand Luberon. »Master Murtagh, habt Ihr jemals solche Schönheit gesehen?«

»Immer, wenn ich hierher komme, Master Schreiber, stehe ich wie vor einem Wunder.«

Colum blickte hinauf zu den hohen Fenstern mit den wunderschönen Bildern; die leuchtenden Farben verwandelten das Sonnenlicht in schillernde Regenbögen, die tief ins Herz drangen und das Auge blendeten. Dann fiel Colums Blick auf das Marmorgrab des Schwarzen Prinzen, das Abbild des Ritters mit gefalteten Händen. Er las den in Stein gemeißelten Leitsatz des Prinzen »Ich Dien« und bewunderte die leuchtenden Farben seiner Uniform.

»Ihr habt Euch erkundigt?« fragte Colum abrupt.

»Ja, das habe ich«, erwiderte Luberon. »Weder ein Knappe noch ein anderes Mitglied aus dem Gefolge des verstorbenen Grafen von Warwick war in Canterbury. Kein Wort von einem goldenen Amulett oder einem schimmernden Saphir, bekannt unter der Bezeichnung das *Auge Gottes*.« Luberon zuckte mit den Schultern. »Tut mir leid, mehr konnte ich nicht in Erfahrung bringen.«

Colum stampfte ungeduldig mit den Füßen auf. »Was hat Brandon denn in der Nähe von Canterbury gewollt, als er aufgegriffen wurde? Wäre er auf dem Weg zur

Kathedrale gewesen, hätte er das Amulett bei sich gehabt.«

»Der Prior hat etwas gesagt«, fuhr Luberon fort, »als ich ihm über Brandons Festnahme berichtete. Er sagte, Warwick sei vor drei Jahren mit seinem Gefolge auf einer Pilgerfahrt hierhergekommen. Die Mönche haben damals den Grafen und seine Knappen in ihrem Refektorium bewirtet. Brandon war dabei. Er erinnerte sich an ihn als an einen intelligenten, klugen Mann, der behauptete, in Maidstone geboren und aufgewachsen zu sein.«

»Seltsam.« Colum blickte Kathryn an. »Wir haben es hier mit einem hochrangigen Knappen zu tun, einem Menschen, der sich in der Gegend gut auskannte, der intelligent und feinsinnig war. Dennoch ließ er sich so leicht fangen. Uns bleibt nur eine Möglichkeit«, schloß Colum trotzig, »Brandon muß exhumiert werden. Vielleicht kann uns seine Leiche Aufschluß geben.«

Sie trennten sich in der Kathedrale von Luberon und gingen durch die Einfriedung zurück.

»Wollt Ihr das wirklich tun?« fragte Kathryn. »Brandon exhumieren? Welchen Beweis erhofft Ihr Euch davon? Wer soll ihn identifizieren?«

Colum beobachtete die Pilger, die aus der großen Tür der Kathedrale strömten.

»Ich wollte«, erwiderte Colum, »es gäbe jemanden, der ihn gut kannte und ihn identifizieren könnte. Vielleicht einer, der mit ihm bei Barnet gekämpft hat.« Colum lächelte bitter. »Und genau darin liegt die Schwierigkeit. Wer ist schon so dumm und verkündet in aller Öffentlichkeit, daß er bei der letzten Rebellion gegen den König auf der Seite der Verlierer gestanden hat?«

»Ihr glaubt also, daß Brandon vielleicht nicht tot ist?« konstatierte Kathryn.

»Schon möglich. Vielleicht war es Sparrow, der gestorben ist. Wie dem auch sei« – Colum spielte mit dem Griff seines Schwertes –, »Brandon muß exhumiert werden.«

Sie verließen das Kirchengelände und holten ihre Pferde aus dem Stall der »Sonne«. Colum machte sich auf den Weg nach Kingsmead, und Kathryn blickte ihm nach. Wenn ich doch nur offen mit ihm reden könnte, dachte sie. Noch lieber wäre mir allerdings, wenn er mit mir spräche und einfach sagte, was er denkt.

Sie beobachtete, wie der Ire die Sun Street hinaufritt. An seiner Haltung konnte sie sehen, daß er nicht entspannt war: Er drehte den Kopf nach allen Seiten und suchte in der Menschenmenge nach einem möglichen Mörder.

»Oh Gott!« betete Kathryn. »Bitte, nicht auf diese Weise.«

Sie atmete tief durch und mußte lächeln, als ein junger Bengel herbeigeeilt kam, um ihr in den Sattel zu helfen. Sie gab dem Kleinen ein Geldstück und ritt gedankenverloren durch die Mercery in die Hethenman Lane. Sie hielt an, denn sie wollte nach den beiden alten Schwestern Maude und Eleanor sehen. Sie mußte mehrmals eindringlich klopfen, ehe Eleanor, kränklich und blaß, die Tür öffnete.

»Was ist los?« rief Kathryn erschrocken und huschte ins Haus. Sie legte einen Arm um die alte Dame, die sie in das Sonnenzimmer führte, wo ihre Schwester auf einem Stuhl saß und sich vor Schmerzen krümmte. Ein schaler, übler Gestank hing im Zimmer.

»Uns ist schlecht gewesen«, flüsterte Eleanor und schlang die Arme um den Bauch. »Dann kam noch Durchfall hinzu.« Sie begann zu weinen. »Ich fühle mich so schmutzig.«

Kathryn bat sie, sich zu setzen. »Ihr habt nur das gegessen, was ich Euch gesagt habe?«

Die alte Frau nickte.

»Seid Ihr ganz sicher?«

Wieder nickten beide. Kathryn hielt den Handrücken an Maudes Gesicht; die Haut fühlte sich leicht erhitzt an, die Lippen waren trocken und in den Mundwinkeln leicht aufgesprungen, die Augen trübe. Kathryn verbarg ihre Verärgerung. Es ergibt keinen Sinn, dachte sie. Pellagra ist eine einfache Krankheit. Entfernt man die Ursachen, verschwinden die Symptome. Warum also sind sie wieder aufgetaucht?

Kathryn gab sich die größte Mühe, die beiden alten Damen zu beruhigen. »Ich komme wieder«, versprach sie ihnen. »Ich bringe Euch Honig, gekocht mit Salz und Fett in etwas Wachs.«

Kathryn eilte aus dem Haus in Richtung Ottemelle Lane. Thomasina erwartete sie drinnen mit der üblichen Litanei der Untaten, die Wuf schon wieder begangen hatte, doch Kathryn wischte das zur Seite.

»Eleanor und Maude haben leichtes Fieber«, verkündete sie. »Der Himmel weiß, warum!«

Agnes brachte ihr gewässerten Wein und zwei Haferküchlein. Kathryn wusch sich die Hände und aß hastig, ging dann in ihre Schreibstube, wo sie Ardernes *Herbarium* aufschlug. Sie nahm einen Federkiel zur Hand, ein Stück Pergament und schrieb eilig die Symptome auf, die sie gesehen hatte.

»Doch wodurch wird so etwas ausgelöst?« Kathryn starrte an die Wand. Die beiden alten Damen hatten ihre Anweisungen und Regeln befolgt, hatten die Zimmer saubergehalten und sich Hände und Gesicht regelmäßig gewaschen. Doch irgend etwas an dieser Krankheit kam Kathryn bekannt vor ... Sie schloß die Augen und hielt sich an der Tischplatte fest. Sie versuchte, sich an einen Patienten zu erinnern, den ihr Vater einmal behandelt hatte. Sie erinnerte sich an die Symptome; es waren dieselben, unter denen Maude und Eleanor litten, doch wie hatte ihr Vater sie behandelt? Sie wandte sich wieder dem *Herbarium* zu. Ihr Blick fiel auf einen Eintrag: *Digitalis purpurea.* »Fingerhut!« sagte Kathryn leise vor sich hin. Sie ging wieder in die Küche und trat in den Garten hinaus, wo sie zwischen den Reihen selbstgezüchteter Kräuter entlangging, bis sie fand, wonach sie gesucht hatte. Der Fingerhut, der dort wuchs, hatte lange geblüht. Die mattrosa und magentaroten Blügenfarben begannen zu verblassen, doch sie wuchsen kräftig nach und warteten darauf, noch einmal blühen zu können. Kathryn ging in die Hocke, berührte die haarigen Blätter und fragte sich, wie zwei alte Damen mit einer so gefährlichen Pflanze in Berührung kommen mochten.

»Kathryn.« Thomasina trat mit leisen Schritten hinter sie.

»Fingerhut«, erwiderte Kathryn. Sie stand auf und drehte sich um. »Thomasina, wie um alles in der Welt können zwei alte Damen Fingerhut essen?«

»Daran würden sie sterben«, sagte Thomasina.

»Oh nein! Wenn man ihn in kleinen Dosen verabreicht, kann er sehr wohl dieselben Symptome auslösen, an denen die beiden leiden: Schwindel, Übelkeit, übersäuerter Magen. Bist du sicher, daß das Wasser klar war?«

»Natürlich, Mistress, das Faß war sorgfältig gereinigt, das Regenwasser sauber.«

Kathryn ging zum Haus zurück, und Thomasina folgte ihr.

»Es sei denn, jemand anderes hat ihnen etwas zu essen gegeben. Doch das hätten sie mir gesagt«, überlegte Kathryn und blieb stehen. Ein kalter Schauer lief ihr über den Rücken. »Wuf!« rief sie.

Ein lautes Poltern auf der Treppe, und der Junge hüpfte in die Küche. Kathryn hockte sich vor ihn.

»Wuf, renn so schnell du kannst zum Rathaus und suche den Schreiber, Master Simon Luberon.«

»O ja, den kenn' ich, klein und dick.«

»Ja, Wuf, klein und dick. Richte ihm aus, er möge ein paar Vollzugsbeamte mitbringen und zum Pesthaus in der Old Jewry Lane kommen.«

»Und wo seid Ihr, Mistress?«

»Ich werde dort sein.«

Kathryn ließ Wuf die Botschaft wiederholen. Der Junge eilte davon, während Thomasina die Mäntel holte und der Spülmagd Agnes Anweisungen erteilte. Dann verließen die beiden Frauen das Haus und gingen die Ottemelle Lane hinauf.

Rawnose humpelte auf sie zu, um Kathryn für die Arznei zu danken, doch sie ging mit eiligen Schritten einfach an ihm vorüber. An der Ecke versuchte Schreiber Goldere, der sich noch immer den Hosenlatz kratzte, ihnen in den Weg zu treten, doch ein Blick in Thomasinas Gesicht ließ ihn zurückweichen. Kathryn wußte bereits, wie sie vorgehen wollte. Sie überhörte Thomasinas lautstarken Protest und trat in den muffigen Dunst des Wirtshauses »Zum müden Wandersmann« an der Ecke zur Old Jewry Lane.

»Pfui!« brummte Thomasina. »Hier stinkt es nach Bier und Zwiebeln. Mistress, was um alles in der Welt habt Ihr hier zu suchen?«

Kathryn blieb im Türeingang stehen. Sie blickte sich um und lächelte, als sie die beiden Leichensammler erblickte. Lammfromm trat sie zu ihnen.

»Meine Herren, ich muß mich bei Euch entschuldigen.«

Die beiden Leichensammler sahen sie mit offenem Mund an. Bierschaum rann ihnen über das Kinn und tropfte auf den Tisch.

»Wovon redet Ihr?« stieß einer von ihnen hervor.

»Von den beiden alten Damen, Maude und Eleanor. Ihr hattet recht: Sie haben die Pest! Oder das Tertianafieber.«

»Sind sie tot?«

»Nein, aber sie werden bald sterben«, sagte Kathryn achselzuckend. »Ich habe sie gerade besucht. Ich kann nichts mehr tun, außer Euch zu informieren, wie es die Vorschriften der Stadt bestimmen.« Kathryn machte auf dem Absatz kehrt, ging zur Tür hinaus und eilte die Old Jewry Lane hinunter.

Eleanor öffnete, inzwischen völlig kraftlos, auf Kathryns Klopfen die Tür. Sie ließ sich von ihr sanft ins Innere des Hauses schieben, während Thomasina ob dieser unziemlichen Hast grummelte.

»Kommt«, drängte Kathryn und führte die alte Dame zurück ins Sonnenzimmer. »Wir werden bald Besuch bekommen. Thomasina, geh zum Wasserfaß und nimm vier – nein, sechs – Becher mit. Fülle sie bis zum Rand, trink aber nicht daraus.«

Kathryn schmunzelte, als Thomasinas Verwunderung einem wissenden Lächeln wich. Die Amme tat, wie ihr geheißen, und brachte die Becher ins Sonnenzimmer, wo Kathryn alle bat, sich still zu verhalten. Die alten Damen, schwach und kränklich, gehorchten. Kathryn saß auf einem Hocker und kippelte vor und zurück.

»Sie werden kommen«, flüsterte sie.

Sie dachte an den Weg, den Wuf zurücklegen mußte, an die Zeit, die es ihn kostete, Luberon ausfindig zu machen, und vertraute darauf, daß der Schreiber erst nach ihren Besuchern ankäme. Kathryns Geduld wurde bald belohnt. Laut wurde gegen die Tür geschlagen. Sie bedeutete allen mit einer Handbewegung, sich ruhig zu verhalten. Wieder ertönten mehrere Hiebe, dann sprang die Tür auf, und sie vernahmen Schritte, die durch den Korridor schlichen. Die beiden Leichensammler betraten das Sonnenzimmer. Kathryn vermochte nicht zu sagen, was sie mehr überraschte: daß die beiden alten Damen noch lebten oder daß Thomasina und die Heilerin in aller Seelenruhe dort saßen.

»Was hat das zu bedeuten?« knurrte einer von ihnen. »Was soll der Unsinn?«

»Oh, Maude und Eleanor sind krank.« Kathryn lächelte, erhob sich und nahm zwei Becher vom Tablett. »Bitte, trinkt doch etwas frisches Wasser aus dem Faß.«

Die Leichensammler nahmen die Becher.

»Ich trinke nie Wasser«, sagte einer von ihnen sofort.

»Oh, diesmal werdet Ihr etwas trinken. So wie wir alle!« Kathryn teilte die anderen Becher aus. »Wißt Ihr«, fuhr sie fort, »auch wenn Ihr nicht wollt, ich werde einen Schluck nehmen.« Sie führte den Becher an die Lippen und sah Panik im Gesicht des einen Mannes.

»Nein, haltet ein!«

Kathryn ließ den Becher sinken. »Warum?«

»Ach, halt doch den Mund!« Der Ältere drehte sich wütend zu seinem Bruder um. »Halt's Maul, du dummer Feigling!«

»Warum soll er den Mund halten?« verkündete Kathryn. »Er wird am Ende doch gestehen. Das Bezirksgericht wird zusammentreten und die Nachbarn versammeln, die bezeugen werden, daß sie dieses Haus auf Eure Anweisungen hin gemieden haben.«

Sie sah Eleanor an, die weise nickte.

»Die einzigen, die dieses Haus betreten haben, wart Ihr und ich. Ich kam als Ärztin her. Ich habe das Wasserfaß reinigen lassen. Ich habe seine Reinheit regelmäßig geprüft, doch daß Ihr die alten Damen verfolgt, ist wohlbekannt.«

»Verpiß dich!« schnaubte der Leichensammler.

»Was sie sagt, stimmt!« kreischte Maude. »Erst gestern noch seid Ihr hier gewesen. Ihr habt gesagt, daß es Euch leid tue, uns Ärger bereitet zu haben, doch Ihr tätet lediglich Eure Pflicht. Ihr habt um einen Schöpflöffel Wasser gebeten.«

Der Leichensammler riß seinem Gefährten den Becher aus der Hand und donnerte beide auf den Tisch.

»Ich muß mir das nicht anhören!« knurrte er.

»Oh, es wird nicht lange dauern«, sagte Kathryn. »Und kommt mir nicht mit Gewaltandrohungen. Ihr seid mit einem kleinen Beutelchen Fingerhut in dieses Haus gekommen und habt ihn ins Wasserfaß gestreut. Die alten

Damen sollten schwach und krank werden und schließlich sterben. Dann hättet Ihr Euch an allen Besitztümern, die Ihr haben wolltet, bedient.«

»Das stimmt nicht«, murmelte der Jüngere.

»Aber ja«, flüsterte Kathryn. »Und Ihr habt die Wahl, ob Ihr vor dem Sonderbeauftragten des Königs in Canterbury des versuchten Mordes angeklagt werden wollt oder ob Ihr gesteht und Euch der Gnade des Königs ausliefert.«

Zu welcher Antwort der Leichensammler auch immer ansetzte, sie ging in einem ohrenbetäubendem Türklopfen unter. Thomasina öffnete und kam mit Luberon und einer Schar Vollzugsbeamter wieder herein.

»Was hat all das zu bedeuten?« schnaufte der Schreiber, der die offizielle Miene größten Bedauerns zur Schau trug.

Im Hintergund ließ sich Wuf vernehmen, der auf und ab hüpfte und nach Mitsress Swinbrooke schrie. Kathryn nahm ihren Mantel an sich.

»Drei Dinge, Master Luberon. Erstens: Ich werde Thomasina hierlassen und Wuf nach Hause bringen. Zweitens« – sie zeigte auf die Leichensammler – »die beiden haben sich des versuchten Mordes schuldig gemacht.« Sie schickte sich an zu gehen.

»Ihr spracht von drei Dingen?« fragte Luberon.

»Ach ja, trinkt um Himmels willen nicht von dem Wasser!«

»Warum?« fragte Luberon.

»Fragt sie!« Kathryn warf den beiden Leichensammlern einen anklagenden Blick zu. Die beiden Männer standen jetzt mit hängenden Schultern und gesenktem Haupt da, so daß Kathryn sie nicht auseinanderhalten konnte. Derselbe Körperbau, wenn auch verschiedene Kopfformen, dachte sie. Plötzlich fiel ihr die enthauptete Leiche ein, die aus dem Fluß gezogen worden war. »Was ist, wenn …?« murmelte sie vor sich hin.

»Wie bitte?« fragte Luberon.

Kathryn sah den kleinen Schreiber an. »Die kopflose Leiche«, erwiderte sie, »die wir uns angesehen haben. Kann sie morgen eingesargt und zur Burg gebracht werden?«

Luberon zuckte die Achseln. »Sie soll nicht vor heute abend beerdigt werden. Ich könnte es hinauszögern.«

»Dann macht es, bitte«, sagte Kathryn nachdenklich. »Kann sein, daß ich einen schweren Fehler begangen habe.«

Acht

Am nächsten Morgen ging Kathryn hinunter zur Kirche von St. Mildred, wo sie die Messe in einer Votivkapelle besuchte. Nachdem der Priester sein »Ite, Missa Est« gesungen hatte, zündete Kathryn vor der Statue der Jungfrau Maria ein paar Kerzen an und ging zum Grab ihres Vaters, um zu beten. Sie betrachtete die in Stein gemeißelte Inschrift, die sie für seinen Seelenfrieden verfaßt hatte. Bilder aus Kindertagen kamen ihr in den Sinn: Sie trippelte neben dem Vater durch die Straßen von Canterbury; draußen vor der Stadt suchte sie mit Thomasina nach bestimmten Pflanzen oder Kräutern. Kathryn blinzelte, um die Tränen zu unterdrücken, küßte die Fingerspitzen und drückte sie auf den kalten, grauen Stein.

»Du fehlst mir«, flüsterte sie.

Vor dem Hochaltar beugte Kathryn das Knie und verließ die Kirche. Draußen vor dem Portal setzte sie sich auf einen Steinsockel und ließ sich die wohltuende Sonne ins Gesicht scheinen. Müßig blickte sie den Karren und Packpferden nach, die sich einen Weg zum Buttermarkt bahnten. Sie dachte an den bevorstehenden Besuch in der Burg und hoffte, daß sich ihr Verdacht bezüglich der kopflosen Leiche, die man aus dem Stour gefischt hatte, bestätigte.

»Kathryn, Ihr träumt doch nicht etwa von mir?«

Sie schirmte die Augen mit der Hand ab und blickte zu Colum auf. Er zeigte auf das Kirchentor hinter ihr.

»Ich war in Kingsmead draußen und bin zurückgekommen, um Thomasina zu ärgern. Ich habe Euer Pferd aus dem Stall geholt.« Er beugte sich vor und berührte zärtlich mit dem Handschuh ihre Wange. »Habt Ihr wirklich von mir geträumt, Kathryn?«

Kathryn erwiderte sein Lächeln. »Und wenn es so wäre, Ire?«

»Ach«, sagte er, »das allein würde mir als Belohnung für einen harten, arbeitsreichen Tag schon ausreichen.«

Kathryn kniff die Augen zusammen. Sie hätte ihn gern noch weiter aufgezogen, doch Witwe Gumple fegte den Pfad entlang auf sie zu, mit fest verbissener Miene, als ob sie an einer Zitrone lutschte. In ihren weiten, wallenden Gewändern und mit dem lächerlichen Kopfputz wirkte die Witwe wie eine dickbäuchige Kogge unter vollen Segeln.

»Guten Morgen, Mistress Swinbrooke«, sagte die Gumple mit honigsüßer Stimme.

»Guten Morgen, Witwe Gumple. Wie geht's?«

Witwe Gumple neigte gönnerhaft den Kopf, warf einen nervösen Seitenblick auf Colum, der ihr einen finsteren Blick zuwarf, und verschwand in der Kirche, um, wie sie zu verkünden pflegte, »dem Herrn zu dienen«.

»Nur eine Ausrede für Klatsch und Tratsch«, hatte Thomasina einmal bemerkt. »Die fette Kuh hat noch nie in ihrem Leben ein echtes Gebet über die Lippen gekriegt!«

Colum blickte der Witwe nach. »Was wolltet Ihr doch gleich sagen, Mistress Swinbrooke, oder traut Ihr Euch jetzt nicht mehr?« Er half ihr beim Aufstehen. »Habt Ihr Angst vor Klatschmäulern?«

Kathryn klopfte sich den Staub vom Kleid.

»Angst, Ire?« erwiderte sie mit gespielter Neugier. »Angst wovor?«

»Vor Klatschmäulern.«

»Und worüber, bitteschön, sollte sie tratschen?« fragte Kathryn mit unschuldigem Augenaufschlag.

Colum holte tief Luft; er war auf dem besten Wege, wieder einmal in eine von Kathryns schlauen Fallen zu geraten.

»Über meine Wenigkeit«, stammelte er.

»Was meint Ihr damit, Ire?«

»Nun ja«, stotterte er. »Immerhin wohne ich bei Euch.«

»Wuf auch.«

»Ich bin ein Mann«, sagte Colum.

»Ach, wirklich?« fragte Kathryn unschuldig. »Und warum sollte sich jemand den Mund darüber zerreißen, daß Ihr ein Mann seid?«

Colum hielt es nicht länger aus und packte sie beim Ellbogen.

»Na, na, meine Kleine, Ihr wißt doch genau, was ich meine.«

Kathryn schenkte ihm ein Lächeln. »Ihr seid ein Freund, Colum«, sagte sie. »Ein lieber, guter Freund. Ich vertraue Euch. Wenn Ihr fortgingt, gäbe es wohl kaum einen Tag, an dem ich nicht an Euch dächte. Aber ...«

»Aber was?« hakte Colum nach.

Kathryn deutete in Richtung Kirche. »Ich habe gerade an meines Vaters Grab gebetet.« Sie umklammerte Colums Handgelenk. »Vor Jahren, Murtagh, wäre ich bei einem Mann, wie Ihr einer seid, schwach geworden.« Sie schmunzelte. »In jeder Hinsicht. Doch je älter wir werden, Colum, um so bewegter wird das Leben, und man muß stets dagegen ankämpfen, nicht abzudriften.«

Kathryn hielt inne und blickte dem Gemeindediener nach, der wichtigtuerisch aus der Kirchentür trat und zum Markt ging. Ihm folgte ein Büttel, der einen Fischhändler zum Anger führte. Die verdorbene Ware, die der Händler hatte verkaufen wollen, hing um seinen Hals.

»Es ist Alexander Wyville«, fuhr Kathryn fort, »nicht Witwe Gumples loses Mundwerk. Er ist der Geist, der in meiner Seele herumspukt. Er sagte, daß er mich liebte, doch er war nichts weiter als ein Trunkenbold und ein Tyrann.«

»Und nun glaubt Ihr, ich sei auch so?« erwiderte Colum.

»Nein, das nicht.« Kathryn hakte sich bei ihm unter,

und sie gingen gemeinsam auf das Tor zu. »Wyville war ein dem Trunk verfallener brutaler Kerl. Er könnte noch am Leben sein, daher bin ich vor dem Gesetz Gottes noch verheiratet. Und dennoch«, sagte sie und seufzte, »ist das nur das Treibgut auf der Oberfläche des Flusses, der Schmerz liegt darunter. Auch die Seele hat Wunden, Colum. Das Dumme daran ist nur«, fuhr sie fort, »daß sie so schlecht verheilen.«

Colum sah, daß sich ihre Augen mit Tränen füllten.

»Nun«, sagte er und drückte ihr die Hand, »wenn Ihr nur von mir träumt, ist das schon mehr, als ein Ire überhaupt verlangen kann.«

Er schlug erneut einen scherzhaften Ton an, denn er wußte, daß es grausam wäre, mit weiteren Fragen in sie zu dringen. Sie holten ihre Pferde und gingen schweigend durch Winchepe auf die Burg zu.

»Master Luberon wird also die Leiche bereitstellen? Was hofft Ihr zu finden?«

Kathryn hielt an und schlang die Zügel des Pferdes um ein Handgelenk. Bei dem Gedränge auf den Straßen und Wegen hatte es keinen Zweck, auf die Pferde zu steigen. An den Ständen herrschte geschäftiges Treiben, und die Luft war erfüllt von den Flüchen der Fuhrleute, die laut riefen: »Aus dem Weg! Aus dem Weg!«

Kathryn wartete mit ihrer Antwort, bis sie sich hindurchgeschlängelt hatten.

»Ich bat Luberon, die Leiche zur Burg zu bringen, weil ich glaube, daß man sie dort möglicherweise identifizieren kann. Vielleicht habe ich einen Fehler gemacht. Die Leiche war die eines kräftigen, wohlgenährten Mannes, daher stand für mich von Anfang an fest, daß es sich nicht um einen Gefangenen handeln konnte. Sparrow hingegen war jung und stark. Davon kann man wohl ausgehen, denn er hat immerhin den Wärter überwältigt.« Sie zuckte die Schultern. »Hinzu kommt, daß Webster offenbar ein gutmütiger Kerkermeister war. Ich bezweifle, daß jemals ein Gefangener in der Burg von Canterbury Hunger gelitten hat. Das Essen mag nicht gut, aber dafür reichlich sein.«

»Andererseits habt Ihr gesagt, an den Fuß- und Handgelenken der Leiche seien keine Abdrücke von Fesseln zu sehen gewesen.«

»Auf diesen Fehler hättet Ihr kommen können«, erwiderte Kathryn streng.

»Was soll das heißen?« mokierte sich Colum. »Ihr wollt mich doch nicht etwa tadeln, Mistress Swinbrooke?«

»Sagt, Ire«, gab Kathryn ebenso spöttisch zurück, »Ihr wart doch einmal Marschall im Dienste Seiner Majestät?«

Colum nickte.

»Ihr habt Männer ins Gefängnis gesteckt?«

Colum stimmte zu.

»Und wie viele von ihnen trugen Ketten und Fesseln?«

Colum lächelte und tippte Kathryn zärtlich auf die Nasenspitze.

»Kluges Mädchen«, sagte er und führte sein Pferd weiter. »Natürlich! Die Tatsache allein, daß Sparrow bei seiner Flucht Fesseln trug, beweist noch lange nicht, daß er sie die ganze Zeit über trug. In der Gefängniszelle wurden sie ihm bestimmt abgenommen. Man legte sie ihm wahrscheinlich nur an, wenn er hinaus in den Burghof geführt wurde.«

»Und damit wird unsere Aufgabe nicht unbedingt leichter«, sagte Kathryn.

»Wieso?« fragte Colum.

»Nun ja ...« erwiderte Kathryn langsam. »Sparrow floh, nachdem er den Wärter getötet und seine Fesseln gelöst hatte.« Sie zwinkerte Colum zu. »Übrigens haben wir nie danach gefragt, was mit diesen geschehen ist. Na ja, jedenfalls entkommt Sparrow aus der Burg. Was ihm nicht schwerfiel, denn es dämmerte bereits, und die Garnison war auf eine Rumpftruppe geschrumpft. Und nun, Ire, was würdet Ihr tun, wenn Ihr der Entkommene wärt?«

Colum hob die Augenbrauen. »Ich würde mir was zu essen stehlen, ein Pferd, einen Dolch, was auch immer. Ich würde gewiß dafür sorgen, mich so weit wie möglich von Canterbury zu entfernen.«

»Doch das hat Sparrow nicht getan«, erwiderte Kathryn. »Oh, natürlich wird man in der Stadt Warnungen ausgegeben haben. Dennoch ist der Gefangene, wenn er einmal frei ist, schon meilenweit entfernt, ehe die guten Bürger von seiner neu gewonnenen Freiheit überhaupt erfahren.« Kathryn blickte zum hoch aufragenden Bergfried der Burg empor und dachte an Websters Todessturz. »Irgend etwas hat Sparrow in Canterbury festgehalten«, überlegte sie. »Allem Anschein nach ist er eines gewaltsamen Todes gestorben, aber durch wessen Hände? Es muß jemand gewesen sein, der unbarmherzig genug war, ihn nicht nur umzubringen, sondern ihn auch noch zu enthaupten und seinen Rumpf in den Stour zu werfen.«

»Wenn ich Euch recht verstehe«, sagte Colum, »dann hatte derjenige, der Sparrow getötet hat, Angst vor ihm? Erpressung?«

»Wußte Sparrow etwas über Brandons Tod?« stellte Kathryn die Gegenfrage. »Und hat er dieses Wissen benutzt?«

»Was könnte der entlaufene Gefangene schon gewußt haben?« fragte Colum. »Wäre es möglich, Kathryn, daß Sparrow Webster erpreßt hat? Hat der Festungskommandant Sparrow getötet, seine Leiche in den Stour geworfen und dann in einer Art geistiger Umnachtung auf dem Burgturm Selbstmord begangen?«

Kathryn führte ihr Pferd über die Zugbrücke. »Wir bauen unsere Burgen auf Sand«, sagte sie. »Wir müssen immer noch herausfinden, ob die Leiche wirklich Sparrow ist.«

Sie trafen Luberon, der im Burghof neben einem riesigen, vierrädrigen Karren ungeduldig von einem Bein auf das andere trat. Er winkte Colum und Kathryn zu sich.

»Ich bin schon eine ganze Weile hier«, verkündete er rundheraus. »Mistress Kathryn, diese Leiche gehört unter die Erde.« Mit tadelndem Blick betrachtete er die mageren Hühner, die im Staub pickten, und die Hunde, die träge in der frühen Morgensonne lagen. Sie ließen sich von seinen scharfen Worten nicht beeindrucken. »Hier scheint überhaupt niemand zu wissen, wer ich bin«, beschwerte er sich und blähte die dicke Brust auf. »Ich habe mich an den Schreiber Fitz-Steven gewandt, doch der Lump hat mir nur gesagt, ich solle mich verpissen!«

Kathryn ergriff die Hand des kleinen Mannes. »Ich bin Euch dankbar, Simon, und Colum auch. Und nun«, fügte sie schelmisch hinzu, »seht zu, wie unser Ire dieses Wespennest aufmischt.«

Colum ging bereits auf einen Pferdeknecht zu, der auf den Stufen des Bergfrieds saß und an einem Strohhalm kaute. Unüberhörbar erteilte er knappe Befehle, und schon machte sich der Mann flink wie ein Wiesel davon. Die Offiziere der Garnison tauchten nacheinander mit mürrischer Miene im Hof auf. Alle außer Gabele und Fletcher legten die Stirn in besorgte Falten, als sie Colum und Kathryn begrüßten.

»Was ist denn nun schon wieder?« jammerte Fitz-Steven.

»Wir haben Euch Euren Gefangenen zurückgebracht«, sagte Colum. »Zumindest glauben wir, daß er es ist. Darf ich Euch auch Master Simon Luberon vorstellen, den Sekretär des Erzbischofs von Canterbury, den Ersten Schreiber der Ratsversammlung der Stadt. Ein Mann, der, wenn er schlecht gelaunt ist, jedem von Euch hier in der Burg das Leben schwer machen kann.«

Man begrüßte Luberon mit falschem Lächeln, Füße scharrten verlegen im Kies, und Fitz-Steven murmelte so etwas wie eine Entschuldigung.

»Was habt Ihr gesagt?« fragte Gabele ruhig. »Ihr habt Sparrow zurückgebracht?«

Kathryn ging zu dem Karren und zog den Deckel vom Sarg.

»Zumindest das, was von ihm übriggeblieben ist«, sagte sie nüchtern und rümpfte die Nase beim durchdringenden Gestank, der dem klapprigen Kasten entströmte.

Colum winkte die Umstehenden herbei. »Der Reihe nach, bitte.«

Er sprang auf den Karren und half den Garnisonsangehörigen hinauf. Fitz-Steven war der erste. Er mußte sich sofort übergeben und sprang vom Karren, sehr zu Luberons Genugtuung. Die übrigen waren sachlicher. Kaplan Peter vollführte hastig ein Segenszeichen, neigte den Kopf und stieg herunter. Fletcher jedoch betrachtete die kopflose Leiche eingehender.

»Umdrehen!« krächzte er und machte Colum ein Zeichen. »Tut, was ich Euch sage.«

Colum folgte. Fletcher deutete auf eine schwach rosa Narbe, die über der Wirbelsäulenbasis verlief.

»Es ist Sparrow«, verkündete er. »Ich erkenne diese Narbe wieder.« Er zeigte auf die Hände des Mannes. »Und wenn Ihr Euch die rechte Handfläche anschaut, werdet Ihr feststellen, daß die Haut narbig ist. Sparrow hat mir einmal erzählt, daß er sich die Hand verbrannt hat, als er während einer Schlägerei in einem Wirtshaus brennende Holzkohle auf einen Gesetzeshüter warf.«

Colum berührte das schwammige weiße Fleisch. »Ja, da sind sie.« Er drehte sich um. »Gabele?«

Der Waffenmeister schüttelte den Kopf. »Wenn Fletcher ihn wiedererkennt, reicht mir das«, sagte er und rieb sich den Bauch. »Ich habe gerade erst gefrühstückt. Ich will mich nicht der Lächerlichkeit preisgeben.«

Colum schob den Deckel wieder auf den Sarg und sprang vom Karren. Er deutete vor Luberon eine Verbeugung an.

»Master Simon, ich danke Euch.«

»Wünscht Ihr, daß ich bleibe?« fragte Luberon und blickte erwartungsvoll auf Kathryn.

Sie schüttelte den Kopf. »Wir haben Euch lange genug von wichtigeren Dingen abgehalten.« Sie lächelte. »Ich werde Euch zu gegebener Zeit davon unterrichten, was hier vor sich geht.« Sie wandte sich an die anderen. »Wenn die Herren nun ein wenig Zeit für uns hätten?«

Während Luberon nach seinem Kutscher rief, führten Colum und Kathryn die protestierende Gruppe hinauf in die große Halle des Bergfrieds. Als sie sich um die schwache Glut, die in dem großen Kamin schwelte, versammelten, zog Kathryn Colum beiseite.

»Zu dieser Angelegenheit sollten wir sie einzeln befragen«, flüsterte sie ihm zu.

Colum nickte. Gabele trat mit besorgter Miene zu ihnen.

»Ire, wir können uns denken, was nun kommt. Dennoch ist dies eine der Burgen des Königs, und wir haben zu tun. Vater Peter muß noch eine Messe abhalten. Die Garnison braucht ihre Befehle, Vorräte müssen überprüft werden.«

Colum zeigte auf die Stundenkerze, die auf ihrem Eisenzapfen an der Kaminecke zischte. Die Flamme befand sich auf halbem Wege zwischen zehntem und elftem roten Kreis.

»Um elf«, sagte er. »Doch dann, Simon, wollen wir jeden von Euch einzeln sehen. Ach ja, Ihr hattet übrigens recht mit Eurer Vermutung: Sparrow entkam aus dieser Burg. Wir glauben, daß derjenige, der ihn umgebracht hat, hier lebt und etwas zu verbergen hat.«

Gabele hob überrascht die Augenbrauen.

»Aber behaltet das für Euch«, fügte Kathryn hinzu.

Gabele nickte und ging. Er raunte seinen Gefährten etwas zu, was erneut mit Stirnrunzeln und Stöhnen quittiert wurde, doch dann verließen sie die Halle. Gabele bot Kathryn und Colum Wein an, den sie ablehnten. Nachdem alle gegangen waren, stellte Colum einen Stuhl und zwei Hocker in eine hintere Ecke. Über ihnen hingen verstaubte, arg ramponierte Schilde. Kathryn blickte sich um.

»Allzu sauber ist es hier nicht«, murmelte sie.

»Das sind Burgen nie«, erwiderte Colum.

»Wie ist das Leben in einer solchen Burg?« fragte sie sich. »Ich erinnere mich, daß ich als Kind zu den Mauern und Türmen emporgeschaut habe. Ich sah dann stets die Banner im Winde flattern und dachte mir, daß so eine Burg ein wunderbarer Ort wäre. Märchenhafte Gebäude, voll mit tapferen Rittern und Damen in Samt und Seide. Dunkle, rätselhafte Gebäude, gräßliche Kerker und Turnierplätze, die vom Echo donnernder Hufe und klingenden Stahls widerhallten.«

»Herrgott, Kathryn«, sagte Colum und deutete auf den Stuhl. »Das sind Hirngespinste.« Er blickte zu den rußgeschwärzten Dachsparren empor und an der Wand entlang zur abbröckelnden Feuerstelle. »Um Himmels willen, Kathryn, seht Euch nur die mottenzerfressenen Wandbehänge an.« Er warf mit der Fußspitze die gelblichen Binsen auf. »Burgen sind die langweiligsten Orte auf Gottes weiter Welt. Schlechtes, verdorbenes Pökelfleisch und Wein, der einem den Magen umdreht.« Er lachte bitter. »Und die Garnisonen sind nicht besser.« Er setzte sich neben sie auf einen Hocker. »Jeder dieser Offiziere«, fuhr er fort, »hat etwas zu verbergen. Jetzt sind sie alle verbittert.« Er bemerkte Kathryns überraschte Miene. »Oh ja. Sie sind ausnahmslos Soldaten: Gabele und Fletcher kämpften auf den blutdurchtränkten Feldern von Towton und Wakefield. Fitz-Steven und Vater Peter waren Lagerschreiber. Männer, die aufgrund ihrer düsteren Vergangenheit weder eine Pfarrei von einem Bischof noch eine gehobene Stellung bei einem Adligen zu erwarten haben. Eine Zeitlang hat der Krieg zwischen den Häusern York und Lancaster das alles verändert.« Colums Augen glühten. »Eine aufregende Zeit, Kathryn! Schnelle Märsche gegen den Feind. Wehende Banner und Standarten. Donnernde Hufe der Schlachtrosse. Bewaffnete Männer in dicht aufgeschlossenen Reihen hintereinander. Eine dunkle Wolke von Pfeilen am Himmel.« Colum lächelte. »Selbst mir fehlt es.« Er hielt inne. »Oh ja, der Tod marschiert mit Euch, doch das tut er immer. Steht Ihr auf der Seite des Verlierers, kommt Ihr davon, weil Ihr ein Gemeiner seid. Besser noch, Ihr könnt die Seiten wechseln. Steht Ihr indes auf der Seite der Gewinner, ist Euch reiche Beute gewiß.« Colum deutete mit einer ausladenden Handbewegung in die Halle. »Jetzt ist alles vorüber. Langweiliger Garnisonsalltag, und Canterbury ist noch eine *gute* Lage. Könnt Ihr Euch vorstellen, wie es in Alnwick im schottischen Marschland aussieht? Oder in der Öde der walisischen Marsch?«

Kathryn beugte sich vor. »Demnach sind alle diese Männer in der Lage, jemanden zu töten?«

»Natürlich.« Colum lachte kurz auf. »Wir alle sind Mörder, Kathryn. Söldnertruppen, das ist das einzige, was wir kennen. Ich wette, Vater Peter hat schon einmal einem Menschen die Kehle durchgetrennt, nachdem er ihm die Beichte abgenommen hat.«

»Selbst ein Mann wie Gabele?«

»Oh, er ist durchaus ehrenhaft. Ein guter Kamerad. Er würde nie sein Wort brechen, doch Kathryn, hier geht es um Reichtümer. Um einen Saphir, der diese Männer gewiß in Versuchung führen könnte. Eine Möglichkeit, der Langeweile dieses wertlosen Lebens zu entkommen.« Colum hielt inne, als ein Diener durch die Halle ging und ein neues Holzscheit auf das blakende Feuer legte. »Und das macht unsere Aufgabe um so schwieriger«, fuhr er fort, als der Diener die Tür hinter sich ins Schloß zog. »Gefangene werden in Burgen selten mißhandelt. Man betrachtet sie als willkommene Ablenkung vom eintönigen Alltag. Erinnert Ihr Euch, was man uns über Brandon sagte? Alle sind zu den Verliesen heruntergegangen, selbst der Ehrsame. Langeweile ist auch die Erklärung dafür, warum diese Kreatur hier gut untergekommen ist.« Colum spielte an seinem ledernen Handgelenkschoner.

»Und ganz gleich, was gesagt wurde«, fuhr er fort, »Brandon hat einem oder allen Offizieren etwas über das *Auge Gottes* gesagt.«

Kathryn fuhr zusammen, als die Tür heftig aufgestoßen wurde. Gabele trat ein.

»Na schön.« Der Waffenmeister zeigte auf die Kerze. »Schießt los, Ire, und stellt Eure Fragen.« Er ließ sich auf den Hocker fallen und wischte sich mit dem Ärmel den Schweiß von der Stirn. »Herrgott, wie gern käme ich von hier weg!« Er lächelte Kathryn an. »Lieber eine Woche marschieren, als auch nur einen Tag in Burgvorräten herumwühlen.«

Kathryn betrachtete das harte Gesicht des Soldaten und rief sich Colums Worte ins Gedächtnis. War es möglich, daß dieser Mann Sparrow in einem einsamen Gebüsch am Stour getroffen, ihn getötet und ihm den Kopf abgeschlagen hatte?

Gabele kratzte sich die unrasierte Wange mit schmutzigen Fingernägeln.

»Nun, Mistress?«

»Ihr habt mit Brandon gesprochen?«

»Gewiß, wie alle hier. Warum auch nicht? Er war ein liebenswerter junger Knappe. Er hatte so manche lustige Geschichte auf Lager.«

»Und Eure Tochter hat ihm das Essen gebracht?«

»Hin und wieder, ja. Manchmal bin ich gegangen, dann wieder Vater Peter oder Fitz-Steven.« Er grinste Colum an. »Fletcher mochte ihn auch.«

»Und Sparrow?« fragte Kathryn.

»Oh, das war ein gemeiner Bastard. Er redete zwar, doch er war noch entschlossener, der Schlinge des Henkers zu entkommen.«

»Haben die beiden Gefangenen miteinander gesprochen?«

»Wie ich Euch gezeigt habe«, erklärte Gabele, »gibt es einen losen Ziegelstein zwischen den Zellen. Natürlich konnten sie miteinander reden.«

»Und Sparrows Flucht?« unterbrach Colum. »Er war an Händen und Füßen gefesselt, als man ihn hinausführte.«

»Oh ja, sie wurden in dem Fall stets angelegt.«

»Und wer war dafür verantwortlich?«

»Ich«, erwiderte Gabele und grinste. »Geht in die Verliese hinunter; vor jeder Zelle hängt ein Satz Fesseln, Ketten und Schlösser. Doch wenn der Gefangene sie anlegt, werden sie vom Wärter abgeschlossen.«

»Was ist aus ihnen geworden?« fragte Colum.

Gabele zog ein langes Gesicht. »Sparrow hat sie mitgenommen. Mein Gott, Ire, Ihr habt die Burg gesehen. Es gibt hier mehr Tauben als Soldaten. Ich vermute, Sparrow hat den Wärter getötet, ihn bewußtlos geschlagen und erdrosselt. Denkt daran, es war Abend. Sparrow hat seine Kleider, den Dolch und die Fesseln mitgenommen. Ein Satz Ketten ist so tödlich wie eine schwingende Keule.«

»Kanntet Ihr Sparrow schon vor seiner Gefangennahme?« fragte Kathryn.

Gabele schüttelte den Kopf.

»Oder Brandon?«

Wieder Kopfschütteln.

»Und der Mord an Sparrow?«

Der Waffenmeister streckte die Hände aus. »Um Himmels willen, Mistress, warum sollte ich Sparrow umbringen?«

Kathryn konnte die Frage nicht beantworten. Sie dankte ihm. Gabele ging hinaus, und Fletcher betrat die Halle. Er gab im Grunde die gleichen Antworten auf dieselben Fragen. Nur Colums Frage nach Brandon beantwortete er anders.

»Habt Ihr oft mit dem Gefangenen geredet?«

Kathryn war sicher, daß Fletcher dies leugnen würde.

»Nun, habt Ihr?« hakte Kathryn nach.

Fletcher rieb sich die verschwitzten Handflächen an seinem schmutzigen Wams ab.

»Ja, schon«, murmelte er. »Ich habe den Mann gefangengenommen. Ich mochte ihn ziemlich gut leiden.«

Kathryn sah für einen Augenblick Trauer in den Augen des Mannes und wurde stutzig.

»Ihr seid Junggeselle, Master Fletcher?«

Der Mann wurde prompt rot vor Verlegenheit.

»Ich mochte Brandon sehr«, stammelte er. »Er war klug. Er brachte mich zum Lachen.«

»Und Sparrow? Hat er Euch auch zum Lachen gebracht?« fragte Colum scharf.

»Sparrow war ein niederträchtiger, hinterhältiger Bastard«, erwiderte Fletcher. »Der Wärter war ungeschickt. Ein Mann wie Sparrow wartet doch nur auf eine Gelegenheit.«

»Und Websters Tod? Sein merkwürdiges Verhalten auf der Rasenfläche?«

»Ich glaube nicht, daß Sir William ermordert wurde«, beeilte sich Fletcher zu versichern. »Er ist einfach durchgedreht. Er hatte zwei Gefangene verloren, und der König war verärgert.« Fletcher spielte mit dem Knauf seines Dolches. »Und wenn Ihr keine weiteren Fragen habt, Master Murtagh, kümmere ich mich jetzt lieber wieder um meine Angelegenheiten.« Colum war einverstanden und blickte ihm nach. Er zwinkerte Kathryn zu. »Hier haben wir einen weiteren Aspekt des Garnisonslebens«, sagte er. »Nicht jeder Mann ist, was er zu sein scheint.«

Fitz-Steven war der Nächste. Er war unhöflich wie immer. Trotz der finsteren Blicke, die Colum ihm zuwarf, und Kathryns eindringlicher Fragen sagte er nur das Notwendigste. Zumeist war ein Grunzlaut oder ein Kopfschütteln die einzige Antwort. Kathryn sah Haß in den Augen des Mannes aufleuchten. Du magst mich nicht, dachte sie, du bist gottlos genug, um zu töten, und so hartgesotten, daß du es verbergen kannst.

Colum entließ ihn kurzerhand, und Vater Peter kam, über Kerzenwachs auf seinem Gewand vor sich hin schimpfend. Kathryn stellte ihm dieselben Fragen nach Brandons Tod und erhielt dieselben Antworten.

»Er wurde krank«, sagte der Priester ruhig. »Sehr krank in kürzester Zeit. Ich habe ihm die letzte Ölung erteilt.« Er zuckte mit den Schultern. »Der Rest ist Euch bekannt.«

»Und Webster?« fragte Kathryn. »Hat der Festungskommandant an dem Tag, bevor er starb, mit Euch gesprochen?«

»Nein«, erwiderte Vater Peter. »Aber er hatte getrunken. Dann dieser törichte Mummenschanz auf dem Burghof. Er wollte Sparrows Spuren zurückverfolgen, daher habe ich ihm seinen Willen gelassen. Für mich ergab es keinen Sinn.«

»Und habt Ihr mit beiden Gefangenen gesprochen?« fragte Colum.

»Nun ja, alle haben mit Brandon gesprochen: Fitz-Steven, Webster, Gabele.« Der Priester grinste anzüglich. »Vor allem Fletcher hat Stunden bei ihm zugebracht.«

»Und Ihr kanntet weder Brandon noch Sparrow, bevor sie herkamen?« fragte Kathryn.

Der Priester blinzelte und fuhr sich nervös mit der Zunge über die Lippen.

»Ihr kanntet Sparrow schon, nicht wahr?« hakte sie nach.

Der Priester nickte. »Vor zehn Jahren«, gab er zu, »war ich beim Grafen von Pembroke, als er bei Mortimer's Cross gegen den König kämpfte. Sparrow war damals ein junger Bogenschütze, aber schon genauso widerwärtig.«

»Also wart Ihr Anhänger des Hauses Lancaster?« fragte Colum und lächelte.

Der Kaplan lachte. »Wie alle in dieser Burg. Wir sind

nicht alle so wie Ihr, Ire, und stehen in der Gunst von Prinzen«, fügte er verächtlich hinzu. »Selbst Gabele hat eine Zeitlang für Warwick gekämpft.«

»Kanntet Ihr Sparrow gut?« fragte Kathryn.

»Nein, er erkannte mich nicht, aber ich ihn. Ich sah, wie er am Vorabend von Mortimer's Cross einen Mann tötete. Sparrow erstickte ihn in einer Latrine.« Der Priester wandte den Blick ab. »Ich hatte mich schon darauf gefreut, ihn hängen zu sehen.« Er zupfte an einem Stück Kerzenwachs auf seinem schmutzigen Gewand. »Mehr weiß ich nicht.«

Er ging. Colum und Kathryn holten ihre Pferde aus dem Stall und verließen die Burg, ohne sich von jemandem zu verabschieden. Eine Zeitlang ritten sie schweigend nebeneinander her. Colum grummelte über das Wetter, denn es hatte sich bewölkt, und ein leichter Nieselregen setzte ein. An der Kirche von St. Mildred zügelte er sein Pferd und nickte zur Burg zurück.

»Das reicht für einen Tag«, sagte er.

»Zwei Personen haben wir ausgelassen«, erwiderte Kathryn, »Margotta und den Ehrsamen.«

»Na ja, Margotta hätte Sparrow nicht umbringen können«, sagte Colum. »Wenn sie beteiligt ist, dann nur als Komplizin.«

»Und der Ehrsame?«

Colum schüttelte den Kopf. »Der Ehrsame verkauft wahrscheinlich emsig seinen Flitterkram in der Stadt. Denkt daran, Kathryn, der Ablaßprediger gehört nicht zur Burg. Hätte er etwas Ungehöriges getan, ganz gleich was, dann hätten uns die anderen darüber berichtet. Und jetzt ...«, Colum blickte zum Himmel empor, »mache ich mich auf den Weg nach Kingsmead, um zu sehen, was diese faulen Kerle so treiben!«

Colum beugte sich zu Kathryn herüber und drückte ihr einen Kuß auf die Wange. Gedankenverloren berührte sie die Stelle, die Colums Lippen berührt hatten, und blickte ihm nach, wie er sich Richtung Westgate entfernte. Sie stieg vom Pferd und führte es die Ottemelle Lane entlang. Colum hatte recht, überlegte sie, die junge Margotta würde keinen Mann wie Sparrow töten. Doch Kathryn war sich über den Ehrsamen nicht so sicher. Hätte er nicht etwas in Brandons Essen mischen können? Oder ein Messer in Sparrow jagen? Im übrigen konnte der Ablaßkrämer in seiner schwarzen Kleidung wie ein Geist um die dunkle Burg huschen.

Kathryn brachte ihr Pferd im Stall unter und ging nach Hause. Sie fand die Küche verlassen vor. Thomasina war auf dem Markt. Daher ging Kathryn in ihre Schreibkammer, wo sie versuchte, Ordnung in ihre wirren Gedanken zu bringen. Sie öffnete das Tintenfaß, nahm den Federkiel zur Hand und schrieb die Namen aller auf, die in der Burg lebten. Sie strich Margottas Namen durch, beschloß aber, daß die übrigen sowohl die Mittel als auch die Kraft hatten, Brandon zu töten und Webster vom Turm des Bergfrieds zu stoßen.

»Was wäre«, flüsterte sie, »wenn die Morde gar nichts miteinander zu tun hätten?«

Sie tippte mit den Fingern auf das Pergament: Fletcher war verliebt in Brandon wie jeder andere liebestolle Verehrer in ein Mädchen. Kaplan Peter hegte vielleicht einen Groll gegen Sparrow. Und Websters Tod? Kathryn seufzte und warf gereizt die Feder aus der Hand.

»Wenn doch nur Colum mit mir zurückgekommen wäre«, grummelte sie.

Kathryn vernahm ein Geräusch im Garten und ging an die Hintertür. Agnes kniete vor einem der hinteren Blumenbeete; sie hatte wegen des Regens ihr braunes Kapuzengewand übergezogen.

»Agnes, wie lange ist Thomasina schon fort?«

»Ich bin nicht Agnes.«

Die Gestalt drehte sich um, und Wufs freches Gesicht lugte unter der Kapuze hervor. Er rannte durch den Garten auf Kathryn zu.

»Thomasina ist einkaufen gegangen. Agnes ist mitgegangen. Ich will noch mehr Schnecken jagen, deshalb habe ich Agnes' Umhang angezogen.«

Kathryn gab ihm einen Kuß auf den Kopf. »Du solltest ihn lieber ausziehen, bevor Thomasina zurückkommt«, sagte sie freundlich.

Kathryn ging wieder in die Schreibkammer und warf einen Blick auf die Namensliste. Sie schauderte, als sie einen Kreis um alle zog.

»Und wenn es eine Verschwörung gewesen wäre?« murmelte sie. »Wenn sie alle an den Morden von Brandon, Sparrow und Webster beteiligt sind?«

Neun

Kathryn und ihre Mitbewohner hatten das Abendessen beendet, und Kathryn war gerade dabei, Arzneien für ihre Patienten zuzubereiten, als sie von lautem Klopfen an der Tür unterbrochen wurde. Wuf lag bereits im Bett, Thomasina war in der Speisekammer beschäftigt, während Colum ungewöhnlich schweigsam am Feuer saß, bewaffnet mit Nadel und Faden, und versuchte, die Nähte an seinem Zaumzeug sorgfältig zu erneuern. Thomasina hatte ihm angeboten, es zu übernehmen, doch Colum hatte mürrisch erwidert, das könne er durchaus allein. Nun stach er wütend auf das Stück Leder ein und dachte darüber nach, was er mit den beiden Leichensammlern anfangen sollte, die alles gestanden hatten. Thomasina ging zur Tür, um zu öffnen, und führte die beiden Besucher, Gabele und Fletcher, in die Küche. Sie waren bewaffnet, gestiefelt und gespornt, und strahlten freudig erregt.

»Was ist geschehen?« Colum warf das Zaumzeug zu Boden. »Wieder Ärger in der Burg?«

»Nein, Ire.« Gabele stand breitbeinig da und klopfte mit der Reitgerte leicht gegen ein Bein. »Ich bringe Befehle von Seiner Hoheit, dem Herzog von Gloucester.«

Kathryn kam aus der Schreibkammer. »Er ist hier«, rief sie überrascht, »hier in Canterbury?«

»Ja, er hat in der Burg haltgemacht, um einen Happen zu essen und einen Becher Wein zu trinken. Er hat seine Gefolgsleute bei sich – Lovell, Ratcliffe, Catesby und die anderen. Sie kommen direkt vom König mit dem Befehl, Männer aus der Burg und aus Kingsmead auszuheben. Morgen früh gehen wir auf die Jagd nach Faunte. Gloucester ist wild entschlossen, ihn im Laufe des Tages zu fangen, zu verurteilen und zu hängen.«

Colum pfiff durch die Zähne.

»Warum ausgerechnet jetzt?« fragte Kathryn.

»Seine Hoheit sagte nicht viel«, meldete sich Fletcher zu Wort. »Doch Späher des Königs haben berichtet, daß Faunte möglicherweise morgen den Schutz des Waldes verläßt, um einen der Häfen von Kent und ein Schiff ins Ausland zu erreichen.«

Colum schnappte sich seine Stiefel, die an der Kaminecke zum Trocknen gestanden hatten, und schickte sich an, sie überzuziehen.

»Ja, so ist es«, bestätigte er. »Unser edler König vergißt keinen einzigen Verräter. Kurz bevor er bei Barnet gegen Warwick vorrückte, verfluchte er Faunte dafür, daß er Canterbury gegen ihn aufgebracht und die Straße nach Dover versperrt hatte.«

Kathryn starrte aus dem Fenster. »Aber es ist schon dunkel!« rief sie. »Es ist schlimm genug, wenn man bei Nacht und Nebel durch die Straßen von Canterbury zieht, erst recht, wenn man versucht, jemanden quer durch Kent zu jagen.«

Colum stand auf. Die Sporen an seinen Stiefeln klirrten. Er nahm seinen ledernen Kriegsgurt vom Haken an der Wand.

»Nein, nein, wahrscheinlich werden wir nach Kingsmead gehen, wo Gloucester uns über seine Pläne in Kenntnis setzen wird. Ich vermute, er will die Jagd bei Tagesanbruch bereits in Gang gebracht haben. Wenn Faunte die Deckung aufgibt, wird er in aller Frühe aufbrechen, wenn die Straßen verlassen sind und das Land noch in tiefem Schlummer liegt.«

Colum lehnte höflich ab, als Kathryn ihm Proviant und Wein anbot. Er holte seinen Umhang und seine Satteltasche, lächelte Kathryn aufmunternd zu und folgte Gabele und Fletcher hinaus.

»Ach, übrigens«, rief Kathryn hinter ihnen her.

Gabele und Fletcher blieben stehen.

»Noch einmal zu Websters Tod«, fuhr Kathryn fort. »Habt Ihr etwas entdeckt?«

Gabele blies hörbar die Luft aus. »Wir haben Gloucester über alle Details unterrichtet. Aber nein, Mistress, Webster ist bereits im Grab erkaltet, und es ist noch immer ein Rätsel, ob er gesprungen oder ausgerutscht ist, oder ob er gestoßen wurde.«

Kathryn bedankte sich bei ihnen, schloß die Tür und lehnte sich mit dem Rücken dagegen. Sie schloß die Augen. Gott sei Dank, wenigstens ist Colum bei Gloucester und seinen Mannen in Sicherheit.

Sie ging wieder in die Küche, wo Agnes mit müden Augen den Tisch abräumte und den Teig, die Schüsseln, Krüge und Platten hinaustrug, um das Brot vorzubereiten, das man am nächsten Morgen gleich backen wollte. Thomasina half ihr dabei und schickte das Mädchen anschließend unter gelinden Vorhaltungen ins Bett. Kathryn sah sich die kleine Magd genau an. Agnes war müde, doch sie fingerte unablässig an dem kleinen Geldbeutel herum, den sie seit neuestem an einer Schnur um den Hals trug. Kathryn setzte sich auf die Bank am Tisch.

»Agnes«, rief sie. »Komm doch mal her!«

Die Magd eilte erwartungsvoll und diensteifrig herbei. Kathryn blickte sie freundlich an.

»Setz dich.«

Die Magd tat, wie ihr geheißen, und ließ ihre Herrin nicht aus den Augen.

»Agnes, wie lange bist du nun schon bei uns?«

Die Magd zog die Stirn kraus. »Ich glaube, ich bin dreizehn Jahre alt. Euer Vater hat mich vor sieben Jahren aufgenommen.« Agnes öffnete die Augen. »Aus dem Spital für Findelkinder.«

Kathryn lächelte. Sie konnte sich noch gut an den Tag erinnern. Vater hatte sich immer um verwahrloste Kinder gekümmert. Er war zur Behandlung einer der Schwestern ins Spital gegangen und mit dem Mädchen nach Hause gekommen. Niemand hatte je von Agnes verlangt, sich als Magd zu betätigen, und als Kathryn versuchte, sie davon abzuhalten, hatte das Mädchen tagelang nur geweint.

»Agnes, was hast du in deinem Geldbeutel?«

»Oh, Herrin, die Münzen, die Ihr mir gebt. Sie sollen meine Mitgift sein.«

»Und, hast du den Glücklichen bereits ausgesucht?« fragte Kathryn und biß sich auf die Lippen.

»Nein, aber ...« Das Mädchen wurde rot.

»Bist du sicher?« neckte Kathryn.

»Ich mag Wormhair.«

»Wen?«

»Wormhair, den Ministranten von Saint Mildred.«

Kathryn fiel ein Junge mit Engelsgesicht und fettigen, wie Stacheln vom Kopf abstehenden Haaren ein. Sie mußte lachen und hielt sich die Hand vor den Mund.

»Agnes, bist du glücklich hier? Kann ich irgend etwas für dich tun?«

Das Mädchen schaute sie aus großen Eulenaugen verwundert an.

»Warum, Herrin? Seid Ihr nicht zufrieden mit mir?«

Kathryn hob beschwichtigend beide Hände, als Tränen in Agnes' Augen traten.

»Nein, nein! Natürlich bin ich zufrieden und glücklich mit dir! Behandeln Thomasina und Wuf dich gut?«

»Wuf ist ein Schuft«, sagte Agnes. »Thomasina und ich finden, er ist eine Nervensäge.«

Kathryn nickte. »Du gehst jetzt lieber zu Bett«, sagte sie.

Die Magd eilte hinaus.

»Noch etwas, Agnes.«

»Ja, Herrin?«

»Mach dir keine Sorgen um deine Mitgift. Was mein ist, ist auch dein.«

Das Mädchen starrte sie aus weit aufgerissenen Augen an.

Kathryn lächelte. »Und wer weiß, vielleicht kann uns Wormhair einmal beim Abendessen Gesellschaft leisten?«

Agnes nickte und rannte den Korridor entlang. Thomasina wuselte in der Küche herum und sang und summte dabei wie eine dicke Hummel. Immer wieder schwätzte sie über Gerüchte aus dem Ort; daß sie vorhabe, Goldere einen Nasenstüber wegen seines unverschämten Betragens zu versetzen, und ob Rawnose wohl jemals aufhörte zu reden? Kathryn mußte darüber insgeheim schmunzeln.

»Soll der Ire für immer hierbleiben?« fragte Thomasina plötzlich.

»Wieso?«

»Er hat seine Füße bequem und fest unter unseren Tisch gestellt«, konstatierte Thomasina und warf Kathryn einen wütenden Blick zu.

»Ich mag ihn«, erwiderte Kathryn. »Wirklich, Thomasina.«

»Er ist nicht wie Chaddedon.«

»Doch«, widersprach Kathryn. »Er ist zwar auch anders, aber trotzdem ehrlich und aufrichtig.«

»Er ist verdammt launisch!«

Kathryn seufzte. »Er hat Kummer. Allem Anschein nach hat er in dieser Angelegenheit, die ihm der König anvertraut hat, kein Glück. Außerdem lebt er in Angst vor einem Mörder.«

Thomasinas Miene wurde weich. Sie trat zu ihrer Herrin und kauerte sich neben sie. Zärtlich streichelte sie ihr den Handrücken.

»Kathryn, er ist Soldat, ein Höfling, der in der Gunst der Prinzen steht. Wenn man nach deren Pfeife tanzt, befindet man sich immer in Gefahr. Und nun kommt, der Zimmermann Torquil hat sich für morgen angekündigt. Wir müssen seinen Arm richten, und Ihr wißt genau wie zimperlich er ist.«

Kathryn schmunzelte und stand auf. »Bring mir Zaunrübe«, sagte sie. »Und, Thomasina, ein wenig Tollkirsche. Und zieh Handschuhe an!«

»Weiß ich doch!« fauchte Thomasina, als sie den Korridor entlanghastete.

Kurz darauf kam sie zurück und brachte zwei Leinentücher mit, in denen die Zaunrübe mit ihrem dicken, röhrenförmigen Wurzelwerk steckte. Ein paar vertrocknete Beeren hingen noch an den Stengeln. Kathryn zog sich ebenfalls ein Paar Handschuhe über und entfernte die Beeren und die rauhen Blätter. Dann begann sie, mit Mörser und Stößel Saft aus dem Stengel zu quetschen. Sie hielt inne und betrachtete ihr Werk. Bei dem bittersüßen Geruch, der der Pflanze entströmte, erinnerte sie sich naserümpfend an den Rat des Vaters.

»Viele Dinge in der Natur, Kathryn«, hatte er oft wiederholt, »enthalten die tödlichsten Gifte. Ich habe mehr Menschen sterben sehen, die eine falsche Pflanze gegessen haben, als Verwundete in einer Schlacht. Denke stets daran, Zaunrübe und Tollkirsche sind die gefährlichsten!«

Kathryn fuhr fort, den Saft auszupressen. Vater wußte nie, warum oder wie, doch er hatte sie davor gewarnt, daß der Saft auch dann noch gefährlich sein konnte, wenn man ihn sorgfältig von den Händen abgewaschen hatte.

»Irgendwie kann die Haut ihn einatmen«, hatte er ihr erklärt. »Ich habe in Salerno einmal einen Araber gehört, der erklärte, wie und warum, doch ich hatte Schwierigkeiten, es zu verstehen.«

Kathryn hielt den Holzmörser in Augenhöhe und schüttete den Saft mit größter Vorsicht in eine kleine Phiole. Einen Teil wollte sie mit Wasser verdünnen und für Frostbeulen verwenden; vermischt mit etwas Wein würde die Arznei auch Husten lindern, vor allem bei Kindern. Dann nahm sie die Tollkirsche zur Hand und untersuchte erst die dunklen, mattgrünen ovalen Blätter, und dann die welkenden, violetten Blüten in Glockenform. Sie waren bereits verblüht und begannen zu faulen. Kathryn legte das Kraut auf ein Brett und begann, Saft aus Wurzel und Blättern zu stampfen. Der Geruch war noch unangenehmer. Kathryn trat für kurze Zeit in den Garten hinaus und fragte sich, wann die Vorräte, die sie in London bestellt hatte, wohl ankämen. Sie ging wieder in die Küche, um weiterzuarbeiten. Sie mußte sorgfältig vorgehen, denn Tollkirsche war kostbar. Sie blühte nur in Kalkstein und war eine jener Heilpflanzen, die Gewürzhändler und Apotheker teuer bezahlten. Schließlich war sie fertig. Einen Teil der Zaunrübe vermischte sie mit der Tollkirsche in einer kleinen Tasse; das würde sie am nächsten Morgen Torquil dem Zimmermann geben, um seinen Schmerz zu lindern. Als das getan war, schrubbte sie mit Thomasina alle Geräte und die Tischplatte mit siedend heißem Wasser.

Kathryn ließ ihre Amme in der Speisekammer allein und suchte ihre Schreibkammer auf. Sie vernahm den dumpfen Schrei einer Eule im Garten und schauderte. Behauptete Thomasina nicht immer, der Ruf eines Nachtvogels sei ein böses Omen?

»Du lieber Gott, Kathryn«, flüsterte sie sich selbst zu. »Du bist eine erwachsene Frau, nicht Thomasinas Kind.«

Sie schloß eine kleine Truhe auf und nahm das Stück Pergament heraus, das sie beschrieben hatte. Sie zog die flackernden Kerzen ein wenig näher zu sich heran und las sich noch einmal sorgfältig durch, was sie da festgehalten hatte. Brandons Tod war ein Rätsel, schloß sie daraus, und Colum hatte recht: Die Exhumierung seiner Leiche war die einzige Stelle, an der sie ansetzen konnten. Sie lehnte sich auf ihrem Stuhl zurück, schloß die Augen und dachte über Websters Sturz vom hohen Bergfried der Burg von Canterbury nach. Sie stellte sich vor, wie der Festungskommandant auf dem Turm auf und ab ging, das Kohlenbecken in der frühen Morgenbrise flackerte.

Warum zündet ein Mann, der Selbstmord begehen will, ein Feuer an, an dem er sich wärmen kann? dachte sie. Warum geht er auf und ab? Und dann diese Beule hinter dem rechten Ohr. Wie kam die dorthin? Wie ist es dem Mörder gelungen, unbemerkt von Webster oder den Wachen auf den Turm zu steigen, den Festungskommandanten zu erschlagen und seinen bewußtlosen Körper über die Brüstung zu werfen? Wie hat der Mörder den Turm verlassen – und zwar so, daß die Falltür noch immer von der anderen Seite verschlossen war? Vor ihrem geistigen Auge sah Kathryn die Wache auf dem Umlauf auf und ab gehen. Sie hatten einen Farbkleks gesehen, als Webster hinabstürzte, und seinen Todesschrei gehört. Todesschrei! Kathryn riß die Augen auf.

Wie konnte ein Bewußtloser aufschreien?

Sie spürte ein erregtes Kribbeln im Bauch. Sie war sich den ganzen Tag schon sicher gewesen: Den Schrei mußte ein anderer ausgestoßen haben – der Mörder!

»Aber wie?« rief sie laut aus. »Wie ist das wohl geschehen? Und warum?«

Kathryn überlegte. Niemand hatte etwas Ungewöhnliches über Websters Verhalten berichtet, bis auf die Geschichte mit dem Priester: Websters Versuch, die Umstände, die zu Sparrows Flucht führten, zu rekonstruieren.

»Das ist es«, murmelte sie. »Jemand muß Webster bei dieser Tätigkeit beobachtet und Angst bekommen haben. Aber was hatte Webster nur entdeckt?«

Kathryn sprang auf, als laut an die Haustür gepocht wurde. Thomasina stapfte durch den Korridor, dann eilte sie zurück.

»Mistress, da draußen ist ein armer Mann, sein Arm ist voller Blut.«

»Bring ihn in die Küche«, rief Kathryn.

Sie nahm den Kasten mit ihren Utensilien und ging in die Küche, wo Thomasina dem Mann behilflich war, sich auf den Hocker zu setzen. Der Fremde schien starke

Schmerzen zu haben. Er hatte den Oberkörper nach vorn gebeugt und schützte den rechten Arm. Kathryn sah die Blutspuren auf dem frisch geschrubbten Küchenboden.

»Wer seid Ihr?« fragte sie.

Der Mann hatte den Kopf gesenkt und die Kapuze tief ins Gesicht gezogen. Kathryn trat zu ihm, um sich den Arm anzuschauen – in diesem Augenblick mache der Mann eine rasche Bewegung und richtete sich auf.

Er zog eine kleine Armbrust unter dem Umhang hervor, den Bolzen schußbereit im Zug. Kathryn schrie auf und wich zurück. Thomasina, die Wasser über dem Feuer erhitzte, hörte den überraschten Ausruf und drehte sich um. Mit schnellem Blick erfaßte sie die Gefahr und kam drohend näher; der Fremde warf den Kopf zurück. Die Kapuze entblößte rotes Haar, das ihm in dichten Locken bis auf die Schultern fiel. Mit der Augenklappe über dem rechten Auge wirkte das hagere, weiße Gesicht noch bösartiger. Kathryn warf einen kurzen Blick auf die blutleeren Lippen und konnte sich denken, wer dieser Mann war.

»Ihr seid Fitzroy?«

Der Mann legte den Kopf auf die Seite. »Sieh an, sieh an, eine intelligente Frau«, rief er. »Helles Köpfchen und scharfer Verstand.« Er wandte sich um und drehte die Armbrust ein wenig, die nun direkt auf Thomasinas Bauch zielte. »Und du bist wohl die Amme? Nun sei kein törichtes Mädchen. Mach keine hastige Bewegung, sonst muß dich der alte Padraig töten!«

»Setz dich, Thomasina«, befahl Kathryn. »Ich glaube nicht, daß Master Fitzroy uns etwas antun will.«

Das gesunde Auge des Mannes musterte Kathryn kalt. »Ansehnlich seid Ihr ja«, stellte er fest. »Verlaßt Euch ruhig auf den alten Colum, er findet bestimmt einen angenehmen Hafen.«

»Haltet Euer dreckiges Maul!« knurrte Thomasina. »Mistress Swinbrooke ist Euch weit überlegen!«

Padraig änderte die Lage der Armbrust in der Hand und funkelte Thomasina an.

»Hör zu, du alte Hexe, ich habe alles umgebracht, was kreucht und fleucht, ob Mann, ob Frau, hin und wieder auch mal ein altes Weib.«

»Das wird nicht allzu schwer gewesen sein«, erwiderte Thomasina. »Vor allem, wenn sie Euch den Rücken zugewandt haben!«

Fitzroy lachte. »Ich werde Euch nichts antun«, versicherte er ihnen. Er trat einen Schritt zurück und gestikulierte mit einer Hand. »Bitte, Mistress Swinbrooke, macht keine plötzlichen Bewegungen und schon gar keine Dummheiten.«

»Ihr seid gekommen, um Colum zu töten?«

»Gewiß, den glutäugigen Colum, der von unserem Rat des Verrats bezichtigt wurde.«

»Er ist kein Verräter«, sagte Kathryn und wünschte sich nur, sie könnte das Zittern in den Beinen abstellen. Und warum war sie so kurzatmig? »Er ist kein Verräter«, wiederholte sie mit fester Stimme. »Er war noch ein Junge, als York ihn zu sich nahm. Was würdet Ihr tun? Die Begnadigung annehmen oder Euch hängen lassen?«

»Mein Bruder hatte keine andere Wahl. Er starb an einem englischen Seil.« Fitzroy berührte die Klappe über dem Auge. »Und als sie mich aufgriffen, drückten sie mir das Auge ein.«

Einen kurzen Augenblick nahm Kathryn Trauer in den harten Gesichtszügen des Mannes wahr.

»Das ist der Lauf der Dinge, Kathryn. Ich darf doch Kathryn zu Euch sagen?« Er wartete nicht auf ihre Antwort. »Wir waren einmal zwei Prachtkerle, Colum und ich, schnell wie der Wind. Rasch bei der Hand wie herabstürzende Falken. Blutsbrüder.«

»Und nun seid Ihr hier, um ihn zu töten?«

»Ja, es sollte ihn nicht überraschen. Er hat mich gewiß schon erwartet?«

»Und das *Auge Gottes*?« fragte Kathryn plötzlich.

Fitzroys Grinsen wurde breiter. »Gewiß, wir hätten es gern zurück. Wenn Colum versprechen kann, es zu besorgen, könnten wir eine Begnadigung in Erwägung ziehen.«

Kathryn schaute auf den Muskel, der sich in Fitzroys Wange verzog.

»Ihr lügt«, sagte sie sanft. »Ihr bringt ihn um, ganz gleich, was er tut. Lügt mich nicht an!«

Fitzroy nickte.

»Seht!« Kathryn zeigte auf das Blut, das vom Arm des Mannes tropfte. »Ihr seid verwundet!«

»Oh nein.« Fitzroy bewegte die Armbrust. Er legte die Hand auf den Ärmel und zog einen kleinen, blutgetränkten Schwamm heraus. »Ich habe ihn in die Gosse vor dem Schlachthaus getunkt.« Er warf ihn zu Boden, und das Blut spritzte in scharlachroten Tropfen umher. »Wißt Ihr, das klappt immer.«

»Colum ist nicht hier«, sagte Kathryn trotzig.

»Oh, das weiß ich, doch wir müssen das Ritual einhalten. Bringt mir einen Becher Wein, stellt ihn auf den Tisch, fügt ein wenig Essig hinzu, legt ein kleines Stück Brot daneben, in Salz gewälzt.«

»Warum?«

»Tut, wie ich Euch gesagt habe, Weib, und denkt daran, ich lasse Thomasina nicht aus den Augen!«

Kathryn gehorchte. Sie goß den Wein in einen Becher, fügte einen Schuß Essig hinzu und legte das gesalzene Brot daneben.

»Darf ich Euch ein wenig Wein anbieten?« fragte sie hoffnungsvoll.

Fitzroy ging zu ihr und berührte zärtlich ihre Wange.

»Ihr seid ein tapferes Mädchen, Kathryn, doch ich bin nicht dumm. Einen Becher Wein mit Zusatz, nach dessen Genuß ich einschlafe?«

Kathryn wischte sich die schweißnassen Hände am Kleid ab, als sie den Blick des Iren erwiderte.

»Warum?« fragte sie.

»Er hätte niemals die Begnadigung des englischen Königs annehmen dürfen.«

»Und warum nach so langer Zeit?«

Fitzroy trat zurück. »Hat er es Euch nicht gesagt, Kathryn? Ich bin der vierte, den sie schicken. Die drei anderen sind nie zurückgekehrt. Nun, Kathryn ...« Fitzroy bedeutete Thomasina mit einer Handbewegung aufzustehen. »Dreht Euch um und schaut ins Feuer.«

Kathryn zeigte auf den Wein und das Brot.

»Oh, darüber macht Euch keine Gedanken«, sagte Fitzroy lächelnd. »Colum weiß Bescheid. Und jetzt dreht Euch bitte um.«

Kathryn und Thomasina blieb nichts anderes übrig. Sie hörten Fitzroys schlurfende Schritte und das Klicken der Tür, die hinter ihm ins Schloß fiel, während er im Dunkel der Straße verschwand. Kathryn ließ sich auf den Hocker fallen.

»So, das war das letzte Mal, daß wir jemanden hereinlassen, Thomasina.«

Die Amme kam zu ihr und legte ihr einen Arm um die Schultern. Sie spürte, wie Kathryn zitterte.

»Nein, das ist es nicht, Mistress.« Zärtlich strich sie Kathryn über das wallende schwarze Haar. »Wenn jemand wirklich verletzt wäre, würdet Ihr helfen.« Sie ging in die Speisekammer und brachte einen großen Becher Rotwein mit. »Kommt«, versuchte sie Kathryn zu überreden. »Trinkt ein paar Schlucke. Es ist alles nur wegen des verdammten Iren! Warum mußte er auch seine Probleme hierher bringen?«

Kathryn schlürfte an dem Wein.

»Wenn man ihn tötete, Thomasina, wenn er stürbe ...« Kathryn ergriff Thomasinas Hand und blickte über die Schulter zu ihr auf. »Ich glaube, in mir würde etwas sterben.«

»Papperlapapp!« brach es aus Thomasina heraus.

Sie wuselte durch die Küche, wischte das Blut vom Boden auf und tat sehr geschäftig, damit Kathryn nicht sah, daß ihr Tränen in die Augen traten.

»Verdammter Ire! Gottverfluchte Männer!«

Thomasina fluchte so lange vor sich hin, bis sie sich völlig verausgabt hatte. Gemeinsam mit Kathryn löschte sie das Feuer und die Kerzen und ging zu Bett. Nach dem Wein fiel es Kathryn nicht schwer, in einen traumreichen Schlaf zu sinken.

Früh am nächsten Morgen wurde sie von Wuf geweckt, der die Treppe hinaufrannte und Ritter spielte. Er rasselte mit dem Holzschwert, das Colum ihm angefertigt hatte, am Treppengeländer entlang. Kathryn wusch sich, zog sich an und frühstückte in der Küche. Agnes, vergnügt wie immer, entfachte das Feuer und bemerkte nicht, wie schweigsam und ernst Kathryn und Thomasina waren. Zum Glück kamen die Patienten schon sehr früh, unter ihnen der Zimmermann Torquil. Kathryn behandelte alle Leiden rasch und sachlich und bemühte sich, ihre Gedanken ausschließlich auf die Dinge zu richten, mit denen sie sich gerade beschäftigte, und weder den Weinbecher noch das gesalzene Stück Brot zu beachten. Thomasina schlug vor, den Tisch abzuräumen.

»Nein«, sagte Kathryn. »Es ist eine Botschaft für Colum, er soll entscheiden.«

Sie fuhr mit der Behandlung ihrer Patienten fort. Schließlich war nur noch die kleine Edith da. Sie krümmte sich noch immer vor Schmerzen. Kathryn bedauerte die Kleine und gab ihr einen ziemlich kostbaren Kräutertrank aus Gartenraute, deren blaugrüne Blätter einen Saft enthielten, der nach bisherigen Beobachtungen Menstruationsbeschwerden linderte. Nachdem das Mädchen gegangen war, wusch sich Kathryn die Hände und ging zur Kirche von Saint Mildred, die zu dieser Tageszeit leer war. Sie zündete eine Kerze an und kniete vor dem Altar der Heiligen Jungfrau nieder, wie sie es vom Vater gelernt hatte. Sie betete für seine Seele und für ihren eigenen Seelenfrieden. Die Ereignisse in der Burg hatten sie verwirrt, und beim Gedanken daran, was die Zukunft wohl für Colum bereithalten mochte, wurde ihr angst und bange. Sie hatte Schwierigkeiten, sich zu konzentrieren, und fragte sich, ob sie Vater Cuthbert im Spital für Arme Priester besuchen sollte. Sie zündete eine zweite Kerze an und ging hinaus. An der Ecke zur Ottemelle Lane stand Rawnose inmitten einer kleinen Menschenansammlung. Dieser selbsternannte Herold des Bezirks verbreitete wie gewöhnlich jede Menge Gerüchte. Diesmal jedoch hielt Kathryn an und hörte zu.

»Ja, ja«, sagte Rawnose und hob die Stimme. »Der Rebell Nicholas Faunte wurde festgenommen, als er versuchte, das offene Feld von Kent zu durchqueren. Er und noch fünf andere befinden sich im Rathaus, wo sie verurteilt und gehängt werden sollen. Seine Hoheit, der Herzog von Gloucester, ist sehr zufrieden. Er hat eine Bekanntmachung erlassen, die besagt, daß der König gewillt ist, der Stadt die Vorrechte wieder einzuräumen, sobald Faunte tot ist.«

Rawnoses Erklärung wurde mit Seufzern der Erleichterung begrüßt. Kathryn lief, so schnell es der Anstand erlaubte, die Ottemelle Lane entlang und stieß die Tür des Hauses so heftig auf, daß sie beinahe Agnes überrannt hätte, die gerade frische Binsen auslegte. Colum saß in der Küche, über und über mit Dreckspritzern verkrustet. Er wirkte abgespannt und müde. Er hob kaum den Kopf, als Kathryn den Raum betrat, sondern schaute unentwegt auf den Becher und das Stück Brot, die in der Mitte des Tisches aufgebaut waren. Thomasina und Wuf, der ausnahmsweise einmal still war, standen am Herd. Sie betrachteten den Iren mit großen, runden Eulenaugen und warteten auf seine Reaktion.

»Ihr habt die Neuigkeiten vernommen, Mistress Swinbrooke!«

Colum wandte den Blick nicht ab. Er fuhr sich durch das wirre schwarze Haar, nahm den Schwertgurt ab und ließ ihn auf den Boden gleiten.

»Ja, allerdings«, sagte Kathryn und setzte sich ihm gegenüber. »Und hat Thomasina Euch von unserem Besucher erzählt?« Sie fuhr zusammen, als Colum sich vorbeugte und Weinbecher und Brot vom Tisch fegte.

»Verflucht soll er sein!« rief er. »Verflucht sei seine schwarze Seele!«

Wuf begann zu weinen und schmiegte sich an Thomasina. Kathryn drehte sich um und bedeutete den beiden mit einer Kopfbewegung hinauszugehen. Thomasina bedurfte keiner zweiten Aufforderung, und Agnes schob die Binsen im Korridor immer wieder hin und her, nur um die Küche nicht betreten zu müssen.

»Was hat das alles zu bedeuten, Colum?« fragte Kathryn.

Der Ire blickte auf und sah sie aus rot umrandeten Augen an, unter denen dunkle Schatten lagen. Er kratzte sich das Kinn.

»Was soll das heißen?« wiederholte Kathryn. »Fitzroy sagte, er sei der vierte, der hinter Euch her ist.«

»Ja, das stimmt«, seufzte Colum. »Die anderen drei habe ich ins Jenseits befördert. Auf diese Weise« – er deutete auf den Weinbecher am Boden – »pflegen sie einen zu warnen. Ein bitterer Schluck zur Henkersmahlzeit.« Der Ire lächelte freudlos. »Fitzroy will damit andeuten, daß mein Tod kurz bevorsteht.«

»Habt Ihr Angst?« Sobald die Worte heraus waren, hätte Kathryn sich am liebsten auf die Zunge gebissen.

Colum richtete sich auf, stützte die Ellbogen auf den Tisch und hielt sich die Hände vor den Mund. Er sah sie mit einem merkwürdigen Ausdruck in den Augen an.

»Angst?« sagte er. »Angst vor Fitzroy? Nein, ich fürchte mich nicht, Kathryn. Ich bin wütend, daß er hierhergekommen ist, um seine dreckige Botschaft zu hinterlassen.

Ich hätte größeren Respekt vor ihm gehabt, wenn er nach Kingsmead gekommen wäre. Aber das ist Fitzroys Art, er war schon immer ein elender Aufschneider. Glaubt mir, dafür werde ich ihn töten. Ich weiß nicht, wie oder wann, aber ich werde ihn umbringen!«

Damit war das Thema für Colum erledigt. Thomasina kam wieder herein und bewirtete ihn unaufgefordert mit Brot, Käse und einem Krug Bier. Anschließend ging Colum die Treppe hinauf, um sich zu rasieren, zu waschen und die Kleider zu wechseln. Als er wieder herunterkam, war er ein anderer Mensch, beinahe glücklich. Kathryn wußte, daß Fitzroys Besuch jetzt ein abgeschlossenes Kapitel war. Colum brannte darauf, ihr von Fauntes Festnahme zu berichten.

»Man hat ihn verraten«, erklärte der Ire. Er saß neben der Feuerstelle und zog sich die Stiefel an. »Sein Gefolge bestand nur noch aus sechs Leuten. Einer von ihnen sandte einem einflußreichen Bürger Londons eine Botschaft, in der er anbot, Faunte als Gegenleistung für seine eigene Begnadigung zu verraten. Als Faunte das Waldgebiet verließ, stürzten wir uns auf ihn wie Falken auf eine Taube. Sie waren auf dem Weg zu einem Hafen. Da sie ohnehin keine Chance sahen, ergaben sie sich kampflos.«

»Und wo sind sie jetzt?« fragte Kathryn.

»Im Rathaus, Faunte und fünf andere. Um zwölf soll die Verurteilung stattfinden, eine Stunde später werden sie hängen. Zumindest Faunte. Derjenige, der ihn verraten hat, ist bereits begnadigt und freigelassen worden.« Colum blickte Kathryn augenzwinkernd an. »Ich möchte, daß Ihr mich begleitet, der Herzog besteht sogar ausdrücklich darauf.«

»Warum?« fragte Kathryn. »Colum, sagt, wußte Faunte etwas Neues über Wyville zu berichten?«

»Am besten, Ihr kommt mit«, wiederholte Colum.

Kathryn gab Thomasina Anweisungen für die Zeit ihrer Abwesenheit und machte sich eilends zurecht. Colum holte die Pferde, die beim Wirtshaus am Ende der Straße untergestellt waren. Sie hatten die Hethenman Lane noch nicht zur Hälfte zurückgelegt, da wußte Kathryn, daß sich die Neuigkeit von Fauntes Festnahme in der ganzen Stadt herumgesprochen hatte. In der High Street sammelte sich bereits eine Menschenmenge. Colum konnte nur mit Mühe einen Weg zur Rathaustreppe bahnen, auf der es von Soldaten in Gloucesters Uniform nur so wimmelte; Bewaffnete mit Topfhelmen und Kettenhalsbergen; Bogenschützen in Lederjacken und grünen Hüten, und oben auf der Treppe standen drei Herolde mit einer Fahne. Es waren die Wappen von England, York und Gloucester. Vor der Rathaustür wartete einer von Gloucesters Gefolgsleuten auf sie – ein Mann mit schweren Augenlidern und hübschem Gesicht, der sich als Lord Francis Lovell vorstellte. Er öffnete ihnen die Tür, und sie betraten einen Korridor, in dem Diener, Kammerherren und weitere Soldaten geschäftig hin und her liefen.

Sie trafen Gloucester in der oberen Ratskammer an. Er saß hinter einem langen, polierten Eichentisch, den der Ratsherr der Stadt zu benutzen pflegte. Er sprach leise mit Gabele und Fletcher, und am anderen Ende des Tisches legte Luberon eifrig Pergamente, Tinte und Wachs für den bevorstehenden Prozeß bereit. Sobald Gloucester Colum erblickte, entließ er die beiden Soldaten mit einer Handbewegung und bedeutete Kathryn und dem Iren vorzutreten. Er erhob sich in der für ihn typischen, schiefen Haltung und drückte Colum fest die Hand. Mit einer knappen, zackigen Verbeugung führte er Kathryns Finger an den Mund.

»Mistress Swinbrooke«, sagte er. »Ich bin entzückt, Euch wiederzusehen.«

Kathryn lächelte, doch sie war auf der Hut; unrasiert und abgespannt in seiner halben Rüstung und im Kettenhemd, sah Gloucester noch gefährlicher aus als der elegante Höfling, den sie in London kennengelernt hatte.

Der Herzog nahm Platz und trommelte ungeduldig mit den Fingern auf den Tisch.

»Wir sind hoch erfreut«, verkündete er, »und sehr zufrieden mit Euch, Colum.« Die grünen Katzenaugen betrachteten den Iren. »Ihr kanntet die Straßen so gut, daß uns Faunte nicht entwischen konnte. Ja, ja, das wäre durchaus möglich gewesen. Nun wird er zum Tode verurteilt. Ihr, Mistress Swinbrooke, werdet als Zeugin vor Gericht auftreten. Unser treuer Diener, Schreiber Luberon, und ich werden laut Urkunde, ausgestellt von meinem werten Bruder, dem König, Fauntes Richter sein. Master Murtagh, Ihr werdet mir assistieren, ebenso meine Gefolgsleute Lovell, Catesby und Ratcliffe.« Er bemerkte den ungläubigen Ausdruck in Kathryns Augen. »Ich weiß, was Ihr denkt, Mistress«, fauchte er. »Kein Gerichtsverfahren vor einem ordentlichen Gericht. Aber das hier ist Krieg. Faunte war ein Rebell und Verräter. Als ich heute morgen gegen ihn ausritt, trug ich das Banner des Königs von England vor mir her. Faunte ist davor geflohen, und das ist Verrat. Er wird nach Kriegsrecht verurteilt und bestraft. Und nun ...« Er stand auf, die Finger ruhten auf dem Tisch, als er sich vorbeugte. »Nun zu dieser Sache mit dem *Auge Gottes,* Ire.« Gloucesters Augen waren kalt und hart. »Kein Erfolg! Kein Erfolg! Aber kommt Zeit, kommt Rat. Ihr habt Unsere Erlaubnis, Brandons Leiche zu exhumieren.«

»Doch wer soll ihn identifizieren?« wollte Colum wissen.

Gloucester verzog die Lippen zu einem spitzen Lächeln und blickte zu Kathryn hinüber.

»Sprecht mit Faunte«, sagte er. »Und mit seinen Gefährten. Wir sind geneigt, Gnade vor Recht ergehen zu lassen. Faunte muß sterben, doch die anderen nicht unbedingt. Oh, und Mistress Swinbrooke, fragt Faunte und seine Gefolgsleute nach Alexander Wyville.« Er sah, daß Kathryn erbleichte. »Nein«, fuhr er leise fort, »habt keine Angst, laßt Euch von ihnen sagen, was sie wissen.«

Er setzte sich, rief nach dem Hauptmann seiner Wache und befahl ihm, Kathryn und Colum in die Zellen unter dem Rathaus zu führen.

Kurz darauf brachte man Colum und Kathryn zu Faunte. Die Zelle war klein und schmal und hatte weder Gitter noch Fenster. Nur eine Fackel zischte in rostiger Halterung hoch oben an einer verschimmelten Wand. Ein übler Gestank hing in der Luft. Nicholas Faunte, einst stolzer Bürgermeister von Canterbury, hockte zusammengesunken auf einem zerlumpten Sack, der als Bettstelle diente. Kathryn kannte den Bürgermeister aus besseren Tagen. Sie traute ihren Augen kaum, als sie mit Colum auf Hockern Platz nahmen, die ihnen die Wache hereintrug. Fauntes Gesicht war hinter strähnigem Haar und dichtem Bart fast nicht zu erkennen. Das einzige, was sie sehen konnte, waren die schmutzigen Wangen und die Augen, die sie voll Trauer anblickten. Seine Kleidung war zerfetzt, und man hatte ihn an Händen und Füßen mit Ketten und Vorhängeschlössern gefesselt, die bei der geringsten Bewegung rasselten. Kathryn spürte Mitleid, als sie die kurze, stramme Kette sah, die die Fußeisen mit den Handfesseln verband: Sie zog die Schultern nach unten, und man gewann unweigerlich den Eindruck, als wäre Faunte bucklig und mißgestaltet. Er blickte Colum an, der den Blick abwandte.

»Was ist, Ire?« murmelte Faunte. »Seid Ihr gekommen, um Euch an meinem Anblick zu weiden, oder wollt Ihr mich foltern?« Er hob die gefesselten Hände und tastete behutsam über die rötliche Schramme über dem linken Auge. »Das war nicht nötig«, flüsterte er.

»Tut mir leid«, erwiderte Colum.

»Es passierte, als sie mich hierher brachten«, erwiderte Faunte.

Kathryn wies auf das frische Blut an seinen Lippen hin. Colum drehte sich um und rief nach der Wache.

»Einen Weinschlauch«, befahl er.

Der Mann wollte widersprechen.

»Tut, was ich Euch sage!« knurrte Colum. »Oder ich werde dafür sorgen, daß Ihr einen Monat lang Latrinen aushebt!«

Achselzuckend eilte der Mann davon. Er kam mit einem Weinschlauch zurück. Colum hob vorsichtig Fauntes Kopf und führte den Schlauch an seine Lippen. Faunte trank in gierigen Zügen, bis er spuckte und hustete.

»Laßt ihn hier«, bat er, als Colum den Weinschlauch wegzog. »Wenn Ihr geht, bitte laßt ihn hier. Niemand sollte nüchtern sterben.«

Colum stellte den Weinschlauch neben seinem Hocker ab. Faunte deutete mit einem Kopfnicken auf Kathryn.

»Wer ist sie, und warum ist sie hier?«

»Ich bin Kathryn Swinbrooke, mein Vater war Arzt in der Ottemelle Lane.«

»Swinbrooke?« Faunte legte den Kopf zurück. »Ach ja, ich erinnere mich an ihn. Ein guter Arzt.« Er beugte sich vor; die Kette zog Hals und Hände nach unten. »Ihr also seid seine Tochter?« Er hustete. »Ich habe Euch kein Unrecht getan.«

»Nein, Herr, Ihr nicht«, erwiderte Kathryn. »Doch Ihr habt vielleicht meinen Gemahl, Alexander Wyville, gekannt, einen Apotheker. Er hat sich Anfang des Jahres Eurem Aufseher angeschlossen.«

»Das waren noch Zeiten«, sagte Faunte sehnsüchtig. »Wißt Ihr, ich habe wirklich geglaubt, Warwick würde bei Barnet siegen. Wie hat Euer Gemahl ausgesehen?«

»Groß, blond, gerade Nase, ein kleines Muttermal auf der Wange, glattrasiert.«

Faunte schüttelte nur den Kopf. »Es waren so viele«, murmelte er. »Und so viele starben. Doch halt, ein Apotheker, sagtet Ihr? Ja, ich erinnere mich an ihn.« Faunte rieb sich unter Kettengerassel das Gesicht. »Er hatte zwei Seelen in seiner Brust; nüchtern war er sauber und gut zu haben, doch wenn er betrunken war, ein übler Charakter. Kurz nachdem wir aus Canterbury abgezogen waren, mußte ich einen solchen Mann wegen einer angeblichen Vergewaltigung verwarnen.« Faunte schüttelte den Kopf. »Er machte einen verschlossenen und durchtriebenen Eindruck. Dennoch hieß er nicht Wyville, sondern Robert ... ja, Robert Lessinger.«

Kathryn drehte sich der Magen um. »Lessinger, seid Ihr sicher?«

»Ja, warum?«

»So hieß seine Mutter.«

»Ja, so nannte er sich, und bevor Ihr fragt, Mistress, ich kann Euch nicht sagen, ob er noch lebt oder nicht. Er war in meiner Truppe bei Barnet, doch danach ...«Faunte schnaubte. »Die meisten rannten wie die Hasen. Lessinger, oder wie er sich auch immer nannte, mitten unter ihnen.«

»Kanntet Ihr Brandon?« fragte Colum plötzlich.

»Warwicks Knappen?«

»Genau den. Habt Ihr ihn bei Barnet gesehen?«

Faunte zuckte mit den Schultern. »Von weitem nur. Warum? Hat man ihn und die anderen armen Bastarde festgenommen?«

»Die anderen?« fragte Kathryn.

»Ja. Als York angriff und Warwick fiel, ertönte von allen Seiten der Schrei ›Sauve Qui Peut!‹ Jeder war sich selbst überlassen. Ich floh mit meinen Kameraden in die Wälder. Ein paar Tage nach der Schlacht schreckten uns Nachrichten von einem Reitertrupp auf, und wir beschlossen, einen Hinterhalt zu legen. Wir dachten, es wären Verfolger, doch sie trugen noch Warwicks Farben – Moresby, Brandon und vier andere Kameraden aus der Schlacht.«

»Vier?« unterbrach Colum ihn.

»Oh ja, ich hatte nichts mit ihnen zu tun. Fragt einen meiner Kameraden. Ja, Philip Sturry.« Faunte lachte. »Ich vermute, er ist gerade ganz in meiner Nähe und hat bestimmt nicht viel zu tun. Ich habe mich um Brandon nicht weiter gekümmert, doch Sturry tauschte mit Moresby und Brandon Klatsch aus. Der Knappe bestätigte Warwicks Tod und hoffte, nach Canterbury durchzukommen. Sie wollten aus den Wäldern ausbrechen und nach Harbledown gehen.« Faunte zuckte mit den Schultern. »Das ist alles.«

Colum nickte und half Kathryn auf die Beine.

»Es tut mir leid«, sagte er, hob den Weinschlauch auf und gab ihn Faunte. »Kann ich noch etwas für Euch tun?«

»Wie wär's mit einer Begnadigung?«

Colum schüttelte den Kopf. Faunte wiegte den Weinschlauch.

»Dann grüßt mir das Sonnenlicht«, sagte der Ex-Bürgermeister lächelnd. »Trinkt an einem milden Sommerabend einen Becher Rotwein auf mein Wohl. Oh, und bittet Gloucester um einen Priester.«

Zehn

Sturry hatte man zusammen mit den anderen Gefährten Fauntes in die Zelle nebenan gepfercht. Sie waren frohen Mutes und erleichert über das Ende ihrer Verhandlungen. Nun hofften sie, daß man sie wegen ihrer Untreue dem König gegenüber nicht wie ihren Herrn und Meister mit dem Tode bestrafen würde. Sturry war ein kleiner, geschwätziger Mann mit lustigen Augen und blondem Haar, was allerdings unter der dicken Dreckschicht kaum zu erkennen war. Sturrys Bart wucherte wie Gestrüpp wie der bei Faunte. Weder er noch seine Gefährten stammten aus Canterbury. Sie kamen aus Dörfern und Kleinstädten in der Umgebung, und keiner von ihnen kannte Kathryn. Auch ihr war kein Gesicht bekannt. Zunächst versicherte Colum ihnen, es werde gut für sie ausgehen und Richard von Gloucester werde wohl nicht volle Vergeltung für ihren Verrat fordern.

»Wenn Ihr uns darüber hinaus bei unseren gegenwärtigen Untersuchungen weiterhelfen könntet«, erklärte Colum, »dann weiß der Himmel, zu welcher Entscheidung sich unser edler Herzog noch durchringt.«

Sturry kratzte sich den Bart und zupfte verhedderte Stellen aus.

»Wir schwören keinen Eid gegen Faunte«, sagte er. »Und bezeugen werden wir auch nichts. Wir sind vielleicht geschlagene Leute, Murtagh, doch unsere besten Freunde verraten wir nicht.«

»Darum geht es auch nicht«, erwiderte Colum. »Wir interessieren uns vielmehr für Eure Begegnung mit Moresby und seinen Gefährten nach Warwicks Niederlage bei Barnet.«

»Aha!« Sturry grinste. »Warum seid Ihr nicht ehrlich,

Ire? Ihr interessiert Euch alle für das, was sie bei sich hatten.«

»Dann schießt los«, befahl Colum.

Sturry schüttelte den Kopf. »Ich weiß nicht, was es war, doch beide, Brandon und Reginald Moresby, der Hauptmann von Warwicks Leibwache, taten sehr geheimnisvoll mit einer Sache, die sie wie einen Augapfel hüteten.«

Sturry veränderte die Haltung, um das Scheuern der Ketten, die in seine Handgelenke einschnitten, zu lindern. »Man muß nicht unbedingt ein Studierter aus Oxford sein, Ire, um zwei und zwei zusammenzuzählen. Brandon und Moresby ließen diese Gürteltasche nicht einen Augenblick aus den Augen. Hinzu kam, daß sie gerade Patrouillen der Yorkisten ausgewichen waren und es eilig hatten, auf leisen Sohlen nach Canterbury zu schleichen.« Sturry warf Colum einen verschlagenen Blick zu. »Was war denn in der Tasche?« fragte er. »Eine Kostbarkeit aus dem Besitz des verstorbenen Grafen etwa?«

Colum zuckte mit den Schultern.

»Haben Brandon oder Moresby noch etwas gesagt?« fragte Kathryn.

»Sie verfluchten ihr Geschick und Warwicks Tod. Sie wollten Canterbury erreichen, tun, was sie tun mußten, und dann entweder ein Versteck oder ein Schiff ins Ausland suchen.«

»Was für ein Mensch war Brandon?«

»Kultiviert, diplomatisch.« Sturry schniefte. »Von der äußeren Erscheinung her ein kräftiger, geschmeidiger Kerl mit sandfarbenem Haar. Der eigentliche Anführer war Moresby. Er verlangte von den anderen viel Disziplin.«

»Wer waren die anderen?«

»Knappen aus Warwicks Hofstaat.«

»Hört zu.« Kathryn kauerte sich zu den Männern und verbarg ihren Ekel vor dem üblen, fauligen Zellengeruch.

»Haben Moresby und Brandon den Weg beschrieben, den sie nehmen wollten, um in die Stadt zu kommen?«

»Nein, ich weiß nur, daß sie die Wälder verlassen, sich tagsüber verbergen und nachts reiten wollten. Sie hatten bereits beschlossen, sich in Sellingham zu verstecken. Kennt Ihr den Ort, Mistress?«

Kathryn nickte. »Ein verlassener Ort zehn Meilen nördlich von Canterbury. Dort gibt es eine alte Kirche und ein paar Ruinen. Es ist eine der vielen Ortschaften, die von der Pest verwüstet wurden.«

Sturry stimmte ihr zu, und seine Augen leuchteten vor Erregung. »Genau da. Brandon wollte seine Gruppe dorthin führen. Moresby lud uns ein, sich ihnen anzuschließen, doch Faunte stimmte dagegen. Danach trennten sich unsere Wege.«

Colum und Kathryn bedankten sich bei den Männern und schickten sich an, die Zelle zu verlassen.

»He, Ire!« rief Sturry lauthals. »Wollt Ihr bei Gloucester ein gutes Wort für uns einlegen?«

»Gewiß.«

»Und um der Liebe Christi willen, bekommen wir ein wenig Wasser und etwas zu essen?«

Colum versprach zu tun, was ihm möglich war. Als sie den Zellenbereich verließen, bat er zunächst den Hauptmann der Wache, ihm persönlich einen Gefallen zu tun und dafür zu sorgen, daß die Gefangenen zu essen bekämen.

Kathryn und Colum kehrten in die Ratskammer zurück, wo Gloucester letzte Vorbereitungen für das Tribunal traf. Er winkte Colum zu einem leeren Sitz und stellte seine Gefolgsleute vor. Kathryn warf einen kurzen Blick auf sie. Allesamt Krieger, dachte sie, hart und unbeugsam. Ausgerechnet eine Gruppe Falken sollte hier Gerechtigkeit walten lassen: Faunte konnte bei ihnen kaum auf Gnade hoffen.

»Wir können anfangen«, verkündete eine Mann aus Richards Gefolge. »Euer Gnaden wollte Faunte noch in dieser Stunde hängen sehen.«

»Bitte, Euer Gnaden.« Colum stand auf und klopfte auf die Tischplatte. »Euer Gnaden, wenn es Euch beliebt, darf ich ein Gesuch stellen?«

Gloucester nickte.

»Faunte ist ein Verräter«, begann Colum. »Doch, Euer Gnaden, ich bitte Euch, seinen Gefolgsleuten Gnade zu erweisen, vor allem Sturry, der uns in einer anderen Angelegenheit von großer Hilfe sein kann.«

Gloucester wandte sich zur Seite und forschte in Colums Gesichtszügen.

»Falls Ihr Euch recht erinnert«, fuhr Colum beharrlich fort, »besteht die Politik Eures Bruders darin, die Anführer hinzurichten, doch mit ihren Gefolgsleuten großes Mitleid zu zeigen.«

Gloucester hob eine Hand. Die Juwelen am Ring, den er über dem grünen Handschuh trug, blitzten im schwachen Sonnenlicht auf. Er bedeutete Colum näherzutreten. Der Ire trat hinter ihn und beugte sich über die hohe Rückenlehne. Gloucester raunte ihm etwas zu, und Colum antwortete. Der Prinz nickte, flüsterte noch ein paar Worte und entließ Colum mit einem Fingerschnippen.

»Faunte wird verurteilt«, betonte Gloucester und richtete sich in seinem Stuhl auf. »Die übrigen können noch einen Monat in ihren Zellen schmachten. Sie werden begnadigt und auf freien Fuß gesetzt, wenn ihre Familien jeweils eine Strafe von achthundert Unzen Gold gezahlt haben. Sturry ist davon ausgenommen, er wird freigelassen und unter Eure Aufsicht gestellt, Ire. Wenn er sich als hilfreich erweist, soll er ein freier Mann sein.«

Danach begann Fauntes Verhandlung. Der Gefangene, dem man die schweren Ketten nicht abgenommen hatte, wurde in die Ratskammer gestoßen. Luberon verlas mit strenger Stimme die Anschuldigungen, und Kathryn mußte den Mut des einstigen Bürgermeisters bewundern. Er weigerte sich, etwas zu leugnen.

»Ich habe für Heinrich VI. gekämpft, König von England, Herrscher von Gottes Gnaden, der Herr sei seiner Seele gnädig. Wenn ich schon sterben muß«, sagte er lächelnd, »dann sterbe ich in seinen Diensten. Kein König hatte je einen getreueren Diener als mich.«

Kathryn stellte fest, daß alle Formalitäten gewahrt wurden, bis die Verhandlung nach höchstens einer halben Stunde zu ihrem unausweichlichen Ende kommen mußte. Luberon nahm ein schwarzes Seidentuch und legte es sorgfältig auf Gloucesters Kopf.

»Nicholas Faunte«, verkündete Gloucester, »Ihr seid des Verrats überführt und zum Tode verurteilt, da Ihr die Waffen gegen Euren rechtmäßigen Herrscher, Edward IV., König von England, Irland, Schottland und Frankreich erhoben habt. Nun vernehmt das Urteil dieses Gerichtes!« Gloucesters Stimme wurde düster. »Es ist der Wille des Königs, daß Ihr von hier aus auf einem Gestell zu einem öffentlichen Exekutionsplatz getragen werdet, wo man Euch hängt, ertränkt und vierteilt und Euch von Euren Eingeweiden befreit; Ihr werdet enthauptet, und Eure Körperteile werden im gesamten Königreich verteilt! Möge der Herr Eurer Seele gnädig sein!«

Faunte wurde bei jedem schrecklichen Wort aus Gloucesters Munde ein wenig blasser.

»Ich bitte das Gericht um Gnade.«

»Keine Gnade!« rief ein Mann aus Gloucesters Gefolge.

Der Herzog hob eine Hand.

»Und meine Familie?« fragte Faunte.

»Wir führen keinen Krieg gegen Frauen und Kinder«, erwiderte Gloucester.

»Ein Priester, ich möchte beichten.« Faunte hob flehentlich die gefesselten Hände.

»Ich bin von edlem Geblüt!« rief er. »Ich bitte, daß man

meinem armen Körper die Unwürdigkeiten des Urteils ersparen möge. Der Tod ist genug!«

»Abgelehnt!« riefen die Gefolgsleute wie aus einem Munde.

Colum schaute Kathryn an, die seinen Blick vielsagend erwiderte. Colum hob eine Hand zum Zeichen, daß er sprechen wollte, und Gloucester erteilte ihm mit einem Kopfnicken das Wort.

»Euer Gnaden, Faunte hat sich bei der Beantwortung gewisser Fragen sehr kooperativ gezeigt.«

Gloucester verzog keine Miene.

»Er war in dieser Gegend sehr beliebt«, fuhr Colum recht unbeholfen fort. »Einem großen Prinzen geziemt große Gnade.«

Gloucester schob die Papiere auf dem Tisch beiseite.

»Das Urteil sei nur der Tod!« verkündete er und gab dem Hauptmann seiner Wache ein Zeichen. »Laßt einen Priester zu dem Verräter. Wenn das erledigt ist, holt ihn heraus und hängt ihn!«

Die Verhandlung wurde beendet. Gloucester und sein Gefolge steckten zur Beratung die Köpfe zusammen. Colum kam zu Kathryn, bleich und angespannt. Kathryn zwickte ihn in den Arm.

»Ihr habt edelmütig gehandelt.«

Der Ire sah sie betrübt an.

»Warum sagt Ihr das? Nur weil ich dafür gesorgt habe, daß das Urteil abgeschwächt wurde?« Colum blickte sich um und senkte die Stimme. »Bei Gott, ich wünschte, ich könnte mir dieses Verdienst zugute halten, doch Gloucester befahl mir, für Faunte zu sprechen. Die verlängerten Todesqualen eines allseits beliebten Mannes könnten Mitleid erwecken.« Colum wandte den Blick ab. »Von den anderen hätte es keiner getan. Kommt, laßt uns sehen, daß wir hier herauskommen!«

Colum geleitete Kathryn rasch aus der Kammer. In Korridoren und auf Treppen standen überall Soldaten, die zusahen, wie Faunte zum letzten Mal in seine Zelle geführt wurde. Ein Franziskanermönch in brauner Kutte folgte ihm.

»Was erregt die Menschen so, wenn sie den Tod riechen?« flüsterte Colum. Er hakte sich bei Kathryn unter und führte sie ein Stück den Korridor entlang. Dort öffnete er die Tür zu einem kleinen, staubigen Schreibbüro, das nun verlassen dalag. Die Schreiber hatten sich der Menge auf den Straßen angeschlossen, die darauf wartete, daß man Faunte hinausbrachte.

»Was haltet Ihr von der Sache?« fragte Colum.

»Ich hätte Gloucester nicht gern zum Feind.«

Colum grinste. »Nein, ich meine von dem, was wir erfahren haben.«

Kathryn ließ den Blick über die staubigen Fensterrahmen, die riesigen Spinnweben in der Ecke und die mit Tintenklecksen übersäten Tische gleiten.

»Colum, wir müssen Brandons Leiche exhumieren, obwohl die Beschreibung, die Sturry uns von Brandon geliefert hat, dem Bild des Gefangenen, der in der Burg von Canterbury saß, kaum zu widersprechen scheint.«

»Und was noch?«

Kathryn spitzte die Lippen. Sie war ein wenig aus der Fassung geraten, denn sie war kaum je allein mit Colum in einem Raum. Sie dachte an jene Männer mit harten Augen, die Faunte gerade zum Tode verurteilt hatten, und erkannte, wie sehr der Ire sich von ihr unterschied. Sie kamen aus zwei verschiedenen Welten. Vielleicht hatte Thomasina recht; Chaddedon gehörte ihrer Welt an, Colum indes war ein Krieger, der auf Schritt und Tritt dem Tod begegnete, der hart durchgreifen und brutale Urteile fällen mußte. Draußen erhob sich lautes Gebrüll: Wahrscheinlich hatte Faunte gebeichtet und wurde jetzt zu dem provisorischen Galgen geführt, der in aller Eile auf dem Buttermarkt errichtet worden war.

»Was habt Ihr noch erfahren?« wiederholte Colum.

»Es steht außer Zweifel, daß Gloucester Fauntes Tod wünschte, doch das *Auge Gottes* muß etwas Besonderes an sich haben. Welches Geheimnis mag dahinterstecken?«

Colum sah sie durchdringend an. »Und was ist mit Lessinger?« fragte er.

»Für mich wird er immer Alexander Wyville bleiben«, erwiderte Kathryn. Sie zögerte. »Ganz gleich, wie er sich nennt oder wo er steckt«, fuhr sie fort. »Wenn er hierher zurückkehrt, werde ich mich mit ihm auseinandersetzen.« Kathryn spielte mit dem Ring am Finger »›Es ist genug, daß ein jeglicher Tag seine eigene Plage habe‹«, murmelte sie und betrachtete die Staubkörnchen, die im Sonnenlicht tanzten, das durch das zweigeteilte Glasfenster drang.

Colum löste sich vom Tisch, an den er sich gelehnt hatte, und öffnete die Tür.

»Dann laßt uns gehen. Sturry wird entlassen, rasiert, notdürftig gewaschen und neu eingekleidet, während wir beide zur Burg gehen und den armen Brandon aus dem Grab holen.«

Sie gingen die Treppe hinunter und hatten gerade die Rathaustür geöffnet, als Kathryn ein roter Haarschopf ins Auge sprang. Megan eilte auf sie zu und rief, so laut sie konnte, nach Colum.

»Was ist los, Frau?«

»Es ist Pul ...« Megan versuchte, den Namen des Pferdes auszusprechen.

»Pulcher!« sagte Colum.

»Ja, er ist ausgebrochen, und es ist keiner da. Ich bin ihm bis zum Galgen an der Wegkreuzung gefolgt, aber ...« Megan fuchtelte mit den Armen, und die grünen Augen wirkten in dem bleichen Gesicht noch größer.

»Natürlich«, grummelte Colum. »Alle Männer sind hier in Canterbury, nur Frauen und Kinder sind in Kingsmead geblieben. Kommt, Kathryn!«

Sie gingen nach Burghgate. Megan trottete neben ihnen her und plauderte munter drauflos, wie unberechenbar das Pferd sei. Sie stiegen ein paar Stufen hinauf, und Kathryn warf einen kurzen Blick zum Buttermarkt hinüber, über die Köpfe der Menge hinweg, die sich dort versammelt hatte. Sie sah den schwarzgewandeten Scharfrichter und den großen, zweiarmigen Galgen, der hoch über ihm aufragte. Faunte lehnte am Abspannseil des Galgens und sprach zu der Menschenmenge, doch Kathryn konnte nicht verstehen, was er sagte. Colum trieb sie zur Eile an. Sie holten die Pferde aus einem Stall in der Nähe. Colum zog Megan hinter sich aufs Pferd und verabschiedete sich in aller Eile von Kathryn.

»Ich werde mich um das Pferd kümmern«, sagte er. »Ihr holt Sturry inzwischen aus der Rathauszelle, und dann gehen wir gemeinsam zur Burg.« Er nahm die Zügel auf. »Und Kathryn, seid bitte vorsichtig, öffnet niemandem die Tür!«

Kathryn willigte ein und bemühte sich, über Megans boshaftes Grinsen hinwegzusehen, als sie Colum von hinten um die Hüfte faßte. Kathryn blickte den Davonreitenden nach, wendete das Pferd und ritt gemächlich durch eine schmale Gasse, die sie auf die Whitehorse Lane führen würde. Das Geschrei der Menschenmenge hinter ihr brach für Sekunden ab. Kathryn glaubte, das Klappern der Galgenleiter zu hören, als diese fortgestoßen wurde. Unmittelbar darauf brach zustimmendes Gebrüll aus. Sie wunderte sich über die Begeisterung der Menschen beim Anblick eines Sterbenden und erinnerte sich an die Worte des Vaters: »Bedenke stets, Kathryn, jeder von uns trägt eine gute und eine schlechte Seite in sich. Leider gewinnt letztere häufig die Oberhand.« Kathryn seufzte. Hoffentlich war Colum in Sicherheit. Er war unterwegs zur Wegkreuzung mit Megan, die sich mit wehendem rotem Haar so keck hinter ihn aufs Pferd geschwungen hatte … Kathryn hielt an und schlug die Hände vor den Mund, um nicht laut aufzuschreien. Der leichte Stich, den der Anblick Megans ihr versetzt hatte, verwandelte sich in blanke Angst, die ihr die Kehle zuschnürte.

»Oh, mein Gott«, hauchte sie. »Was hat Rawnose doch gleich von körperlosen Stimmen an Wegkreuzungen erzählt? Von einer Hexe mit flammendem Haar? Und jetzt wird Colum dorthin geführt!«

Sie wendete das Pferd und bohrte ihm die Fersen in die Flanken, um schneller voranzukommen. Sie schlug den Weg zurück zur High Street ein. Es waren immer noch viele Menschen unterwegs, und sie verlor kostbare Zeit, als sie sich einen Weg durch Gassen bahnte, die in die Hethenman Lane einmündeten. Von dort steuerte sie All Saints an. Sie durchquerte Kingsbury, folgte der Saint Peter's Street in Richtung Westgate und ritt zur Brücke über den Stour. Kathryn war keine gute Reiterin, und das Gedränge hielt sie auf. Hier und da warf man ihr derbe Schimpfworte zu, einmal sogar eine Handvoll Schlamm, doch zu guter Letzt ritt sie unter der großen, gähnenden Öffnung des Westtors in die Dunstan Street und folgte den Landstraßen nach Norden Richtung Kingsmead. Kathryn kam am Herrenhaus vorbei, das friedlich in der späten Abendsonne lag. Sie ließ den Gedanken, dort jemanden um Hilfe zu bitten, schnell fallen. Nichts wäre ihr in diesem Augenblick lieber gewesen als die Begleitung von Thomasina und Wuf. Von Colum und Megan war keine Spur zu sehen; der Ire, ein ausgezeichneter Reiter, war gewiß viel schneller vorangekommen. Ein Bauer jedoch, der direkt hinter dem Herrenhaus Gräben aushob, sagte ihr, er habe den Soldaten und eine rothaarige Frau in Richtung Wegkreuzung reiten sehen. Er versicherte Kathryn lautstark, daß sie auf dem richtigen Wege sei.

»Alle Welt will da hin«, rief er ihr nach, und als Kathryn ihn fragend anschaute, fügte er hinzu: »Eine Stunde vor dem Soldaten und seiner Rothaarigen kam ein anderer Mann vorbei, komisch sah der aus, mit einer schwarzen Klappe über dem Auge.«

Kathryn hatte es plötzlich sehr eilig. Kurz bevor der Fahrweg abknickte, stieg Kathryn ab, legte dem Pferd Fußfesseln an und schlich leise um die Kurve. Sie hielt sich dicht an der wild wuchernden Hecke. Von der Wegbiegung aus konnte sie den oberen Teil des alten, dreiarmigen Galgens sehen. Kathryn ging weiter. Colum stand nur wenige Schritte von Fitzroy entfernt, der eine Armbrust im Anschlag hatte. Megan lag lang hingestreckt im Gras neben Fitzroy und bedeckte laut stöhnend das Gesicht mit den Händen. Fitzroy, der die schwere Brabanter Armbrust vor der Brust hielt, schleuderte Colum blanken Hohn entgegen, und jedesmal, wenn der Ire einen Schritt auf ihn zu trat, rief er ihm zu, er solle stehenbleiben. Kathryn betrachtete die Szene in panischem Schrecken.

»Er wird ihn umbringen«, flüsterte sie. »Wenn ich hinlaufe, sterben wir vielleicht beide. Was kann ich nur tun? Was soll ich machen?« Kathryn schloß die Augen und murmelte ein Gebet, sprang dann auf die Füße und rief: »Fitzroy, haltet ein!«

Dieser Trick schlug ein wie der Blitz. Fitzroy fuhr zusammen und blickte zum Fahrweg hinauf. Im Nu warf sich Colum auf seinen Feind und schlug ihm die Armbrust aus der Hand, die in hohem Bogen davonflog. Sie sanken zu Boden und begannen zu raufen. Fitzroy stieß Colum mit den Füßen von sich weg, stand auf, trat zurück und hob das große, zweihändige Schwert auf, das am Schafott lehnte. Colum zog ebenfalls das Schwert, und während Kathryn auf sie zu rannte, begannen die beiden Männer ihren tödlichen Reigen – die Schwerter in Brusthöhe, die Beine leicht gespreizt.

Fitzroy kam wieder zu Atem. »Also auf, Colum, ma fiach, wieder wie früher, was? Erinnerst du dich an unsere Jugend – zwei zerlumpte Hosenschisser mit Holzschwertern, die sich wie edle Ritter bei Hofe vorkamen?«

Colum zuckte nicht mit der Wimper. »Der Herr möge mir vergeben, Padraig!« flüsterte er. »Aber ich werde dich umbringen!«

»Es sei dir verziehen!«

Fitzroy griff an, stieß mit dem Schwert zu und beschrieb dann einen weiten, eleganten Bogen, um schließlich auf Colums Hals zu zielen. Murtagh unternahm einen Scheinangriff. Laut hallte das Geräusch durch die Luft zischender und aufeinanderprallender Schwerter durch die Stille des Waldes. Kathryn konnte nur tatenlos zusehen. Sie wünschte, sie hätte einen Dolch; Gesetze der Ritterlichkeit hin und her, das hier war ein Kampf auf Leben und Tod. Fitzroy war wild entschlossen, Colum umzubringen, und er war gewissenlos genug, keine Zeugen zu hinterlassen. Murtagh war zunächst ungelenk und fühlte sich nicht wohl in seiner Haut, doch als der tödliche Reigen seinen Lauf nahm, trat er geschickter und selbstbewußter auf. Nicht ein einziges Mal wich er von seinem Standpunkt und gab Fitzroy ständig Gelegenheit zum Vorstoß. Zuweilen schnellten die Schwertklingen wie Schlangenzungen vor, vollführten weite Bögen, tollkühne Paraden und deftige Hiebe. Die beiden Männer waren schweißgebadet. Megan setzte sich auf und hielt sich die geschwollene Wange, auf die Fitzroy sie geschlagen hatte.

»Ich bin verletzt!« heulte sie. »Ich bin verletzt!«

»Schweig, alte Hexe!« zischte Kathryn. »Sonst fängst du von mir auch noch eine, die sich gewaschen hat!«

Megan versank in Schweigen und legte den Kopf auf die Knie, während die beiden Schwertkämpfer sich nach einem neuerlichen Zusammenprall trennten. Die Arme wurden ihnen schwer, der Schweiß rann ihnen in großen, dicken Tropfen über das Gesicht. Die Männer hielten schwer atmend inne. Dann setzten sie noch einmal an. Colum stellte sich seitwärts und hielt mit erhobenen Armen die Schwertklinge in Augenhöhe. Fitzroy bewegte sich. Was dann geschah, konnte Kathryn nur flüchtig sehen. Colums Schwert schlängelte vor, schlug Fitzroys Waffe nach unten und erwischte ihn mit einem heftigen, blinkenden Streich sauber durch die Kehle. Der abgetrennte Kopf hüpfte wie ein Ball auf das Gras. Blut schoß in hohem Bogen heraus. Kathryn wandte sich ab und kauerte sich ins Gras, um das Entsetzen, das in ihr aufkam, unter Kontrolle zu bringen. Sie spürte, daß sich eine Hand in ihre Haare krallte und blickte auf. Vor ihr stand Colum, der sich auf den großen Griff seines Schwertes stützte und nach Atem rang.

»Ich habe es Euch schon einmal gesagt«, keuchte er, »und ich sage es Euch jetzt wieder. Ihr seid allerliebst, Mistress Swinbrooke, und wenn jemand das bestreitet, ist er ein Lügner!«

Kathryn sah an ihm vorbei auf den umgesunkenen Rumpf, der in einer Lache schwärzlichen, gerinnenden Blutes lag.

»Der Herr sei seiner Seele gnädig!« hauchte Colum. »Er war ein guter Mann, ehe Haß sein Herz vergiftete.« Er warf sein Schwert zu Boden und kauerte sich neben Kathryn. »Das ist der Dämon in unseren Seelen. Wir fangen an zu töten, um uns zu verteidigen, doch am Ende finden manche Gefallen daran, spüren eine unersättliche Gier nach Tod.« Er wischte sich das Gesicht mit dem Ärmel seiner Jacke ab. »Oder, wie Chaucer sagte, ›O verräterischer Mord, o Schlechtigkeit?‹«

Kathryn beugte sich vor und tupfte ihm die Wangen mit einem Taschentuch ab.

»Wenn Ihr auch nur einmal noch aus Chaucer zitiert, Ire, schlage ich Euch eigenhändig den Kopf ab!«

Sie kam mühsam wieder auf die Beine und holte ein paarmal tief Luft. Colum, der noch immer schwer atmete, stand auf und stellte sich neben sie.

»Laßt Fitzroy, wo er ist«, knurrte er. »Ich werde andere herschicken, die ihn begraben sollen.«

»Oh, Master Murtagh.« Megan kam auf allen vieren auf ihn zugekrochen. Sie blickte auf. Das Gesicht war ein Bild der Trauer und des Entsetzens. »Ich mußte es tun!« heulte sie. »Er hat mich hierher zu der Wegkreuzung gerufen! Er hat gesagt, wenn er Euren Kopf nicht bekäme, würde er meinen nehmen!«

»Wenn ich das Holbech erzähle«, murmelte Colum, »wird er dir deinen trotz der schönen roten Haare abreißen!« Er drehte sich um. »Ach, um Himmels willen, Weib, steh auf. Wenn du nichts sagst, sage ich auch nichts!« Er grinste. »Vielleicht sage ich Holbech, er hätte Euch entführt.« Colums Grinsen wurde breiter. »Ja, das gefällt mir, edler Ritter hilft Edelfrau in Not. Wie Chaucer schon sagte ...«

Kathryn warf ihm einen warnenden Blick zu.

»Schon gut«, sagte Colum. »Wir wollen unsere Pferde holen.«

»Wo ist denn Pulcher?« fragte Kathryn.

Sie half Megan nicht gerade zartfühlend auf die Beine und betupfte die Schramme auf ihrer Wange.

»Badet die Stelle in Zaubernuß«, erklärte sie sachlich. »Und haltet rohes Fleisch dagegen. In ein paar Tagen seht Ihr so hübsch und falsch aus wie immer.«

Colum ging an den Waldrand, steckte zwei Finger in den Mund und stieß einen langen Pfiff aus. Pulcher und Colums Pferd tauchten auf, ruhig und willig, als hätten sie eine Vergnügungstour hinter sich. Der Ire untersuchte sein Lieblingspferd eingehend.

»Ich habe nichts gemacht«, heulte Megan.

»Und wenn, dann hätte ich dir die Haare abgeschnitten! Kommt, laßt uns gehen.«

Colum setzte Megan auf sein Pferd, stieg auf das Pferd des toten Fitzroy, holte Kathryns Pferd, und so ritten sie zurück nach Kingsmead. Pulcher trottete hinter ihnen her.

Beim Herrenhaus angekommen, bat Colum Kathryn

eindringlich zu bleiben, doch sie fühlte sich nicht wohl und hatte es eilig, nach Hause zu kommen. Colum wollte in Kingsmead nach dem Rechten sehen, Sturrys Freilassung in die Wege leiten und Kathryn anschließend in der Ottemelle Lane treffen.

Die Heilerin ritt nach Canterbury weiter, das jetzt, nach der eiligen Exekution am Mittag, still und bedrückt dalag. Fauntes zerschundener Körper baumelte von den Zinnen über Westgate.

»Dann wird er noch zerstückelt«, teilte ihr ein geschwätziger Torhüter mit. »Die Teile werden in andere Städte geschickt, um dort die Stadttore zu schmücken.«

Kathryn nickte und ritt weiter. Nachdem sie den blutigen Kampf und Colums erbarmungslose Grausamkeit hatte miterleben müssen und nun auch noch die traurigen Überreste des armen Faunte sah, begann Kathryn am ganzen Leib zu zittern. Schwäche überkam sie. Wie von fern nur drang der Lärm der Straße an ihr Ohr. Sie spürte Übelkeit in sich aufsteigen, und Schwindel erfaßte sie. Sie kam am Ehrsamen vorbei; seine Lippen bewegten sich und brabbelten irgendeinen Unsinn, doch seine riesengroß anmutenden Augen waren auf sie gerichtet und beobachteten sie. Kathryn drängte ihr Pferd mit einem Stoßgebet weiter; »Oh, Herr, laß mich nicht ohnmächtig werden!« Sie zitterte vor Kälte, doch die Hände waren so feucht, daß ihr die Zügel entglitten. Sie ritt um Straßenecken wie im Traum – dann blieb das Pferd plötzlich stehen.

»Nun geh schon!« drängte sie. »Los, weiter!«

»Mistress, was ist los?«

Thomasina blickte zu ihr auf.

»Ich muß nach Hause«, sagte Kathryn schwach.

Sie blickte sich um. Sie war daheim; das Pferd war vor dem Haus in der Ottemelle Lane stehengeblieben. Allem Anschein nach hatte sie sich herabgebeugt und an die Tür geklopft, und Thomasina, Agnes und Wuf standen besorgt auf der Türschwelle. Kathryn versuchte, ihre Würde wiederzuerlangen. Sie rutschte vom Pferd und warf Wuf die Zügel zu.

»Bitte, bring es zum Stall«, sagte sie. »Da gibt es einen hilfreichen Burschen!«

Thomasina nahm Kathryn fest beim Arm, erschreckt über ihr bleiches, betrübtes Gesicht und die dunkel umrandeten, starren Augen.

»Es geht schon wieder«, murmelte Kathryn, doch sie ließ sich von Thomasina sacht die Treppe hinauf in ihr Gemach führen. Kathryn legte sich aufs Bett. Sie nahm ein kleines Kissen, das sie schon als Kind benutzt hatte, und drückte es sich gegen den Bauch. Sie versuchte, sich auf ihren Atem zu konzentrieren, um das innere Zittern zu lindern.

»Colum hat einen Mann umgebracht«, erklärte sie und starrte auf den Baldachin über sich. »Er hat den Mann, der gestern hier war, getötet. Er hat ihm den Kopf abgeschlagen, Thomasina, wie du eine Blume abschneiden würdest, und es schien ihm nichts auszumachen.«

Thomasina setzte sich auf das Bett und streichelte zart über Kathryns eiskalten Handrücken.

»Sie müssen so sein«, flüsterte Thomasina. »Das ist die Welt der Soldaten. Wenn sie aufhörten, um zu denken und zu überlegen, erginge es ihnen nicht anders als Euch jetzt, sie würden von Entsetzen gepackt. Mein zweiter Mann war auch so einer«, fuhr sie fort. »Er war Soldat, hatte Schenkel wie Baumstämme, und im Bett ist er ständig auf mir rumgehopst. Doch in der Nacht hatte er Alpträume. Ah, da kommt Agnes mit Wein und Brot.«

Sie half Kathryn, sich aufzurichten, ließ sie an dem frischgebackenen Weißbrot knabbern und half ihr, den Kräuterwein zu schlürfen, während sie Agnes flüsternd bat, das Feuer zu schüren und Licht zu machen und eins der Holzkohlebecken hereinzufahren, die auf der Galerie vor der Tür standen. Kathryn begann sich zu entspannen, ihr wurde warm, und Thomasinas absichtlich belangloses Geschwätz lullte sie allmählich ein. Sie reichte den Becher zurück und sank in tiefen Schlaf.

Zwei Stunden später weckte Thomasina sie. Kathryn riß die Augen auf; sie hatte noch den süßen Geschmack des Weines im Mund, und sie fühlte sich kräftiger. Sie warf die Alpträume ab, die sie gequält hatten, und badete Hände und Gesicht in einer Schüssel voll Rosenwasser, kämmte sich die Haare, setzte eine frische Haube auf und ging in die Küche hinunter, wo Colum mit dem inzwischen gut gepflegten, wohlgenährten Sturry an der Feuerstelle saß. Colum hatte sich rasiert und gewaschen. Man sah ihm den tödlichen Kampf, den er hinter sich hatte, kaum an. Nur die Augen waren matt und schwer von fehlendem Schlaf. Sturry hingegen war fröhlich wie ein Spatz im Frühling und ließ kaum jemanden zu Wort kommen, während Thomasina heiße Brühe und Becher mit gewässertem Wein auftrug. Kathryn fragte ihn, ob er jemanden mit Namen Wyville oder Lessinger kenne, doch Sturry schüttelte den Kopf und fuhr im Plauderton fort.

Nach der Mahlzeit machten sich Kathryn, Colum und Sturry auf den Weg zur Burg. Es wurde bereits dunkel, die Stände auf dem Markt waren fortgeschafft, und die Bürger eilten entweder nach Hause oder folgten dem Geläut der Kirchenglocken und gingen zum Abendgebet. Kathryn ritt hinter Colum und dem unaufhörlich redenden Sturry her. Als sie nach Winchepe kamen, hielt Colum sein Pferd zurück, um an ihrer Seite zu reiten.

»Thomasina sagte, Ihr fühltet Euch unwohl, Kathryn?«

»Ach, es war nicht so schlimm«, erwiderte Kathryn sarkastisch. »Es macht mir überhaupt nichts aus, zuzusehen, wie ein Mann gehängt und einem anderen der Kopf abgeschlagen wird, und das alles an einem Tag.« Sie funkelte Colum an. »Euch läßt das alles wohl kalt?«

»Nein.« Colum tippte sich an die Stirn. »Aber ich denke nicht darüber nach, Kathryn ...« Er verstummte. Er wollte sich bei ihr bedanken, aber dazu war jetzt nicht der rechte Zeitpunkt.

Sie betraten die Burg. Stallknechte nahmen ihre Pferde, während ein Kammerdiener sie in die Haupthalle hinaufführte. Eine Weile mußten sie an der Tür warten, bis die Belegschaft die Mahlzeit beendet hatte. Kathryn setzte sich schweigend. Die Erleichterung, daß Colum mit dem Leben davongekommen war, hatte von ihr Besitz ergriffen. Außerdem versuchte sie, sich an etwas zu erinnern, das sie gesehen hatte, als sie Faunte in seiner Zelle im Rathaus besucht hatte. Sie schüttelte den Kopf, ihr Verstand war zu müde für schwierige Gedankengänge. Mit dem Kopf deutete sie zum Tisch auf der Estrade.

»Erwarten sie uns?«

»Ja«, sagte Colum. »Aber sie wissen nicht, was wir wollen.«

Die Mahlzeit war beendet, Fletcher, Gabele, Margotta, Fitz-Steven der Schreiber, Kaplan Peter und der Ehrsame, herausgeputzt wie immer, traten zu ihnen an die große Feuerstelle.

»Es ist schon spät, Ire«, begann Gabele. Er wies mit einer Kopfbewegung zu Sturry. »Was will der hier?«

»Er ist vom König begnadigt worden«, erwiderte Colum. »Er ist mitgekommen, um mir zu helfen.«

»Wie das?«

»Er ist wahrscheinlich einer der letzten, die Brandon vor seiner Festnahme lebend zu Gesicht bekommen haben.«

Die Gruppe versank in Schweigen.

»Ich habe die Erlaubnis Seiner Gnaden, des Herzogs von Gloucester«, fuhr Colum fort, »Brandons Leiche zu exhumieren. Ich wünsche, daß es jetzt sofort geschieht!«

»Um Himmels willen!« erwiderte Kaplan Peter. »Das ist Blasphemie. Der Friedhof der Burg ist Gottesacker.«

»Und ich bin getreuer Diener des Königs«, sagte Colum. »Bestrebt, sowohl seiner als auch Gottes Gerechtigkeit Genüge zu tun. Brandons Leiche muß exhumiert werden.«

»Aber sie befindet sich im Zustand der Verwesung!« schrie Fitz-Steven der Schreiber. »Sie wird stinken.«

»Laßt die Leiche heraufbringen!« befahl Colum Gabele. »Der Sargdeckel soll geöffnet werden, dann laßt uns rufen.«

»Wohin soll er gebracht werden?«

»Nirgendwohin. Gerechtigkeit kann man bei Fackelschein ebenso erkennen wie bei vollem Tageslicht.«

Fletcher wollte protestieren.

»Ich spreche im Namen des Königs«, wiederholte Colum. »Ich wünsche, daß Brandons Leiche jetzt exhumiert wird, und bis das geschehen ist, soll niemand die Burg verlassen!«

»Aber meine Geschäfte!« heulte der Ehrsame. »Gottes Werk! Die Wirtshäuser der Stadt sind voller Pilger, die sich ausruhen.«

»Das hat noch Zeit!« fauchte Colum ihn an. »Bis ich in Brandons Gesicht geschaut habe – oder zumindest in die Überreste!«

Elf

Die Bewohner der Burg verließen die Halle, doch Kathryn und Colum blieben noch. Sturry ging zu dem Tisch auf der Estrade, um sich auf Essensreste zu stürzen. Colum schmunzelte, als er es sah.

»Er will alles nachholen, was er versäumt hat«, lautete sein Kommentar.

»Und was soll aus ihm werden, wenn alles vorüber ist?«

Colum zuckte mit den Schultern. »Ich lasse ihn ziehen. Er wird zu seiner Familie zurückkehren und auf bessere Zeiten warten.«

»Wie meint Ihr das?« fragte Kathryn schelmisch.

Colum stützte die Hände auf die Knie und beugte sich vor. »Glaubt Ihr denn im Ernst, daß alles vorüber ist, Kathryn, ich meine, der Bürgerkrieg? Ja, der Stern des Hauses York steigt gerade erst auf, doch in der Bretagne sitzt Heinrich Tudor und plant Rebellion und Invasion: das Sammelbecken für alle Aufrührer und jene, die von Barnet entkamen. Nein, nein.« Colum schüttelte den Kopf. »Der Tanz ist noch nicht zu Ende. Die Kinder des Königs sind noch sehr klein, und wenn Edward etwas zustoßen sollte, warten Gloucester und Clarence bereits wie Wölfe im Schatten.«

Kathryn zog den Umhang fester um sich. Sie warf einen kurzen Blick durch die Halle und sah die tanzenden Schatten, die das schwache Feuer auf die Wände warf. Wäre ich doch nur zu Hause, in der Ottemelle Lane, dachte sie, und mischte Tränke und Heilsäfte, versorgte eine Wunde, tröstete einen Patienten, plauderte mit Thomasina oder erlaubte Wuf, sie zu ärgern.

»Ich mag solche Geschichten nicht«, hauchte sie.

»Wenn sich das Rad des Schicksals erneut wendet, Colum, müßt Ihr vielleicht die Rolle eines Faunte spielen.«

Colum streckte seine Hand aus, um sich am Kohlebecken zu wärmen, und schaute Kathryn offen an. »Ich glaube nicht, Kathryn. Meine Tage als Krieger sind vorüber.«

An der Stirnseite der Halle brach Sturry in Freudenrufe aus und kam zu ihnen zurück, ein Hühnerbein in der einen, einen Becher Rotwein in der anderen Hand. Eine Zeitlang setzte sich der frühere Lancastertreue zu ihnen und ergötzte sie mit seinen Abenteuern in den Jagdgründen von Kent. Schließlich kam Fitz-Steven diensteifrig zurück, das Gesicht in kummervolle Falten gelegt.

»Der Sarg ist geöffnet worden«, verkündete er, »und der Deckel wurde entfernt.«

»Und?« fragte Colum streng.

»Herr, Ihr schaut es Euch am besten selbst an.«

Sie folgten ihm nach draußen, überquerten die inneren und äußeren Burghöfe und gelangten auf den kleinen Friedhof. Der Ort machte einen heruntergekommenen Eindruck. Überall wucherte Unkraut, düstere Eiben reckten sich empor, und die Dunkelheit wirkte durch den Halbkreis der Fackeln in der Ferne noch schwärzer. Auf einem Baum schnarrte ein Nachtvogel, Fledermäuse mit breiten Schwingen zogen am sternenklaren Himmel ihre unsteten Bahnen. Kathryn hustete, und Sturry fluchte. Verwesungsgeruch wehte ihnen mit einer kühlen nächtlichen Brise entgegen. Schnell warf Sturry das Hühnerbein von sich. Die Gruppe, die um den geöffneten Sarg stand, sah im Schein der flackernden Fackeln unheimlich aus. Colum und Kathryn warfen einen Blick in den provisorischen Sarg. Der Kopf der Leiche war ein wenig verdreht, das verwesende Gesicht lag auf der Seite.

»Oh mein Gott!« hauchte Colum. Er schnappte sich eine Fackel, blickte in den Sarg, ins Innere des Deckels, dann auf die Finger der Leiche, an denen schwarz verkrustetes Blut klebte.

Kathryn folgte seinem Blick. »Oh Gott bewahre!« flüsterte sie. »Er wurde bei lebendigem Leibe begraben!«

»Unmöglich!« Kaplan Peter zitterte. »Ich habe ihm die letzte Ölung erteilt! Er war tot! Er war tot!«

»Seht Euch nur an, wie verdreht er daliegt«, knurrte Colum. »Schaut Euch die Fingernägel und den Sargdeckel an. Er erwachte, als er bereits unter der Erde lag; er versuchte, sich einen Weg nach draußen zu kratzen, ist aber gestorben, weil er keine Luft mehr bekam.«

Kathryn griff nach einer Fackel, hielt sich die Nase zu und untersuchte die Leiche genauer.

»Fälle wie dieser sind nichts Ungewöhnliches«, stellte sie fest. »Es ist nicht immer leicht, den Tod festzustellen. Manche Menschen bitten darum, daß man ihnen einen Pfahl oder ein Messer durchs Herz treibt oder die Handgelenke aufschneidet, damit sie nicht wieder erwachen.«

»Ist es denn überhaupt Brandon?« fragte Colum.

»Und ob er es ist, wer sonst!« stieß Sturry mit bleicher Leidensmiene hervor. Er hielt sich den Bauch und bedauerte gewiß, das Hühnchen gegessen zu haben. Er bedeckte Mund und Nase mit der Hand und kniete nieder, um sich die Leiche anzusehen. Als er aufstand, wischte er sich den Dreck von den Knien.

»Ich schwöre bei allem, was mir heilig ist«, verkündete er, »daß dieser Mann Brandon ist!«

»Woran könnt Ihr das erkennen?« fragte Colum scharf. »Der Körper verwest bereits.«

»Aber noch nicht ganz – man kann seine Gestalt noch erkennen«, erwiderte Sturry. »Master Murtagh, geht zum Rathaus, wenn Ihr wollt, sprecht mit meinen Kameraden. Auch sie haben Brandon kennengelernt; auch sie werden die Wahrheit sagen. Selbst wenn Ihr das Sakrament holtet«, fügte er trotzig hinzu, »würde ich jeden Eid auf die Kirche schwören und bei meiner Erklärung bleiben.« Er gab Colum ein Handzeichen, rülpste und trat einen Schritt zurück. Dabei wäre er fast über einen Grabstein gestolpert.

Colum zog Kathryn am Ärmel, und sie entfernten sich von den anderen.

»Der Herr stehe uns bei!« murmelte Kathryn. »Brandon ist tot, Moresby ist tot, und der Rest der Gruppe ist spurlos verschwunden.« Sie packte Colum beim Handgelenk. »Es ist möglich, daß sie Moresby getötet haben und inzwischen mit dem *Auge Gottes* übers Meer gefahren sind!«

Der Ire stampfte mit dem Fuß auf. »Verdammter Teufelskram!« fluchte er. »Ich habe eigentlich vermutet, daß der echte Brandon noch lebte und sich irgendwo versteckte.« Er seufzte. »Nun haben wir herausgefunden, daß man Brandon festgenommen hat, nur um ihn dann bei lebendigem Leibe zu begraben. Eine schöne Bescherung, Kathryn. Vielleicht hat Webster tatsächlich Selbstmord begangen.« Colum lächelte, doch die Augen blieben ernst. »Wenn Gloucester das erfährt ...«Er ließ die Drohung in der Luft hängen und trat wieder zu den anderen. Er klatschte laut in die Hände, um den Tumult zu unterbinden, der nach der grausigen Entdeckung ausgebrochen war.

»Genug!« befahl er. »Wir haben genug gesehen. Master Fletcher, sorgt dafür, daß der Sarg wieder unter die Erde kommt. Für die anderen gilt, daß wir noch ein paar Dinge in der Halle zu besprechen haben.«

Die Gruppe, die an der hohen Tafel auf der Estrade Platz nahm, war recht bedrückt. Alle, selbst Gabele und der Ehrsame, saßen niedergeschlagen und blaß auf ihren Plätzen. Colum gestattete, daß Wein gereicht wurde, bevor er das Wort an sie richtete.

»Laßt uns zunächst einmal überlegen, was wir wissen. Am vergangenen Ostersonntag wurde Richard Neville, Graf von Warwick, morgens bei Barnet getötet«, fuhr er fort. »Er vertraute ein kostbares goldenes Amulett mit einem Saphir, das *Auge Gottes*, seinem Leibknappen Brandon an, wahrscheinlich mit Wissen von Moresby, dem Hauptmann seiner Wache. Warwick wurde umgebracht, und wir wissen jetzt, daß Brandon, Moresby und mindestens vier andere Männer fliehen konnten und sich versteckt hielten. Wahrscheinlich beabsichtigten sie, das Amulett zur Priorei von Christchurch in Canterbury zu bringen, doch irgend etwas ist geschehen. Moresby kam auf mysteriöse Weise um; die anderen sind verschwunden; Fletcher hat hier Brandon festgenommen, dessen Leiche wir gerade in Augenschein genommen haben. Mistress Swinbrooke, was wissen wir noch?«

Kathryn sah den blassen Priester an. »Nach den Aussagen der hier Anwesenden sperrte man Brandon in eine Zelle neben der eines Mörders, eines gewissen Sparrow. Mag sein, daß er mit diesem Mann geredet hat, der später entkam. Wir wissen es nicht, da Sparrows Flucht und Ermordung ein Rätsel bleiben.«

Der Ire zuckte mit den Schultern.

»Brandon«, fuhr Kathryn fort, »hat niemandem viel erzählt. Er erkrankte, und nach Lage der Dinge starb er. Unser guter Kaplan hier behandelte ihn und nahm ihm die letzte Beichte ab.«

»Aber wenn's doch stimmt«, jammerte der Priester und sprang auf. »Gott ist mein Zeuge, Mistress, es ist wahr! Er hatte Fieber und starb!«

»Woran habt Ihr erkennen können, daß er tot war?« fragte Kathryn ihn.

»Man konnte weder am Hals noch am Handgelenk Pulsschlag fühlen«, rief der Priester. »Keine Anzeichen von Atem.«

»Habt Ihr einen Spiegel verwendet?« fragte Kathryn. »Oder ein Stück Glas, das Ihr ihm vor Mund und Nase gehalten habt?«

»Natürlich nicht«, verkündete der Priester und setzte

sich wieder. »Christus ist mein Zeuge, Mistress, ich dachte wirklich, er sei tot!«

»Er starb am Nachmittag«, ergänzte Fletcher den Priester. »Man legte ihn in eine Kiste und beerdigte ihn noch am selben Abend. Gott, wie muß der arme Bastard gelitten haben!«

»Damit kommen wir schließlich zu Websters rätselhaftem Sturz vom Turm«, unterbrach Colum und blickte alle der Reihe nach eindringlich an. »Bei Eurer Treue zum König«, fügte er leise hinzu, »kann denn nicht einer von Euch Licht in diese Geheimnisse bringen?«

Alle Anwesenden schüttelten den Kopf und verneinten die Frage im Chor. Colum beendete daraufhin die Versammlung. Er stand auf und streckte die Glieder, bis sie knackten.

»Keiner«, verkündete er, »ich sage: Keiner von Euch darf die Burg ohne meine Erlaubnis verlassen außer Euch, Master Sturry.« Colum öffnete seine Gürteltasche und entnahm ihr eine kleine, mit einem roten Band verschnürte Rolle. Er drückte sie Sturry zusammen mit einem Silberstück in die Hand. »Ihr könnt gehen, wohin es Euch beliebt. Den anderen sei gesagt: Jeder, der Canterbury verläßt – und das gilt auch für Euch, Master Ablaßprediger –, wird als Mörder gebrandmarkt, als Dieb und Verräter!«

Colum und Kathryn gingen hinaus. Sie holten ihre Pferde und ritten schweigend zurück in die Stadt, in die Wärme und Sicherheit des Hauses in der Ottemelle Lane. Kathryn und Colum sprachen kaum miteinander; auch als sie ihre Mäntel abgelegt hatten und am Küchentisch saßen, waren sie in Gedanken versunken und zogen ihre eigenen Schlüsse aus dem, was sie an diesem Abend erfahren hatten.

»Ein aufregender Tag«, stellte Kathryn fest, während Thomasina ihnen Ale, geräucherte Schinkenscheiben, Brot und Käse auf einer Platte servierte.

»Ich habe erfahren, daß Alexander Wyville sich inzwischen Robert Lessinger nennt. Bürgermeister Faunte ist gehängt worden. Ihr habt einen Freund aus Kindertagen umgebracht, der Euch nach dem Leben trachtete. Wir haben erfahren, daß Brandon mit dem *Auge Gottes* von Barnet entkommen ist, aber der Saphir ist verschwunden. Moresby wurde umgebracht. Brandon wurde festgenommen und dann lebendig begraben.« Kathryn schob die Platte von sich und stützte die Ellbogen auf den Tisch. »Hinzu kommt, daß wir keinerlei Hinweise darauf haben, wie Webster getötet wurde, wo Brandons frühere Gefährten sind oder, noch wichtiger, wo das *Auge Gottes* steckt.«

Colum nahm einen Schluck aus seinem Weinbecher. »Das reicht, um einen Mann an die Flasche zu bringen.« Er lächelte bitter. »Habt Ihr in dieser Angelegenheit irgendeine Idee?«

»Ich habe in der Burg gelogen«, erwiderte Kathryn. »Es lag kein Versehen vor. Brandon wurde absichtlich lebendig begraben. Ich vermute, man hat ihm Schierling verabreicht. Kennt Ihr seine Eigenschaften?«

Colum schüttelte den Kopf.

»Schierling ist eine weitverbreitete Wildpflanze«, erklärte Kathryn. »Die lateinische Bezeichnung ist Conium maculatum, und er ist sehr giftig. Die Griechen gaben ihn Sokrates zu trinken, und einer Legende zufolge, die mein Vater mir erzählt hat, soll der Gott Prometheus den Sterbenden Feuer auf einem Schierlingsstengel gebracht haben. Schierling ist gefährlich, nicht nur, weil er giftig ist, sondern auch, weil er Petersilie und Fenchel ähnlich sieht. Ein Fehler bei der Unterscheidung kann sich als tödlich erweisen. Hinzu kommt, daß es viele verschiedene Formen dieses Krautes gibt; Schierling und Wasserschierling sind besonders gefährlich. Man findet sie an Hecken, in Gräben oder in offenem Waldgebiet. Schierling hat einen unangenehmen, bitteren Geschmack und einen widerwärtigen Geruch, der allerdings von Wein überlagert werden kann.«

»Und Brandon hat man also Schierling gegeben?«

»Alle Symptome weisen darauf hin«, sagte Kathryn. »Hohe Temperatur, Mattheit, beschleunigter Herzschlag; das Opfer fällt in einen sehr tiefen Schlaf oder ins Koma, das zum Tode führt.«

Kathryn spielte mit ihrem Weinbecher. Colum blickte sie aus halb geschlossenen Augen von unten her an und versuchte, seine Furcht zu beherrschen. Sie ist gefährlich, dachte er; ich töte mit Dolch oder Schwert, doch sie kann eine harmlos aussehende Pflanze todbringend einsetzen.

»Ich erinnere mich an ein griechisches Sprichwort«, murmelte Colum. »›Ich war ein gesunder Mann, bevor ich Ärzte kennenlernte.‹ Ich nehme mich vor Euch in acht, Mistress Swinbrooke.«

Kathryn zuckte mit den Schultern. »Die meisten Menschen fürchten sich vor Ärzten. Das Wissen um die Wirkung von Kräutern ist äußerst gefährlich, vor allem, wenn es um eine Pflanze wie Schierling geht. Ich habe einmal ein Kind behandelt, das davon gegessen hatte. Die Symptome waren ganz ähnlich wie bei Brandon: Das Kind schien in jeder Hinsicht tot.«

»Also behauptet Ihr, daß jemand aus der Burggarnison Brandon Schierling verabreicht hat? Er fällt in tiefe Ohnmacht. Der Priester reicht ihm die Letzte Ölung, er wird rasch beerdigt und im Grab wieder wach?«

»Ja, das behaupte ich«, antwortete Kathryn. »Der Ärmste war in der Falle, er war schwach und ihm war speiübel, während er heftig nach Luft rang. Kann sein, daß er eine Stunde bei Bewußtsein gewesen ist, ehe er erneut in Ohnmacht sank.«

Colum pochte auf die Tischplatte. »Doch wer war es – und warum?«

»Wartet.« Kathryn stand auf, ging in ihre Schreibkammer und holte eine arg mitgenommene, verschmierte Pergamentrolle. »Wir wollen Brandons Pfad von Barnet aus verfolgen.« Kathryn räumte den Tisch ab und rollte die Karte mit den groben Umrissen von Kent auf, die ihrem Vater gehört hatte, und zeigte auf Canterbury und die Straßen nach Norden. »Jetzt wissen wir«, sagte sie, »daß Brandon nach Warwicks Niederlage bei Barnet in Richtung Canterbury floh. Eine Zeitlang hielt er sich mit seinen Gefährten in Blean Wood versteckt, wo sie auf Faunte und seine Gefolgsleute trafen. Später wagten sie sich hinaus aufs freie Land und gingen nach Sellingham, einen verlassenen Ort.« Kathryn zuckte mit den Schultern. »Danach – nichts! Moresby wird getötet, vermutlich durch Gesetzlose; Brandon wird festgenommen; und die anderen verschwinden.«

»Was also schlagt Ihr vor?« fragte Colum.

»Nun, nicht in die Burg von Canterbury zurückzukehren, sondern an diesen verlassenen Ort zu gehen, um ihn zu durchsuchen. Vielleicht hat Brandon das *Auge Gottes* ja dort versteckt?« Kathryn rollte die Karte wieder ein. »Weiß der Himmel, aber es ist immer noch besser, als untätig herumzusitzen.«

»Wenn er geht« – Thomasina stand am Eingang zur Speisekammer und zeigte auf Colum –, »dann gehe ich auch mit!«

»Und was ist mit Wuf?«

»Agnes ist ja da, sie kann auf ihn aufpassen. Aber Ihr, Herrin, wandert mir nicht mit irgendeinem dahergelaufenen irischen Wilden durch die Lande.«

»Ja, ich glaube auch, es ist besser, wenn du mitkommst«, sagte Colum sanft. »Deine Herrin und ich brauchen deinen Schutz.«

Thomasina warf ihm einen wütenden Blick zu und stapfte hinaus. Colum rieb sich mit beiden Händen das Gesicht.

»Wir sollten aufbrechen, sobald es hell wird. Was ist mit Euren Patienten?«

»Die können warten; es ist kein dringender Fall dabei. Colum, wir müssen in dieser Angelegenheit unbedingt eine Lösung finden.« Auch Kathryn rieb sich jetzt die Augen. »So oder so sollte der Fall abgeschlossen werden. Entweder wir graben die Wahrheit aus oder wir sagen Seiner Hoheit, dem Herzog von Gloucester, daß alles ein großes Rätsel ist und weder der König noch ein anderer das *Auge Gottes* besitzen wird.«

»Seid Ihr müde, Kathryn?«

»Ach ja.« Sie blickte ihn niedergeschlagen an.

»Nein, so meine ich es nicht«, fuhr er hastig fort. »Bevor ich nach Canterbury kam, verlief Euer Leben im großen und ganzen … nun ja, in ruhigen Bahnen. Ihr hattet Euren Beruf, Euren Ehrgeiz.«

Kathryn stand auf. »Ja, Colum, alles ruhte in Frieden.« Sie lächelte, als sie den Umhang an sich nahm. »Was man allerdings ebensogut auch von einem Friedhof behaupten kann.« Kathryn strahlte Colum an und ging hinaus, noch ehe Colum sich eine passende Antwort überlegen konnte.

Allein in ihrer Kammer, fragte sich Kathryn, was Colum wohl mit seiner Frage bezweckt haben könnte. Sie setzte sich auf das Bett und öffnete die Schnürbänder ihres Mieders.

Was wäre, wenn es Colum nicht gäbe? dachte sie. Es gäbe kein *Auge Gottes*, keine Bluthunde von Ulster, keine Morde. Doch was hätte ich statt dessen? Alexander Wyville, der mich noch immer quälte, und keine Möglichkeit, dieser verfahrenen Situation zu entrinnen. Gewalt war nun einmal Bestandteil ihres Lebens. Alexander Wyville hatte den Reigen begonnen, und nun mußte sie es durchstehen. Sie schloß die Augen und dachte an ihren Mann – seine Miene am Hochzeitstag und dieselben Gesichtszüge, nach dem Genuß von Alkohol rot angelaufen und wutverzerrt. »Ich will dich nicht!« flüsterte Kathryn. »Der Herr möge mir verzeihen, aber es ist mir gleichgültig, ob du lebst oder nicht! Und wenn du zurückkehrst, werde ich jede Möglichkeit der Einflußnahme – ja, auch Colum persönlich – nutzen, um vor einem Kirchengericht die Annullierung unserer Ehe zu erwirken.«

Kathryn zog sich aus, wusch sich mit einem Schwamm und einem kleinen Stück Seife aus Kastilien, trocknete sich sorgfältig ab und zog ihr Nachthemd über. Thomasina kam herein, schob eine warme Bettpfanne zwischen die Laken und reichte ihr einen Becher heißer, mit Muskatnuß gewürzter Milch. Kathryn ließ es zu, daß ihre alte Amme sie ermahnte und bemutterte. Bevor Thomasina das Zimmer verließ, mußte Kathryn ihr feierlich versprechen, daß sie am nächsten Morgen mitkommen dürfte. Dann trank sie die Milch aus, löschte die Kerzen, schlüpfte zwischen die Laken und zog die Decken über den Kopf, wie sie es als kleines Mädchen schon getan hatte. Sie streckte sich wohlig aus und ließ den Gedanken freien Lauf – wenn sie sich nur daran erinnern könnte, was sie in Fauntes Zelle gesehen hatte. Plötzlich fiel Kathryn der Ehrsame ein, und Zeilen aus Chaucers »Erzählung des Ablaßpredigers« kamen ihr in den Sinn:

Ist's denn gefährlich, dem Tod zu begegnen?
Ich will ihn suchen auf Straßen und Wegen.

»Wann werde ich ihn wiedersehen?« murmelte Kathryn. »Oder ist stets der Tod in meiner Nähe?« Sie schloß die Augen und sank in einen traumlosen Schlaf.

Früh am nächsten Morgen brachen sie auf. Thomasina packte Körbe voll Brot, Käse, getrocknetem Fleisch und Wein. Sie ermahnte die verschlafene Agnes und drohte Wuf mit den schrecklichsten Strafen, die ihn erwarteten, wenn er sich nicht ordentlich aufführte. Kathryn trug Agnes auf, alle schwierigen Fälle zu Chaddedon zu schikken, während die anderen sich gedulden sollten, bis sie zurückkehrte.

»Ach, und sag Wuf«, fügte Kathryn hinzu, »daß er die alten Schwestern in der Jewry Lane besuchen soll; es geht ihnen inzwischen wahrscheinlich besser, doch ich denke, man sollte lieber nach ihnen schauen.«

Colum war nach einem erholsamen Schlaf erfrischt und sattelte die Pferde. Er hatte seinen großen Kriegsgurt angelegt und eine Armbrust um den Sattelknauf geschlungen.

»Was ist mit Kingsmead?« fragte Kathryn.

»Ach, Holbech schafft das schon. Er rechnet erst dann mit mir, wenn er mich sieht. Im übrigen hat man im Herrenhaus ohnehin noch mit den Aufräumarbeiten nach Gloucesters Besuch zu tun.« Er schmunzelte. »Megan ist froh über jede Ablenkung.«

»Ist der Herzog schon abgereist?« fragte Kathryn.

»Ja, so ist Gloucester, rücksichtslos wie immer. Er kam, um Faunte zu töten; nun hat er die Aufgabe für seinen geliebten Bruder erledigt. Bevor ich das Rathaus verließ, befahl mir der Herzog, ihm binnen einer Woche in London über die Fortschritte bei der Suche nach dem *Auge Gottes* zu berichten.« Colum lächelte freudlos. »Wenn wir heute nichts finden, ist eine Woche schon zu lang.«

Sie stiegen auf die Pferde, verabschiedeten sich von Agnes und Wuf und ritten durch die Ottemelle Lane, die Steward Street hinauf Richtung Westgate. Die Stadt schlief noch. Selbst die Kirchenglocken hatten noch nicht zur Frühmesse geläutet. Hier und da huschte eine grell gekleidete Hure über die Straße und versuchte, den Fängen der Wachen zu entwischen, die mit dem Stab in der Hand und verschlafenen Gesichtern durch die Gassen schritten. Auf der Hethenman Lane waren Mistsammler bei der Arbeit. Ihre hohen, vierrädrigen Karren waren vollbeladen mit Kot und Unrat, den sie aus den Abflußrinnen harkten. Der Gestank war bestialisch. Colum, Kathryn und Thomasina wickelten sich ihren Umhang um Mund und Nase und achteten nicht auf die fröhlichen

Pfiffe der Mistsammler, die sich an dem Chaos ergötzten, das sie erzeugten. Zwei Schuldner aus dem Stadtgefängnis, an Händen und Füßen gefesselt, trippelten von Kummer gebeugt durch die Straßen und bettelten um Almosen. Vor Black Friars neben dem Tor von Saint Peter hatte man bereits ein paar betrunkene Randalierer an den Pranger gestellt; sie mußten sich tagsüber den Beschimpfungen der Bürger aussetzen, deren Schlaf sie in der Nacht zuvor in so grober Weise gestört hatten.

Durch das geöffnete Westtor wurden Karren voll landwirtschaftlicher Erzeugnisse für das Tagesgeschäft in die Stadt zum Buttermarkt gebracht. Kathryn schloß die Augen, als sie durch den Torbogen ritten, und hauchte ein Gebet für den Seelenfrieden des armen Faunte. Sie setzten ihren Weg fort und kamen an der Kirche von Saint Dunstan vorbei, überquerten die Wegkreuzung und bogen in die Landstraße nach Whitstable ab. Allmählich wichen die Wirtshäuser und Bauernhöfe am Wegesrand der offenen Landschaft. Das Korn auf den Feldern stand hoch, und die Bauern trafen bereits erste Vorkehrungen für die Ernte, während ihre Kinder mit Schleudern durch das Korn tobten und die räuberischen Krähen und Raben verscheuchten. Der Himmel wurde hell, die grauweißen Wolken verflüchtigten sich unter den ersten kräftigen Sonnenstrahlen. Kathryn und Colum hielten vor einer kleinen Schenke an, aus der ihnen warme, abgestandene Luft entgegenschlug, und nahmen zum Frühstück gewässerten Wein und Haferkuchen. Kathryn hatte die Landkarte des Vaters mitgenommen. Mit Thomasinas Hilfe beriet sie Colum bei der Wahl der richtigen Wegstrecke.

Die Landstraßen und Pfade waren zum größten Teil verlassen. Nur hin und wieder begegneten ihnen einmal ein Hausierer, ein Kesselflicker oder ein Wanderpriester von niederem Rang, der seine kümmerlichen Habseligkeiten in einem kleinen Handkarren vor sich her schob. Zuweilen, vor allem in Wirtshäusern und Schenken, trafen sie auf Pilgergruppen, die nach Canterbury unterwegs waren. Sie schnatterten in Vorfreude auf den größten Schrein der Christenheit aufgeregt durcheinander. Als Kathryn und Colum sich an einer Stelle verirrten, wies ihnen ein tranäugiger Bauer mit roten, aufgesprungenen Wangen den rechten Weg. Gegen ein Uhr mittags bogen sie in einen schmalen, überwucherten Pfad ein, der zu dem verlassenen Ort führte. Da die Pferde nur mühsam vorankamen, stiegen Kathryn, Thomasina und Colum ab. Leise vor sich hin schimpfend, wichen sie überhängenden Ästen aus und lösten festgehakte Brombeerranken von ihren Kleidern. In der Luft lastete eine Stille, die nur vom Zwitschern der Vögel oder vom Summen der Bienen unterbrochen wurde, die über den geöffneten, süß duftenden Wildblumen nach Nahrung suchten. Schließlich hatten sie sich durch das Dickicht gekämpft und sahen vor sich, in einer kleinen Senke am Berghang, die Ruinen einer verlassenen Stadt.

»Grundgütiger Gott!« hauchte Colum und tätschelte sein Pferd.

Sie betrachteten die verfallenen Steingebäude, deren Dächer teils eingesunken, teils abgedeckt waren. Von Häusern, die aus Lehm und Flechtwerk bestanden hatten, war nur noch ein Schutthaufen übrig. Kathryn deutete auf eine verlassene Mühle am Ufer eines kleinen Wasserlaufs; auf eine Schenke ohne Dach, den Pfosten, an dem das vermoderte, klapprige Wirtshausschild hing, und auf den von Unkraut überwucherten Dorfplatz, hinter dem die einfache Dorfkirche, eine sehr kleine Kapelle, zu sehen war. Das Dach des Mittelschiffs fehlte, die Westseite des eckigen Kirchturms war verwittert. Saatkrähen und Dohlen, die jetzt laut krächzend über die Störung auf sie herabschimpften, hatten sich dort niedergelassen.

»Wie ist das möglich?« fragte Colum. »Woher kommt diese Verwüstung?«

»Mein Großvater hat es mir erzählt«, meldete sich Thomasina zu Wort und wischte sich den Schweiß von der Stirn. »Mein Großvater hat gesagt, es war der Schwarze Tod. Viel schlimmer als die Schweißkrankheit. Ganze Städte verschwanden einfach. Es heißt, zwei von drei Menschen starben.«

»Thomasina hat recht«, stimmte Kathryn zu und führte ihr Pferd weiter. »Dörfer und Städte wie diese hier gibt es im Königreich zuhauf.« Sie schauderte. »Der geeignete Ort für Geister und Phantome.«

»Es muß wirklich jemand hiergewesen sein«, bestätigte Colum. Er bückte sich und fuhr mit dem Dolch durch das dünne, spärliche Gras. »Hier waren Pferde angebunden, der Dung ist trocken und bröselt bereits.«

Sie sahen sich in der Ortschaft um. Kathryn spürte ein unangenehmes Prickeln zwischen den Schulterblättern – ein Gefühl, als beobachtete sie jemand, als lehnten die Geister der Menschen, die hier gelebt hatten und gestorben waren, das plötzliche Eindringen Lebender ab. Die tiefe Stille des Ortes war bedrückend. Manchmal war ihr, als hörte sie hinter Mauern Schritte oder unterdrücktes Schluchzen und Türen, die leise knarrend geöffnet wurden. Sie versuchte, diese Erscheinungen als Fieberphantasien abzutun und der Grabesstille des Ortes zuzuschreiben.

Colum und Thomasina erging es nicht anders. Hin und wieder unterbrachen sie ihr wachsames Schweigen, wenn sie auf Spuren von Reitern stießen – zweifellos von Brandon und seinen Leuten.

»Warum sind sie hierhergekommen?« fragte Colum.

»Das ist doch wohl klar«, antwortete Kathryn, die vor der verlassenen Mühle stand. »Spürt Ihr es nicht, Colum? An diesem Ort hausen Gespenster, er ist in Vergessenheit geraten, also ein ideales Versteck.« Nachdenklich blickte sie den Krähen nach, die um den alten Kirchenturm flogen. »Ich vermute, einer von Brandons Leuten kannte diesen Ort«, murmelte sie. »Weiß der Himmel, was hier geschehen ist.«

Sie fuhren mit ihrer Suche fort. Hier und da gingen sie in eines der verlassenen Häuser. Plötzlich rief Colum aufgeregt: »Kommt, Kathryn, hier ist etwas!«

Sie ließ ihr Pferd stehen und trat vorsichtig über die Schwelle eines verfallenen Eingangs. Colum deutete auf einen Haufen schwarzer Asche in einer Ecke an der Rückwand des Hauses, neben dem ein wenig Pferdemist lag.

»Brandon war bestimmt hier, aber allem Anschein nach noch jemand, und zwar vor kurzem«, sagte Colum, ging zum Misthaufen hin und stocherte mit der Fußspitze darin herum. »Das ist ziemlich frisch, es liegt noch nicht lange hier.«

Sie setzten die Suche fort und fanden immer wieder frische Spuren, die auf einen Besucher hindeuteten, der vor nicht allzu langer Zeit an diesem Ort war.

»Es waren zwei Reiter«, stellte Colum fest, »die zu verschiedenen Zeitpunkten hier waren. Wonach haben sie gesucht?«

»Der einzige Ort, an dem wir noch nicht nachgeschaut haben«, erwiderte Kathryn, »ist die Kirche.«

Sie warf einen Blick auf Thomasina, die müde und abgespannt auf einer niedrigen, zerfallenen Mauer saß.

»Vielleicht ist es an der Zeit, eine Pause einzulegen und etwas zu essen.«

Sie banden ihren Pferden vor der Kirche, wo einst der Friedhof gewesen war, die Hufe zusammen und betraten durch eine offene Mauerspalte den Turm. Sie gelangten in den kleinen Altarraum, von wo aus sie das Mittelschiff überblicken konnten. Die Kirche war öde und leer, das Dach längst eingestürzt. Die einst weißen Wände waren mit Flechten und Moos bedeckt, während die Säulen, die das Mittelschiff auf beiden Seiten von den schmalen Querschiffen trennten, unter dem Einfluß von Wind und Regen abblätterten und zerfielen. Kathryn sah sich im Altarraum um. Der alte Altar, quer zur Apsis gebaut, stand noch an seinem Platz.

Kathryns Blick fiel auf eine kleine Nische für Meßkelche, ein inzwischen verblaßtes Gemälde und die großen Mauerspalten zu beiden Seiten des Altarraums, wo einst der Lettner stand.

»Es ist traurig«, murmelte sie. »Wenn man bedenkt, daß einst Menschen hier das Lob Gottes sangen und beteten.«

Thomasina schrie auf, als ein Vogel, der hoch oben an der Kirchenwand nistete, plötzlich laut flatternd aufflog.

»Kommt her!« Kathryn stellte die Körbe auf den Boden. Schweigend nahmen sie eine Mahlzeit zu sich und begaben sich anschießend zu dritt auf einen Rundgang durch die Kirche.

»Wenn Euch irgend etwas auffällt«, sagte Colum, »dann ruft laut!«

»Hier ist nichts«, grummelte Thomasina und schob mit der Fußspitze das Moos auf dem Boden zur Seite.

Kathryn schlenderte durch ein Querschiff und ließ die Finger über die Flechten gleiten, die an der Mauer wuchsen.

»Was glaubt Ihr, wie alt diese Kirche ist?« fragte Colum. »Sie erinnert mich an Kapellen in Irland.«

»Sehr alt«, erwiderte Kathryn gedankenverloren. »Möglicherweise noch vor der Eroberung erbaut, einfach und streng.«

Sie ging in den Altarraum zurück und lehnte sich an den Altar. Sie versuchte, ihn zu verschieben, doch er bewegte sich nicht. Mit einem Blick zum Boden sah sie, daß hier mehr Moos als an anderen Stellen lag; und dann bemerkte sie Zweige und aufgeschichtete Erde. Der Rat des Vaters, den sie sich stets aufsagte, wenn sie Patienten behandelte, kam ihr in den Sinn.

»Versuche festzustellen, was merkwürdig ist, was nicht ins übliche Bild paßt.«

Kathryn schaute noch einmal nach unten.

»Colum!« rief sie.

»Was ist?« fragte er und trat zu ihr.

»Seht, hier sind Zweige, Rindenstücke und Erde aufgeschichtet, obwohl es hier keinen überhängenden Baum gibt. Und eine Feuerstelle ist es auch nicht.«

Kathryn kniete nieder und fegte die Zweige zur Seite. Colum ging hinaus und holte ein Binsenlicht aus seiner Satteltasche. Er kam zurück und zündete es an; der Schein der Flamme tanzte auf dem Stein.

»Hier ist ein Buchstabe«, sagte Kathryn. Sie schob noch mehr Zweige und Schmutz zur Seite. »Seht, das Moos ist entfernt worden. Und da sind noch mehr Buchstaben!«

Thomasina eilte herbei, und Colum hielt das Binsenlicht näher heran. Er reichte Kathryn seinen Dolch, damit sie den Schmutz entfernen konnte.

»›Levate!‹«, rief Kathryn aufgeregt. »›Levate oculos ad montes!‹ ›Hebet Eure Augen auf zu den Bergen‹«, übersetzte sie und lächelte Colum an. »Dasselbe Gebet, das Brandon in seiner Zelle in der Burg von Canterbury in die Wand geritzt hat.«

»Was soll es hier?«

»Es ist eine Art Grabstein«, antwortete Kathryn. »Wahrscheinlich befindet sich darunter das Grab eines längst vergessenen, ortsansässigen Adligen.« Kathryn lächelte. »Einer Überlieferung zufolge kämpfen Teufel und Engel um die Seele, nachdem sie den Körper verlassen hat, deshalb wollen die Menschen gern an einem geheiligten Ort begraben werden.«

Colum stellte das Binsenlicht zur Seite und begann, mit dem Dolch zu graben.

»Hier ist ein Spalt«, sagte er. »Man kann die Platte hochheben.«

Nachdem er die große Steinplatte vom Schmutz befreit hatte, konnte Colum den massiven Stein mit Hilfe von Holzkeilen, Schwert, Degen und Dolch hochstemmen.

»Es geht bestimmt auch einfacher«, knurrte er, »aber ich weiß nicht wie.«

Kathryn und Thomasina halfen ihm. Sie hoben die schwere Steinplatte hoch und schoben sie zurück. Modergeruch stieg ihnen entgegen, und sie mußten husten und niesen. Nachdem der Staub sich gelegt hatte, erspähten sie ein gähnendes Loch, in das eine schmale Treppe hinabführte. Kathryn folgte dem Iren, dessen entsetzter Aufschrei ihr durch Mark und Bein ging. Die Haare im Nacken sträubten sich ihr.

»Colum, was ist?«

»Oh, mein Gott!« rief Colum »Oh, die armen Schweine!«

Kathryn hastete über die schiefen, baufälligen Stufen hinab.

Als sie unten ankam, mußte sie einen Aufschrei unterdrücken. Sie streckte die Hand aus und berührte den kalten, weißen Arm eines Skeletts, der aus einem vermodernden Sarg ragte. Langsam blickte sie sich um. Colum stand in einem Lichtkegel, und Kathryn konnte seine Umgebung nur undeutlich wahrnehmen.

»Colum, das ist nur ein Mausoleum.«

Colum winkte sie zu sich heran.

»Nein, nein«, flüsterte er heiser. »Es ist eine Mördergrube.« Er hielt das Binsenlicht hoch. »Seht doch, Kathryn!«

Kathryn trat einen Schritt vor und starrte mit schreckgeweiteten Augen auf die vier verwesenden Leichen, die dort lagen. Das Fleisch auf Gesichtern und Händen war verschrumpelt und ausgetrocknet. Die Körper waren lang ausgestreckt, die Augenhöhlen leer, die Münder standen offen. Kathryn nahm das Binsenlicht, trat an die Leichen heran und kniete nieder. Sie zog einen zerfetzten, verschimmelten Umhang zur Seite und erkannte auf dem linnenen Wams des Mannes undeutlich ein Bild: ein Bär, in Ketten gelegt und mit einem Maulkorb versehen, der einen rohen Stab in der Pranke hielt.

»Warwicks Wappen«, sagte Colum. »Wir haben Brandons Leute gefunden, Kathryn. Aber wie sind sie gestorben?«

Kathryn überwand ihren Ekel und untersuchte die Kadaver sorgfältig, vor allem die Schädel und die Vorderseite ihrer Wamse.

»Kein Anzeichen von Gewalt«, murmelte sie. »Kein Mal auf den Schädeln oder Blut auf den Umhängen. Ich kann nur raten, Colum, aber ich glaube, diese Männer sind verhungert.«

Colums Blick war indessen auf eine kleine lederne Satteltasche gefallen, die in eine Mauernische geschoben worden war. Er zog sie heraus, durchtrennte die modernden Schnallen und zog ein goldenes Amulett heraus; selbst in der Finsternis fing der Saphir den schwachen Schein des Binsenlichts ein und funkelte wie ein Stern.

»Das *Auge Gottes*!« Colum drückte ihn Kathryn in die Hand. »Wir haben das *Auge Gottes* gefunden!«

Kathryn stand auf und gab acht, sich nicht den Kopf an der niedrigen Decke zu stoßen. Sie betrachtete das goldene, rautenförmige Amulett. Es war wunderschön: reines, filigran gearbeitetes Gold, behauen und geformt in keltischer Manier, doch es verblaßte geradezu gegenüber dem feurigen Saphir, der in der oberen Ecke über dem Haupt Christi eingelassen war.

»Es ist zauberhaft!« entfuhr es Kathryn.

Staunend schaute sie auf das Juwel und merkte nicht, daß Thomasina die Treppe hinabwuselte. Bei dem schrecklichen Anblick, der sich ihr bot, schrie sie laut auf. Der Schrei verwandelte sich jedoch abrupt in einen Seufzer des Entzückens, als sie das Amulett erblickte.

»Ein Königsschatz«, flüsterte Thomasina. »Kein Wunder, daß der Herzog von Gloucester ihn wiederhaben will. Männer würden dafür über Leichen gehen!«

Kathryn sah sie an. »Das ist bereits geschehen«, flüsterte sie. Sie warf einen Blick in die verwesenden Gesichter. »Laßt uns lieber von hier weggehen.«

Als Colum das Binsenlicht aufnahm, bemerkte Kathryn die frischen Kratzer an der Wand. Sie riß Colum die Fackel aus der Hand, um sie näher zu betrachten. Im flackernden Licht entzifferte sie die Namenszüge, die unbeholfen in den Stein geritzt worden waren: »›Apleby, Claver, Durston und Farnol‹«, las sie laut vor. »›Jesus sei uns gnädig.‹« Kathryn warf Colum einen Blick zu.

»Ein schreckliches letztes Gebet«, flüsterte sie.

»Gewiß«, erwiderte er. »Und es beweist, daß Moresby und Brandon nicht bei ihnen waren.«

Sie gingen die Treppe hinauf und legten die Steinplatte wieder an ihren Platz.

»Was glaubt Ihr, was hier geschehen ist?« fragte Thomasina.

»Ich weiß es nicht«, sagte Colum. »Doch wir müssen darüber nachdenken. Ich weiß nicht, warum und wie, doch irgendein leibhaftiger Teufel hat diese vier Männer umgebracht. Er hat sie dort zurückgelassen und dem Tode preisgegeben!«

Zwölf

Sie verließen den unbewohnten Ort, und Colum versprach, daß er Leute herschicken wollte, die für ein angemessenes Begräbnis der Leichen Sorge tragen sollten. Der Tag rückte vor. Obwohl sie schweigsam und zügig voranritten, kamen sie erst nach Anbruch der Dunkelheit nach Canterbury.

Als Ärztin besaß Kathryn den Schlüssel für eine Hinterpforte in der Nähe des Westtores, durch die sie in die Stadt gelangten. Unverzüglich steuerten sie die Ottemelle Lane an. Im Haus war es still. Wuf war bereits zu Bett gegangen, und auch Agnes schlief – mit dem Kopf auf der Tischplatte. Sie wachte auf, gähnte und streckte sich und versicherte ihrer Herrin, daß nichts Außergewöhnliches geschehen sei. Thomasina scheuchte sie ins Bett. Als sie wieder in die Küche kam, bot sie Kathryn und Colum, die inzwischen am Tisch Platz genommen hatten, an, etwas zu essen und zu trinken zu holen.

Kathryn war sattelwund und wünschte sich nichts sehnlicher als ein Bad, frische Kleider und einen gesunden Schlaf, doch die Szene in der Gruft ließ sie nicht los – die dunkle Nische mit den grotesk anmutenden Leichen und dazu das wunderschöne *Auge Gottes*, das Colum bereits in seinem Zimmer in einer Truhe verschlossen hatte.

»Warum?« fragte sich Kathryn. »Warum mußten sie auf diese Art und Weise sterben?«

»Was mir Sorge bereitet«, erwiderte Colum grübelnd, »ist, daß alle tot sind: die vier in der Gruft, Moresby in einem Straßengraben und Brandon in der Burg von Canterbury.«

»Sie wurden umgebracht«, fuhr Kathryn fort. »Vier körperlich gesunde Männer würden niemals in einer

Gruft bleiben und ihr Schicksal als unabdingbar hinnehmen.«

»Ich glaube, man hat sie dort hineingesteckt«, sagte Colum. »Mag sein, daß man sie vor Verfolgern verstecken wollte, vielleicht aber auch, um sicherzustellen, daß sie nicht mit dem Juwel entkommen konnten. Man hat ihnen versprochen, sie herauszuholen, und anschließend das Grab versiegelt. Ihr habt gesehen, wie schwierig es war, von oben hineinzukommen. Nachdem die Steinplatte wieder an ihrem Platz lag, hätten die Unglücklichen es nicht geschafft, sie von innen zu heben.«

Kathryn zuckte mit den Schultern. »Das ist nicht neu. Es hat ähnliche Todesfälle gegeben, in denen Kinder betroffen waren, die in den verlassenen Ruinen bei Canterbury gespielt haben.«

Sie hielt inne, als Thomasina sie mit Wein, runden Weißbrötchen, Käsescheiben und getrockneten Schinkenstücken bediente. Kathryn nippte vorsichtig an dem gewässerten Wein. Sie fühlte sich wie zerschlagen und war sicher, daß es ihr wie Agnes erginge, wenn sie zuviel tränke: Sie würde den Kopf auf den Tisch legen und einschlafen. Gedankenverloren spielte sie mit der Kordel an ihrer Hüfte.

»Das einzige, von dem wir sicher ausgehen können, ist«, sagte sie, »daß Brandon entkam. Die Männer in der Gruft behielten das *Auge Gottes* bei sich als eine Art Garantie dafür, daß er zurückkehren würde.«

»Aber warum ist er nicht wiedergekommen?« fragte Colum. »Oder sollte Moresby zurückkommen?«

Kathryn dachte angestrengt nach. »Nein«, erwiderte sie. »Es war Brandon. Er kannte den Satz ›Levate oculos ad montes‹, den Schlüssel zu dem Ort, an dem sich das *Auge Gottes* und seine Gefährten befanden. Doch dann wurde er festgenommen und konnte nicht zurückkehren. Wahrscheinlich hat er es vorgehabt, wenn man ihn erst begnadigt und freigelassen hätte, doch dann wurde er auf rätselhafte Weise umgebracht.«

»Und was sollen wir in diesem Fall tun?« fragte Colum verzweifelt.

Kathryn schaute Thomasina zu, die geschäftig in der Küche hin und her eilte und überglücklich war, unheimlichen Gruften, verlassenen Ortschaften und dem schwankenden Rücken einer alten Schindmähre entronnen zu sein.

»Irgend etwas ist faul an der Sache«, sagte Kathryn. »Was hat Moresby getan? Haben Moresby und Brandon gemeinsam die Männer in der Gruft gelassen? Hat Brandon auch Moresby getötet und sich dann festnehmen lassen in der Hoffnung, er würde begnadigt und freigelassen und könnte zurückkehren und das *Auge Gottes* holen? Dann allerdings«, schloß Kathryn, »wäre Brandon ein kaltblütiger Mörder und verdiente, in der Hölle zu schmoren!«

»Aber hätte Moresby so leicht sein Leben gelassen?« fragte Colum. »Noch etwas haben wir vergessen. Erstens, wessen Leiche wurde im Straßengraben gefunden? Woher wissen wir, daß es Moresby war? Zweitens entdeckten wir Spuren von Brandons Leuten in dem verlassenen Ort, aber auch Hinweise darauf, daß zwei andere Reiter unabhängig voneinander dort waren. Wer also war es, hm?« Colum seufzte und schüttelte den Kopf. »Ist es möglich, daß nach der Schlacht bei Barnet ein Dritter Moresby, Brandon und ihren Gefährten folgte?«

»Schon möglich«, erwiderte Kathryn und steckte sich ein Stück Käse in den Mund. Sie blickte vor sich auf den Tisch, und als sie wieder aufsah, war Colum fast eingeschlafen, mit der Hand am Weinbecher. »Kommt«, sagte Kathryn sanft, »es wird Zeit für uns, schlafen zu gehen. Es gibt nichts, was nicht warten könnte.«

Colum blinzelte und rieb sich das Gesicht. »Wenigstens haben wir das *Auge Gottes*«, murmelte er verschlafen.

Er kam mühsam auf die Beine und legte Kathryn zärtlich eine Hand auf den Kopf. Er warf Thomasina eine Kußhand zu und stakste die Treppe hinauf. Er rief ihnen zu, daß er, so Gott wolle, am nächsten Morgen wieder frisch und in der Lage wäre, klarer zu denken.

Kathryn half Thomasina noch eine Weile und ging dann in ihre Schreibkammer. Sie glättete ein Stück Pergament, nahm die Schreibfeder zur Hand und schrieb rasch auf, was sie erfahren hatten. Sie lehnte sich im Stuhl zurück, döste eine Zeitlang vor sich hin, stand auf, um in die Küche zu gehen und sich einen Becher Wasser zu holen. Tief in Gedanken versunken nahm sie das Ende der Kordel, die sie um die Hüfte trug, und kaute an der alten Quaste herum. Ein Ruck ging durch die Kordel, und vor ihrem geistigen Auge tauchte das Bild von Faunte in seiner Zelle auf, den das Gewicht der Ketten an Händen und Füßen nach unten zog. Kathryn hielt inne.

»Herrgott, steh uns bei!« murmelte sie. »Natürlich, das ist es, was Webster aufgefallen ist.«

Sie eilte wieder in die Küche, spritzte sich kaltes Wasser ins Gesicht und bat Thomasina, das Feuer zu schüren, denn sie wollte dort bleiben.

»Oh, wie lange denn noch?« jammerte Thomasina.

»So lange ich brauche.«

Kathryn trug ihr Schreibtablett in die Küche. Sie ging hinaus, um sich an der kalten Nachtluft zu erfrischen, und blickte in den Sternenhimmel.

»Endlich«, flüsterte sie, » endlich klärt sich das Geheimnis auf, dem Himmel sei Dank!«

Kathryn ging wieder hinein und begann zu arbeiten. Sie schrieb schnell und fließend, als erzählte sie sich eine Geschichte. Thomasina wuselte um sie herum und gluckste wie ein wütendes Huhn. Dann setzte sie sich ergeben neben Kathryn und sah zu, wie ihre Herrin mit kühnen Schriftzügen etwas niederschrieb.

»Ihr wart immer schon stur«, brummte Thomasina. »Schon als kleines Mädchen wart Ihr so bockig.«

»Ich glaube, ich weiß, wer der Mörder ist«, sagte Kathryn. Sie ergriff Thomasinas Handgelenk. »Ich weiß, was geschehen ist, Thomasina. Ich weiß, wer den Gefangenen in der Burg ermordet hat. Vielleicht sogar, wie Webster ums Leben kam.«

»Woher?«

Kathryn lächelte und tippte sich an die Stirn. »Durch ein Stück Kordel bin ich darauf gekommen.«

Danach wollte Kathryn nicht mehr abgelenkt werden. Sie schrieb zu Ende, rollte das Pergament zu einer festen Rolle zusammen, die sie mit einem scharlachroten Band verschnürte, und ging zu Bett. Sie schlief nur ein paar Stunden und wachte vor der Morgendämmerung auf. Sie wusch sich, zog sich rasch an und rief Colum zu, er sollte seine faulen Knochen in Bewegung setzen, denn sie hätten geschäftlich zu tun. Colum war morgens nicht gut zu sprechen. Erst als er sich gewaschen und rasiert hatte, setzte sich Kathryn zu ihm in die Küche. Sie wartete ab, bis er gefrühstückt hatte, und rief dann Thomasina zu, Wuf und Agnes hereinzuholen.

Alle saßen ziemlich unausgeschlafen in der Küche. Wuf klagte über Durst, und Thomasina brachte ihm und Agnes eine Tasse Buttermilch. Colum saß auf einem Hocker neben der Feuerstelle und bewunderte Kathryn im stillen; sie hatte nur wenig geschlafen, doch ihm fiel auf, daß ihre Wangen vor Erregung gerötet waren und die Augen lebhaft sprühten.

»Thomasina, setz dich«, begann Kathryn. »Wir spielen jetzt ein Spiel.«

Schon sprang Wuf auf und klatschte in die Hände.

»Kann ich mitspielen?«

»Ja. Colum, ich bitte Euch, bindet Wuf Hände und Füße zusammen, wie wir es beim armen Faunte im Rathaus gesehen haben.«

Wuf kreischte vor Vergnügen, hielt aber still, als Colum das Seil holte und tat, worum Kathryn ihn gebeten hatte. Da stand der Kleine nun und trug Fesseln an Händen und Füßen, die miteinander noch durch ein zusätzliches Seil verbunden waren.

»Wuf, hör auf zu kichern«, sagte Kathryn. »Agnes, stell dich neben ihn.«

Agnes gehorchte mit großen, staunenden Augen.

»Und jetzt, Wuf«, ermahnte Kathryn ihn, »denk daran, es ist nur ein Spiel. Versuche, Agnes um den Hals zu fassen.«

Heillose Verwirrung war die Folge. Agnes trat rasch einen Schritt zurück. Wuf sprang auf und ab, ehe er lachend auf die Binsen stürzte. Colum blickte zu Kathryn hinüber.

»Sparrow und der Wärter?« fragte er.

»Natürlich«, erwiderte Kathryn. »Nein, Wuf, frag mich nicht. Colum, schneidet ihm die Fesseln durch.«

Colum befreite den immer noch lachenden Wuf, der auf Kathryn zulief und sie umarmte.

»Was soll dieser ganze Unsinn?« wollte Thomasina wissen.

»Wir versuchen, einen Mörder zu fangen«, erwiderte Kathryn. »Erinnerst du dich an die alten Schwestern, Eleanor und Maude? Alle dachten, sie hätten die Pest, aber wir wußten, daß es nur die Pellagra war. Unser Mörder in der Burg ist genauso. Er hat uns Tatsachen aufgetischt, die jedoch die Wahrheit tatsächlich verzerren.« Sie lächelte Colum an. »Wir dachten, Sparrow hätte den Wärter getötet und den Schlüssel an sich genommen, um seine Fesseln zu lösen. Er wäre entkommen und hätte später versucht, Brandons Mörder in der Burg zu erpressen und wäre selbst getötet worden.« Sie schüttelte den Kopf. »Ich zog an der Kordel meines Kleides, als mir plötzlich einfiel, daß eine Kordel oder ein Seil, die fest miteinander verbunden sind, Bewegungen wesentlich einschränken.«

»Also müssen Sparrows Fesseln aufgeschlossen worden sein, bevor er den Wärter tötete!« mischte sich Colum ein. »Sein Komplize hat ihm die Flucht ermöglicht und ihn später umgebracht, um ihn zum Schweigen zu bringen.«

»Genau«, erwiderte Kathryn. »Ich habe dieselbe Logik bei allen anderen Morden angewandt und mich geweigert, das zu akzeptieren, was uns gesagt wurde. Und jetzt, Wuf ...« Kathryn zeigte auf die Tür. »Wenn ich dir sagte, daß die Tür von außen verriegelt wäre und du wolltest hinausgehen, was würdest du tun?«

»Durchs Fenster steigen«, anwortete Wuf.

»Nein, nein«, lachte Kathryn. »Sagen wir, der Raum hätte keine Fenster.«

»Ich würde mir einen Hammer oder einen Balken suchen und die Tür einbrechen«, sagte Wuf beherzt. Er freute sich über Kathryns Aufmerksamkeit.

»Und wenn du es eilig hättest?« fuhr Kathryn fort. »Sagen wir, es brennt lichterloh. Wärst du erst im Garten, würdest du wohl nicht noch einmal nachschauen, ob du einen Fehler begangen hättest, denn die Tür war die ganze Zeit von innen und nicht von außen verriegelt.«

Colum schlug sich mit der Hand auf den Schenkel. »Die Falltür in der Burg!«

»Der Verdacht kam in mir auf«, fügte Kathryn hinzu, »als ich mich fragte, wie Webster aufschreien konnte, wenn er bewußtlos war.«

»Aber man hat Webster hoch oben auf dem Turm gesehen«, fuhr Colum fort.

»Wirklich?« fragte Kathryn. »Vor ein paar Tagen kam ich nach Hause und dachte, Agnes wäre im Garten, weil ich ihren braunen Umhang sah, doch es war Wuf. Nein, nein!« sie hielt die Hand hoch, um Agnes zu bremsen. »Jetzt ist keine Zeit für Streitereien. Versteht Ihr, Colum? Die Morde waren so einfach. Wir haben Zerrbilder gesehen. Brandon ist gestorben, war in Wirklichkeit aber vergiftet. Ist Sparrow entkommen? Nein, jemand hat ihm zur Flucht verholfen. Webster wurde auf dem Turm gesehen, und die Falltür war von dieser Seite verriegelt. Aber war er wirklich dort? War die Falltür verriegelt?«

»Wer ist dann der Mörder?« fragte Colum.

Kathryn rieb sich die Augen. »Nun, laßt uns zu einem weiteren Zerrbild kommen. Brandon, Moresby und vier andere Männer verließen Barnet und nahmen das *Auge Gottes* mit. Nun, nachdem wir in Sellingham waren, haben wir die Leichen dieser Männer gesehen, nur einer fehlte.«

»Moresby«, erwiderte Colum.

»Ja«, sagte Kathryn leise. »Außer Moresby. Ist er wirklich tot? Hat jemand seinen Platz eingenommen? Nun, wir wollen dieses Bild klarstellen.« Sie stand auf und stellte sich ans Feuer. »Wer von den Menschen in der Burg mag nicht der sein, der zu sein er vorgibt?«

»Der Ehrsame.«

»Und wer kann in der Burg nach Belieben herumlaufen?«

»Der Ehrsame«, wiederholte Colum, und diesmal stimmten Wuf, Thomasina und Agnes mit ihm ein.

»Dann, Ire, sollten wir uns zur Burg begeben. Bevor jemand abreist.«

»Kann ich mitkommen?« rief Wuf begeistert.

Kathryn küßte ihn auf den Kopf. »Nein, du und Agnes wart bereits eine große Hilfe.«

Kathryn und Colum nahmen ihren Umhang, verabschiedeten sich und gingen hinaus zu den Ställen.

»Glaubt Ihr, daß Ihr den Mörder kennt?« fragte er.

»Eines ist mir noch unklar«, antwortete sie. »Zwei Reiter haben den verlassenen Ort aufgesucht, zu unterschiedlichen Zeiten, und es ist noch nicht lange her, stimmt's?«

Colum nickte und fuhr sich mit der Hand über einen Schnitt in der Wange, den er sich bei der hastigen Rasur in aller Frühe zugezogen hatte. »Ich kenne Pferdespuren«, sagte er. »Da kann man mir nichts vormachen.«

»In diesem Fall«, fuhr Kathryn fort, »müssen wir uns noch einmal überlegen, wer Zutritt zu Brandon, Sparrow und zu dieser Falltür hatte.«

Nachdem sie ihre Pferde abgeholt hatten, machten sich Kathryn und Colum auf den Weg zur Burg. In Winchepe, kurz vor den Toren der Burg, hielt Kathryn an. »Während ich die anderen beschäftige, müßt Ihr das Schloß der Tür untersuchen«, sagte sie an Colum gewandt. Und mit einem treffenden Zitat aus Chaucers »Frau aus Bath« erteilte sie ihm eine markige Lektion darüber, was ihrer Meinung nach auf der Hand lag. Schließlich gab Colum nach und lenkte sein Pferd sacht zur Seite, um zwei großen Karren Platz zu machen, die in die Burg rumpelten.

»Aber welchen Beweis haben wir?«

»Keinen«, erwiderte Kathryn leichthin. »Zumindest noch nicht. Doch sobald wir die Burg dort betreten haben, werdet Ihr hingehen und herausfinden, worum ich Euch gebeten habe.«

Colum fing ihren erhobenen Zeigefinger ein und drückte ihn zärtlich.

»Wißt Ihr«, sagte er und trieb sein Pferd an, »ich dachte immer, Thomasina würde eine ausgezeichnete Frau von Bath abgeben. Nachdem ich Euch jedoch zugehört habe, bin ich mir dessen nicht mehr so sicher.«

Kathryn streckte ihm hinter dem Rücken die Zunge heraus, ehe sie an seine Seite ritt.

»Colum, macht Ihr Euch etwa Sorgen? Ihr scheint ...«

»Resigniert?«

»Ja, resigniert.«

Colum schüttelte den Kopf. »Ich habe mein Leben lang mit dem Tod gelebt, Kathryn. Ich habe in Schlachten gekämpft, in Hinterhalten auf der Lauer gelegen, in Dörfern, auf offenem Feld oder an Flußufern gehackt und gehauen. Ich war Jäger und Gejagter.« Er zog die Zügel strammer. »Wer so lebt, wird hart. Glaubt Ihr denn, dem König oder Gloucester wäre an Brandons Wohl gelegen? Hinter dem Amulett sind sie her, das ist es.«

Sie hatten das Burggelände erreicht, und er wollte nicht weiterreden. Ein unausgeschlafener Stallbursche nahm ihre Pferde entgegen, während ein anderer den Auftrag erhielt, die Bewohner der Burg in der großen Halle zusammenzurufen.

Sie kamen alle, einer nach dem anderen. Schreiber Fitz-Steven mit wirrem Haar und unrasiert, wütend darüber, daß man ihn direkt aus dem Bett geholt hatte. Kaplan Peter wirkte nervös. Gabele erschien mit unbewegter Miene. Der Ehrsame sah merkwürdig aus wie immer. Und schließlich betrat Fletcher wutschnaubend die Halle und ergriff das Wort für alle.

»Ich bin es endgültig leid«, schimpfte er und funkelte Kathryn zornig an. »Leid bis an den Stehkragen, hierhin und dorthin zusammengerufen zu werden! Wo ist der Ire?«

»Er kommt bald nach«, erwiderte Kathryn. »Er muß sich noch etwas ansehen.«

»Was denn?« knurrte Fitz-Steven.

»Das laßt meine Sorge sein«, erwiderte Colum, der mit großen Schritten in die Halle kam und sich Kathryn gegenüber am anderen Ende des Tisches niederließ.

»Wie ich sehe, seid Ihr alle ungeduldig, also laßt mich ganz kurz zusammenfassen.«

Colum überhörte das mißbilligende Murren und lieferte eine übersichtliche Schilderung der Ereignisse in der Burg in den letzten paar Tagen.

»Was ist daran neu?« fauchte Kaplan Peter.

»Eigentlich nichts«, gab Colum lächelnd zu. »Oh, übrigens, Mistress Swinbrooke, ich habe nachgesehen, worum Ihr mich gebeten habt, und Ihr hattet recht.«

»Warum also seid Ihr hier?« fragte Gabele.

»Nun, erstens«, erklärte Kathryn, »haben wir das *Auge Gottes* gefunden.«

»Eins verstehe ich indes noch immer nicht«, fuhr sie fort. »Und das ist Websters Tod. Master Gabele, Ihr habt berichtet, er sei auf dem Turm auf und ab gegangen?«

»Ja.«

»Und die Wachen hörten ihn vor seinem Tod schreien?«

»Ja.«

»Und Ihr seid hinaufgelaufen?«

»Ich habe es Euch doch gesagt«, erwiderte Gabele. »Ich konnte die Falltür nicht öffnen, weil Webster sie von der anderen Seite verriegelt hatte. Ich habe allen gesagt, sie sollten wegbleiben, bis der Ire käme.«

»Die Falltür war auf der Turmseite verriegelt, aber auf der Treppenseite offen.«

Gabele fuhr sich nervös mit der Zunge über die Lippen.

»Nun, war es so?« hakte Kathryn nach.

»Natürlich.«

»Hierzu muß ich sagen«, unterbrach Colum, »daß ich die Falltür gerade untersucht habe. Die Schlösser sind auf beiden Seiten erneuert worden.«

»Nun ja, natürlich. Sie sind wohl zerstört worden, als wir die Tür aufgebrochen haben«, erklärte Fletcher.

»Ja, doch als ich sie mir noch einmal ganz genau angesehen habe, war der Riegel auf der Turmseite einfach nur ersetzt; nichts deutet auf eine gewaltsame Öffnung hin, zum Beispiel abgesplittertes Holz, wie es der Fall gewesen wäre, wenn die Soldaten die Tür gewaltsam geöffnet hätten. Noch verwunderlicher ist jedoch, daß der Riegel auf der Treppenseite ersetzt worden ist. Warum dieses? Hätte man ihn zurückgeschoben, wäre er nicht entzweigebrochen.«

»Was wollt Ihr damit sagen?« fauchte Gabele.

»Nun ...« Colum hielt die Hand hoch. »Ihr habt eine Falltür mit einem Riegel auf jeder Seite. Webster hat vermutlich den Riegel auf der Turmseite vorgeschoben, und wir haben ihn später aufgebrochen. Dennoch liegt kein Anzeichen für Gewaltanwendung vor. Auf der Treppenseite hingegen« – Colum zeigte auf die andere Seite seiner Hand –, »von der man annahm, daß sie unverschlossen war, gibt es sichere Spuren von Gewaltanwendung.«

»Mit anderen Worten«, fuhr Kathryn fort, »diese Falltür war nur auf der Treppenseite, nicht aber auf der Turmseite verriegelt. Ich will Euch also sagen, was sich zugetragen hat. Der Festungskommandant ging zum Turm zu seinem üblichen Morgenspaziergang. Ihr, Master Gabele, lauertet im Schatten, versetztet ihm einen Schlag auf den Hinterkopf, zogt seinen Umhang über, setztet seinen Biberhut auf und gabt vor, der Festungskommandant zu sein, der auf dem Turm auf und ab ging. Die Wachen sahen nur, was sie zu sehen erwarteten, und konnten von dort, wo sie standen, Eure Gesichtszüge nicht erkennen. Ihr habt alles genauso gemacht, wie Webster es getan hätte: auf und ab gehen, das Kohlenbecken anzünden, sogar zu den Wachen hinabrufen. Aus dieser Höhe sind Stimmen nur schwer zu unterscheiden. Dann habt Ihr den Turm verlassen und die Tür von der Innenseite verriegelt und abgeschlossen.«

»Das ist doch blanker Unsinn!« rief Gabele.

Colum, der neben ihm saß, packte den Waffenmeister beim Handgelenk.

»Dann habt Ihr Webster Umhang und Hut wieder angezogen«, fuhr Kathryn fort, »und durch das große Holzfenster direkt unter der Falltür zum Turm gespäht. Ihr erinnert Euch doch, das Fenster, das in die Wand eingelassen wurde?«

Gabele schaute an ihr vorbei.

»Ihr habt die Wachen beobachtet, die nach der langen Nachtwache müde waren und froren. Ihr habt den Schnäpper geöffnet, gewartet, bis sie Euch den Rücken zuwandten, und den armen Webster hinabgestoßen. Als der Schnäpper wieder ins Schloß fiel, habt Ihr aufgeschrien. Die Wachen drehten sich um, nahmen flüchtig einen herabstürzenden Farbkleks wahr, hörten den Schrei und kamen zu dem logischen Schluß, daß Webster entweder vom Turm gestürzt oder gesprungen sein mußte.« Kathryn hielt kurz inne. »Ich wäre nie darauf gekommen«, fuhr sie fort, »wenn Ihr Webster auf die Kopfseite geschlagen hättet, mit der er unten aufkam.«

Gabele richtete sich langsam auf. »Ihr seid eine verlogene Hexe!« knurrte er.

Colum beugte sich vor; er setzte seinen Dolch ganz leicht an Gabeles Hals, während er mit der anderen Hand das Messer aus Gabeles Scheide zog.

»Setzt Euch, bitte!«

Gabele gehorchte.

»Aber ich dachte«, meldete sich Kaplan Peter zu Wort, »der Riegel auf der Turmseite sei gebrochen? Das habt Ihr doch sicher gesehen, Master Murtagh?«

Colum zuckte mit den Schultern. „Wenn ich es recht bedenke, habe ich lediglich gesehen, daß das Schloß, das den Riegel hielt, gelockert worden war, damit es nach Gewaltanwendung aussah. Das hat Gabele wahrscheinlich gemacht, ehe er vom Turm herabstieg.«

Fletcher sprang auf und zeigte anklagend auf Gabele.

»Du Bastard!« zischte er. »Du verdammter Bastard! Der Ire hat recht. Du bist zurückgekommen und hast behauptet, die Falltür wäre abgeschlossen. Wir haben dir geglaubt. Niemand hat es nachgeprüft. Auf deinen Befehl haben wir uns von dort ferngehalten.«

»Er lügt!« schrie Gabele. »Der Ire kann nicht beweisen, was er gesagt hat. Ausgewechselt habe ich … « Er verstummte, als er die Ungeheuerlichkeit dessen erkannte, was er gerade zugegeben hatte.

»Was habt Ihr getan?« fragte Kathryn ihn ruhig.

Gabele blickte zur Seite.

»Oh, ich weiß, was Ihr gemacht habt«, fuhr Kathryn fort. »Ihr habt beide Riegel ersetzt. Colum hat gesehen, daß sie ausgewechselt wurden, als er vorhin den Turm besichtigt hat. Warum aber solltet Ihr beide Riegel auswechseln? Der auf der Treppenseite hätte eigentlich nicht zerstört sein dürfen. Warum ihn also ersetzen? Und warum Ihr? Gibt es in der Burg keinen Zimmermann?«

»Moment mal.« Fitz-Steven schlug mit der Hand auf den Tisch. »Ihr behauptet da, Mistress, Gabele hätte Webster auf den dunklen Treppenstufen aufgelauert, ihm einen Schlag auf den Kopf versetzt, sich Umhang und Hut geborgt und dann vorgegeben, er wäre der Festungskommandant?«

Kathryn nickte.

»Anschließend hätte er«, fuhr der Schreiber fort, »die Schlösser des Riegels auf der Turmseite gelockert, die Falltür von der Treppe aus verriegelt, Umhang und Hut wieder Webster angezogen und die Leiche des armen Teufels durch die Ausfalltür geworfen?«

»Ja, Ihr habt es erfaßt, Master Schreiber. Denkt daran, es war noch fast dunkel. Die Wachen waren müde und blickten in die andere Richtung.«

Fitz-Steven kratzte sich das Kinn.

»Mistress, warum aber habt Ihr, als wir die Falltür einschlugen, nicht bemerkt, daß der Riegel auf der Innenseite noch vorgeschoben war?«

»Ganz einfach«, unterbrach Colum. »Gabele hatte befohlen, niemand dürfte sich dem Turm nähern, bis ich käme. Außerdem ist die Treppe sehr dunkel. Drittens, selbst wenn wir bemerkt hätten, daß der Riegel vorgeschoben war, was hätte es ausgemacht? Gabele konnte jederzeit behaupten, er hätte die Tür aus Sicherheitsgründen selbst verriegelt. Und vor allem, erinnert Ihr Euch, in welcher Reihenfolge wir zum Turm gingen? Gabele lief voraus und befahl den Soldaten, vor uns hinaufzusteigen und die Falltür einzuschlagen.«

»Aber aus welchem Grund?« fragte der Kaplan.

»Ja, ich glaube, Webster wurde umgebracht«, erklärte

Kathryn, »weil er herausgefunden hatte, daß Sparrows Flucht kein Zufall war; darum veranstaltete Webster am Abend vor seinem Tode den kleinen Mummenschanz auf dem Burghof mit Kaplan Peter. Seht, die Geschichte wurde so dargestellt, als wäre der Wärter erwürgt worden. Doch wie hätte Sparrow das bewerkstelligen sollen, wenn die Handfesseln auch noch durch eine Kette mit den Fußeisen verbunden waren? Wie kann man in einer solchen Lage die Hände heben, um jemanden zu erwürgen?« Kathryn schüttelte den Kopf. »Ich vermute, daß seine Fesseln beschädigt wurden und nie richtig schlossen.«

»Natürlich«, hauchte Kaplan Peter. »Der Festungskommandant war merkwürdig. Er nahm mich mit in die Nische. Er hatte die Hände vor der Brust, wie im Gebet. Dann schaute er mich an, murmelte, daß er unbedingt den Iren sprechen müsse, und drehte sich auf dem Absatz um. Webster muß erkannt haben, daß Sparrows Fesseln gelockert worden waren, obwohl«, fügte der Priester hinzu, »Sparrow hätte ebensogut zuerst den Wärter erschlagen und dann seine Schlüssel an sich nehmen können.«

»Stimmt«, erwiderte Colum. »Doch das hätte zu einem Handgemenge geführt. Nach dem, was uns gesagt wurde, ging Sparrow in eine dunkle Nische, der Wärter folgte, und Sparrow tötete ihn durch Erwürgen. Der Wärter muß völlig überrascht gewesen sein. Dann hat Sparrow die Kleider gewechselt und ist verschwunden. Da seine Fesseln beschädigt waren, muß Sparrow einen Komplizen in der Burg gehabt haben. Und genau das hat Webster vermutet.«

»Und Sparrow?« fragte Kaplan Peter.

»Oh, unter dem Vorwand, ihr Bündnis fortzusetzen, traf Gabele ihn später auf den verlassenen Weiden am Stour: Er tötete Sparrow, enthauptete die Leiche und warf sie in den Fluß.«

»Als wir Sparrows Leiche herbrachten«, mischte sich Kathryn ein, »stellten wir fest, daß er entkommen war.

Webster wußte es besser. Wir konzentrierten uns auf die Möglichkeit, daß Sparrow nach seiner Flucht vielleicht versucht hatte, jemanden hier in der Burg zu erpressen, und deshalb ermordet wurde.« Sie zuckte die Achseln. »In Wirklichkeit war es genau andersherum: Sparrow durfte entkommen und wurde danach zum Schweigen gebracht, da er zuviel wußte.«

»Warum hätte ich das alles tun sollen?« murmelte Gabele.

»Aha!« Kathryn stieß ihren Stuhl um. »Nun kommen wir zum Kern der Sache. Brandon wurde ins Gefängnis der Burg von Canterbury gesteckt. Er hält den Mund, deutet Gabele gegenüber jedoch an, daß er ein großes Geheimnis besitzt; er weiß, wo ein kostbarer Schatz verborgen ist. Das einzige, was er verrät, ist ein Zitat aus den Psalmen: ›Levate oculos ad montes‹ »›Hebet Eure Augen auf zu den Bergen‹.«

»Warum sollte Brandon es Gabele erzählen?« fragte Fletcher.

»Nun ja«, antwortete Colum, »bessere Behandlung, schnelle Begnadigung. Brandon war ein Mörder. Wäre er erst frei gewesen, hätte Gabele nur ein weiteres Hindernis dargestellt, das zu überwinden oder zu beseitigen wäre. Bis dahin« – Colum streckte die Hände weg – »würde er Gabele mit kleinen Happen abspeisen, zum Beispiel damit, daß der Schatz in einer Kirche versteckt sei. Gabele schloß einen Pakt mit Brandon, doch Sparrow hörte durch den Mauerspalt zwischen den Zellen, was da vor sich ging.«

»Dann hat Sparrow Gabele erpreßt«, fuhr Kathryn fort. »Entweder man ließe ihn entkommen oder er berichtete Webster, was er erfahren hatte. Gabele läßt sich auf den Handel ein. Sparrows Fesseln werden aufgeschlossen, er bringt den Wärter um und entkommt. Gabele wiederum tötet Sparrow, und dann, als unser Waffenmeister erkennt, daß Webster Verdacht geschöpft hat, arrangiert er auch noch den Tod des Festungskommandanten.«

»Aber warum?« meldete sich der Ehrsame zu Wort.

Kathryn beobachtete, daß die gekünstelten Gesten des Ablaßpredigers allmählich verschwanden; der Mann war kalt, hart, auf der Hut.

»Aber warum hat Gabele den Gefangenen getötet?« Der Ehrsame beugte sich vor und blickte Kathryn an.

»Ja, ja«, erwiderte Kathryn. »Gabele hatte sich überlegt, daß die Kirche, in der der Schatz verborgen war, nur ein Gebäude sein konnte, das nicht mehr benutzt wird. Man kann davon ausgehen, daß er sich in der Gegend um Canterbury gut auskannte. Also wußte er auch von der verlassenen Ortschaft Sellingham. Schließlich hätte er alle Zeit der Welt, wenn Brandon einmal tot wäre, und müßte die Beute nicht teilen. Mehr noch, wenn er Brandon und Sparrow zu ihrem Schöpfer zurückschickte, wäre Gabeles Ruf ebenfalls geschützt.«

Kathryn setzte sich. »Brandons Tod war leicht zu arrangieren«, fuhr sie fort. »Schierling wächst wie Unkraut auf den Feldern. Margotta, Gabeles Tochter, brachte Brandon die Mahlzeiten, daher mischte er das Gift einfach unter das Essen. Planmäßig traten eine plötzliche Krankheit, hohes Fieber und Bewußtlosigkeit auf, und der Gefangene war gestorben, ehe er protestieren oder erkennen konnte, daß man ihn hereingelegt hatte.«

»Aber hat Brandon denn keinen Verdacht geschöpft?« flüsterte Fletcher.

»Und dann?« erwiderte Colum. »Was hätte er schon sagen können? Sollte er Vater Peter oder Webster beichten, daß man ihn vergiftete, weil er wußte, wo ein großer Schatz liegt? Obwohl er ein Mörder ist, bezweifle ich, ob Gabele überhaupt auf den Gedanken kam, daß der Gefangene möglicherweise nur im Koma lag und im Grab wieder wach werden könnte, nur um einen noch schrecklicheren Tod zu erleiden.«

»Warum hat Gabele den Schatz nicht gefunden?« fragte Fletcher.

Kathryn blickte auf den Waffenmeister herab. Sein zu einer grotesken Maske verzerrtes, aschfahles Gesicht zeigte Kathryn, daß sie recht hatte.

»Nun«, murmelte sie, »er hat nachgeschaut, doch hat er Brandons Gebet nicht beachtet, so wie der andere, der nach dem *Auge Gottes* gesucht hat.«

Der Ehrsame klopfte auf den Tisch. »Wer war denn noch dort? Und woher wußte der von dem Amulett?«

Kathryn lächelte den Ablaßprediger an. »Ach, ich glaube, Ihr kennt die Antwort«, flüsterte sie. »Ihr seid kein Ablaßprediger; Euer Name ist Reginald Moresby, Hauptmann der Wache des verstorbenen Grafen von Warwick, der vor kurzem in der Schlacht bei Barnet geschlagen wurde.«

Der Ablaßprediger blickte sie ungerührt an.

»Ich habe doch recht, oder?« Kathryn hätte schwören können, daß die Augen des Mannes lächelten. »Es ist die einzig logische Erklärung.«

»Ihr habt nichts zu befürchten«, fügte Colum hinzu. »Master Moresby, ich schwöre Euch bei allem, was mir heilig ist, daß ich mich, wenn Ihr die Wahrheit sagt, persönlich für Eure Begnadigung beim König einsetzen werde.«

Der Ablaßprediger wollte schon protestieren, zog sich dann jedoch mit einem Seufzer das grelle Reliquienhalsband vom Hals und schleuderte es auf den Tisch.

»Was sein muß«, flüsterte er, »muß sein. Erlaubt mir, daß ich Euch eine Geschichte erzähle, Mistress Swinbrooke. Ich bin Reginald Moresby aus Newport in Shropshire, Hauptmann der Wache des verstorbenen und hoch verehrten Grafen von Warwick. Der Herr möge uns vergeben, doch Brandon und ich flohen von Barnet und nahmen das *Auge Gottes* mit. Ein paar Wochen verbargen wir uns in Wäldern, entlegenen Landesteilen, weitab aller Hauptstraßen und Wegkreuzungen. Mein Ziel war es, die Priorei von Christchurch in Canterbury zu erreichen und dann nach Süden zu reiten, um von Dover aus mit dem Schiff nach Frankreich überzusetzen. Doch das Land wimmelte nur so von Soldaten der Yorkisten. Wir waren insgesamt zu sechst – Warwicks engste Vertraute, so dachte ich zumindest. Brandon trug das *Auge Gottes* bei sich. Er wußte von einer verlassenen Ortschaft mit einer Kirche, in der wir uns verstecken konnten. Wir gaben diese Information an Nicholas Faunte weiter, als wir ihn in seinem Versteck in Blean Wood trafen. Dann trennte ich mich von Brandon und den anderen, da ich versuchen wollte herauszufinden, was mit Warwicks Leiche geschehen war. Außerdem wollte ich die sicherste Wegstrecke nach Canterbury und von dort nach Dover auskundschaften. Die anderen vertrauten mir, und ich ließ das *Auge Gottes* in ihrer Obhut. Es war auch eine Art Garantie dafür, daß ich zurückkehren würde. Wochenlang war ich unterwegs und verlor viel Zeit, als ich mich vor einer Gruppe Wegelagerer der Yorkisten verstecken mußte. Nun, wir hatten verabredet, uns in Sellingham zu treffen. Als ich dort hinkam, war mir klar, daß die anderen dagewesen sein mußten. Ich begann, nach ihnen zu suchen. Doch ich hielt mich versteckt, da ich der Meinung war, meine Gefährten wären weitergezogen.«

»Warum habt Ihr Euch als Ablaßprediger verkleidet?« fragte Kathryn.

Moresby lächelte freudlos. »Ich dachte, es wäre geeignet. Kennt Ihr Euren Chaucer, Mistress Swinbrooke?«

»Besser, als Ihr Euch vorstellen könnt!« erwiderte Kathryn.

Colum hüstelte.

Moresby fuhr sich durch das merkwürdig gefärbte Haar.

»In der ›Erzählung vom Ablaßprediger‹«, fuhr er fort, »töten sich ein paar junge Männer am Ende gegenseitig wegen eines kostbaren Hortes. Nun, als ich zum ersten Mal die verlassene Ortschaft aufsuchte und niemanden entdeckte, dachte ich, Brandon und die anderen hätten fliehen müssen. Dann erfuhr ich, daß Brandon festgenommen worden war und in der Burg von Canterbury einsaß. Von den anderen konnte ich keine Spur entdecken und fragte mich, ob vielleicht ein schreckliches Verbrechen vorliegen mochte. Chaucers ›Erzählung des Ablaßpredigers‹ kam mir in den Sinn, und ich traf, so seltsam es klingen mag, in einer Schenke vor Maidstone eine dieser Gestalten. Ich fand heraus, daß er ungehindert kreuz und quer durch das Königreich ziehen konnte. Daher habe ich meine letzten Pennys zusammengekratzt und ihm Reliquien, Kleidung und Ablaßbriefe abgekauft. In einem Straßengraben entdeckte ich eine völlig entstellte Leiche, der ich meine Kleider und Habseligkeiten gab. Ich verwandelte mich in den Ehrsamen und ging auf schnellstem Wege nach Canterbury.« Moresby streckte seine Hände weg. »Den Rest kennt Ihr. Ich wandte mich an Sir William Webster und erklärte, die Wirtshäuser und Schenken seien überfüllt, und bat um Unterkunft in der Burg. Webster war natürlich einverstanden. Ich paßte den rechten Augenblick ab und besuchte Brandon.« Er hielt inne, um seine Gedanken zu ordnen. »Sparrow war bereits geflohen. Brandon spielte den Überlegenen. Er wußte, wer ich war, konnte mich jedoch nicht verraten, ohne sich selbst zu verraten. Er gab vor, nicht zu wissen, wo die anderen waren, geschweige denn das *Auge Gottes*.« Moresby schüttelte den Kopf. »Ich wußte, daß er log.« Verwirrt schaute er Colum an. »Ich ging noch ein paarmal zu dieser verlassenen Ortschaft, konnte aber nichts finden. Wie ist es Euch gelungen?«

Colum erzählte es ihm. Die anderen saßen vor Schreck wie gelähmt, als der Ire ihnen in allen Einzelheiten schilderte, was sie in der Gruft unter der verfallenen Kirche entdeckt hatten. Moresby wurde noch blasser. Mit offenem Munde hörte er fassungslos zu und versuchte nicht einmal, sich die Tränen abzuwischen, die ihm über die Wangen liefen.

»Ihr habt sie gefunden?« flüsterte er. »So?«

»Ja«, murmelte Colum.

Moresby verbarg das Gesicht in den Händen. »Oh Herr, sei ihrer Seele gnädig!« schluchzte er. »Jesus Christus, vergib ihnen!« Er warf den Kopf mit einem Ruck nach hinten. »Und verflucht sei Brandon! Er hat sie umgebracht, nicht wahr?«

»Ich glaube, ja«, erwiderte Colum. »Brandon kannte die Gruft. Er wollte das *Auge Gottes* und schmiedete eigene Pläne. Er wollte Euch alle zu dieser Kirche führen und in der Gruft lebendig begraben. Der Stein ist behauen und kann zwar von außen, nicht aber von innen geöffnet werden. Er muß die Gruft als Versteck vorgeschlagen und unter einem Vorwand die anderen dort zurückgelassen haben. Als Garant für seine Rückkehr behielten sie das *Auge Gottes*. Als sich der Gruftdeckel über ihnen schloß, haben sie sich nicht träumen lassen, daß er sich nie wieder für sie öffnen würde.« Colum warf einen Seitenblick auf Gabele, der jetzt nur noch wie ein Schatten seiner selbst wirkte. »Gabele mag ein Mörder sein, Brandon war dagegen ein Teufel in Menschengestalt.«

»Aber warum hat er sich so leicht von mir festnehmen lassen?« meldete sich Fletcher. »Immerhin habe ich diesen Mörder auf offenem Feld, schlafend neben seinem Pferd, gefunden?«

»Die Frage habe ich bereits beantwortet«, sagte Kathryn. »Brandon wollte festgenommen werden. Er wußte, daß er eine kurze Zeit im Gefängnis verbringen mußte. Dann würde man ihn begnadigen, und er könnte in ein normales Leben schlüpfen und abwarten.«

»Wenn es so ist«, wollte Kaplan Peter wissen, »warum hat Brandon keinen falschen Namen benutzt?«

»Ich sprach ihn darauf an«, sagte Moresby. »Doch der Bastard hat nur gelächelt. Erst viel später ging mir auf, wie schlau er war. Erstens konnte er als Warwicks persönlicher Knappe jederzeit behaupten, er wisse nichts vom *Auge Gottes,* und das Gerücht in die Welt setzen, der Graf habe es vielleicht einem anderen anvertraut. Zweitens konnte er mich auf diese Art und Weise zum Schweigen bringen. Versteht Ihr, wenn ich meine Verkleidung aufgedeckt und behauptet hätte, ich sei Moresby, wären mir ein paar sehr unangenehme Fragen nicht erspart geblieben.«

»Vater.« Margotta trat aus dem Schatten, wo sie sich verborgen hatte. Sie war bleich wie ein Gespenst. »Vater«, wiederholte sie heiser. »Was soll das alles?«

»Oh, mein Gott!« stöhnte Gabele.

Kathryn warf einen schnellen Blick auf Colum und wappnete sich.

»Stehenbleiben!« befahl sie.

»Was wollt Ihr von mir?« Margotta schob sich näher an ihren Vater.

»Wart Ihr seine Komplizin?« fragte Kathryn sie scharf. »Schließlich habt Ihr dem Gefangenen das Essen gebracht.«

»Halt's Maul, du oberschlaue Hexe!« knurrte Gabele am anderen Ende des Tisches. »Meine Tochter hatte keine Ahnung von alldem, obwohl ich es für sie getan habe.« Er funkelte Colum an. »Das Juwel war meine Belohnung für lange, harte Dienstjahre und grausame Schläge!«

Colum packte seinen Arm. Gabele schüttelte ihn ab und stand auf.

»Was Ihr sagt, stimmt, doch meine Tochter ist unschuldig.« Er zeigte mit dem Finger auf Fitz-Steven. »Laßt diesen fetten Haufen Scheiße mein Geständnis niederschreiben, und ich unterzeichne es.« Er streckte Fletcher die Handgelenke entgegen. »Los, du fauler Bastard, leg mir schon die Ketten an, oder kennst du deine Pflichten nicht?«

Colum nickte. »Führt ihn ab«, befahl er leise. »Kümmert Euch um das Mädchen.«

Fletcher zog das Schwert, eilte aus der Halle und rief nach Soldaten. Kurz darauf führte man Gabele in aller Eile aus der Halle – die schluchzende Tochter hinterdrein. Colum nahm seinen Umhang.

»Wir sind fertig«, sagte er. »Was hier noch zu tun ist, geschieht auf Befehl des Königs, doch für mich ist die Sache, Gott sei dank, erledigt!«

Auch Kathryn nahm ihren Umhang. Sie hatten gerade die Tür der Halle erreicht, als Moresby sie einholte.

»Wie seid Ihr dahintergekommen?« fragte er.

Kathryn zupfte an der Kordel ihres Kleides. »Ein Stück Seil.« Sie mußte über Moresbys Verwirrung schmunzeln. »Nachdem uns klar war, daß Sparrows Fesseln nicht verschlossen waren, lag der Schluß nahe, daß er einen Komplizen hatte. Gabele könnte das arrangiert haben, und er war auch derjenige, der die Falltür zum Turm bewachte. Der Rest ergab sich von selbst.«

»Und meine Wenigkeit?« fragte Moresby.

»Eine Frage der Logik: Wir wußten, daß Brandon und die anderen tot waren. Wir wußten, daß Gabele in Sellingham gewesen war. Aber wer noch? Der einzige Tod, der verdächtig war, war Euer Tod.« Kathryn lächelte wieder. »Eure Anwesenheit hier war reiner Zufall, doch Eure Ähnlichkeit mit Chaucers Ablaßprediger war unvorsichtig.« Sie seufzte. »Und dank des Iren gibt es nur wenig, was ich über Chaucer nicht weiß!«

»Werdet Ihr Wort halten, Ire?« fragte Moresby plötzlich.

Colum nickte. »Gewiß. Am besten, Ihr fragt bei Christchurch um Asyl nach. Der König ist gnädig. Ich an Eurer Stelle hätte nicht anders gehandelt. Doch zunächst schlage ich vor, daß Ihr ein Bad nehmt und Euch die Haare wascht. Wenn Ihr wüßtet, wie fürchterlich Ihr ausseht.«

»Ich werde die Begnadigung annehmen«, erwiderte Moresby. »Doch binnen eines Monats werde ich mich Heinrich Tudor in der Bretagne angeschlossen haben.«

Colum zog die Stirn kraus. »Das ist Eure Sache.«

»Nicht ganz«, entgegnete Moresby. »Eines Tages wird sich das Rad des Schicksals weiter drehen. Ich werde Eure Freundlichkeit nicht vergessen, Ire.«

Mit diesen Worten drehte Moresby sich um und schritt durch die Halle.

Colum und Kathryn holten ihre Pferde aus dem Stall und ritten aus der Burg nach Winchepe.

»Was habt Ihr jetzt vor?« fragte Kathryn.

»Ich werde das *Auge Gottes* nach London bringen«, erwiderte Colum.

Er zügelte das Pferd, tätschelte ihm sanft den Hals und blickte zu den dunklen Hauswänden empor. Dann beugte er sich zu Kathryn hinüber.

»Ich weiß, warum Gloucester es haben wollte«, flüsterte er. »Das *Auge Gottes*. Man kann das Amulett öffnen. Innen fand ich einen Pergamentstreifen mit einem Versprechen, unterzeichnet von George, dem Herzog von Clarence.«

Kathryn lief ein kalter Schauer über den Rücken.

»Es ist sechs Monate vor Barnet datiert«, fuhr Colum fort. »Clarence schwört darin, daß er seine Brüder und deren Nachkommen von der Erbfolge in England ausschließen will. Als Gegenleistung dafür sollte Warwick ihn zum König machen, der wiederum Warwick zu seinem Ersten Minister erklären wollte. Eine schöne Bescherung, was, Mistress Swinbrooke?«

»Wollt Ihr das Dokument verschwinden lassen?« fragte Kathryn neugierig.

»Nein, allerdings werde ich auch nicht sagen, daß ich es gesehen habe. Ich werde das Amulett genauso zurückgeben, wie ich es gefunden habe.«

»Was wird geschehen?«

Colum nahm die Zügel wieder auf. »Clarence wird sterben. Denkt an meine Worte, Mistress Swinbrooke.

Die ›Erzählung des Ablaßpredigers‹ trifft nicht nur auf Brandon und seine Freunde zu, sondern auch auf die drei großen Prinzen in London. Sie haben den Schatz gefunden, die Krone von England, und ich glaube, sie werden sich gegenseitig dafür töten.«

Kathryn beugte sich zu ihm und drückte ihm die Hand.

»Wie heißt es doch in der ›Erzählung des Ritters‹: ›Ich sah fürwahr den Wahnsinn wüten bis zur Raserei, sah Rebellion und Greueltaten, hörte manchen Schrei.‹«

Colum schaute sie an. »Und das heißt?«

»Setzt Euer Vertrauen nicht in Prinzen, Ire. Moresby hat recht. Fortunas Rad wird sich wieder drehen. Haltet Euch von Gloucester und seinesgleichen fern.«

»›Oh Spiegel weiblicher Geduld‹«, erwiderte Colum, von einem Ohr zum anderen grinsend.

Kathryn zwickte ihn ins Bein, trieb ihr Pferd an und blickte in aufgesetzter Strenge über die Schulter zurück zu dem lachenden Iren.

Nachwort

Im vorliegenden Roman habe ich eine Reihe von Themen angeschnitten. Da ist zunächst das Amulett, bekannt unter dem Namen »Das *Auge Gottes*«. Es existiert in der Tat, wenn auch heute unter der Bezeichnung »Middleham-Juwel«. Dieses Amulett aus dem fünfzehnten Jahrhundert trägt einen großen Saphir auf der Vorderseite über der Darstellung der Dreieinigkeit mit der Inschrift »Ecce agnus dei qui tollis peccata mundi miserere nobis: tetragrammaton ananizapta.« (Lamm Gottes, das du hinwegnimmst die Sünden der Welt, erbarme dich unser: Herr erbarme dich). In die Rückseite ist eine Szene aus der Geburt Chisti eingraviert, die das Kind, in Licht gebadet, auf dem Boden liegend zeigt. Umrahmt wird das Bild von den Apostelgestalten. Das Amulett wurde in der Nähe von Middleham Castle im Norden Yorkshires gefunden, der Heimat der Nevilles und des Königs Richard III.

Die Schlacht zu Barnet, die Verwirrung über Oxfords Angriff und Warwicks Tod sind in allen Einzelheiten von den Chronisten der damaligen Zeit festgehalten worden. Richard Neville, Graf von Warwick, war einst einflußreicher Anhänger des Hauses York und unterhielt mit George, Herzog von Clarence, enge Beziehungen. Clarence' Verrat wurde ihm von seinem königlichen Bruder, Edward IV., nie verziehen, geschweige denn von dessen ehrgeiziger Gemahlin, Elisabeth Woodville, die der festen Überzeugung war, daß Clarence, solange er lebte, eine Bedrohung sowohl für sie selbst als auch für ihre beiden kleinen Söhne darstellte. Zudem hieß es in einer Weissagung, daß nach dem Tode Edwards IV. jemand den Thron an sich reißen sollte, dessen Name den Anfangsbuchstaben »G« trüge. Alle Welt war der Ansicht, daß sich diese Prophezeiung auf George, den Herzog von Clarence, bezöge. Kurz nach den Ereignissen, die in diesem Roman beschrieben werden, ist Clarence aller Wahrscheinlichkeit nach in einem Malvasierfaß im Tower zu London ertränkt worden. Der Überlieferung zufolge hat Richard, Herzog von Gloucester (auf den obige Prophezeiung eher zutrifft), den Mord begangen. Zwölf Jahre später, im Jahre 1483, hat Gloucester, der seinen Bruder liebte, seine Schwägerin jedoch haßte, die Krone von England an sich gerissen und seine beiden Neffen im Tower gefangengesetzt.

Das mittelalterliche Canterbury und der Fall seines Bürgermeisters Faunte werden hier exakt wiedergegeben. Desgleichen gilt für die Arzneien, die von der Heilerin Swinbrooke benutzt wurden; sie wurden ausnahmslos einem mittelalterlichen Kräuterbuch entnommen. Im zwanzigsten Jahrhundert sind sie in der Alternativmedizin erneut zur Geltung gekommen.

Kathryn Swinbrookes Beruf als Apothekerin und Heilerin entspricht ebenfalls Tatsachen. In der ersten Folge der Romanserie wies ich darauf hin, daß Ärztinnen sogar von der Königsfamilie angestellt wurden und daß sich die Ordensschwestern von Syon an der Themse zur gleichen Zeit, als Kathryn lebte, als die besten Chirurginnen und Ärztinnen in ganz Europa niederließen. N.V. Lyons schrieb in seinem Buch »Medizin im Mittelalter« (McMillan Education, 1984): »Es ist bekannt, daß Frauen bereits seit dem elften Jahrhundert als Ärztinnen tätig waren.« Erst als im Jahre 1521 die Ausübung der Heilberufe durch eine Parlamentsakte gesetzlich geregelt wurde, schloß man Frauen von dieser wichtigen Tätigkeit aus.

C.L. Grace

»...erstklassiger Thriller voller Spannung, Abenteuer und authentischer historischer Details...«

Booklist

Während eines Schneesturms in Canterbury wird einer der Gäste ermordet. Die Heilerin macht sich auf die Suche nach dem heimtückischen Giftmörder ...

Mit Kathryn Swinbrooke, der Heilerin von Canterbury hat Celia L. Grace der illustren Schar mittelalterlicher Detektive endlich einen weiblichen Helden zugesellt, eine Detektivin, die ihren Genossen in nichts nachsteht. Und diese Figur ist authentisch: Denn im Mittelalter gab es viele eigenwillige, begabte Frauen, die als Ärztin oder Apothekerin ihren »Mann« standen und ein sehr unabhängiges Leben führten. So garantieren die Krimis von Celia L. Grace nicht nur hochspannende Kriminalgeschichten, sondern geben fesselnde Einblicke in eine weithin unbekannte mittelalterliche Welt.

Celia L. Grace
Die Heilerin von Canterbury und der Becher des Todes
254 Seiten · geb. m. SU · **DM 34,–**
ISBN 3-8218-0377-0

EICHBORN.